KiWi 406

Das Buch:
Anfang des 13. Jahrhunderts, irgendwo im Süden Deutschlands, hat sich der junge Rittersohn Wolfgang mit seinen Falken hoch oben auf den Nordturm einer Burg zurückgezogen. Er lebt mit den Falken, und mit ihnen sprechen zu können ist sein großes, beglückendes Geheimnis. Wolfgang erhält Unterricht von einem Mönch, und manchmal geht er auf die Jagd mit seinen Falken – ansonsten hat er sich abgewandt von der Welt –, argwöhnisch im Blick behalten von den Menschen »unten«. Er fürchtet, seinen Vater auf dem Kreuzzug verloren zu haben, den Tod der Mutter hatte er hautnah miterlebt. In der Obhut seines Onkels, dem Burgverwalter, sieht er nun angstvoll dem Winter des Jahres 1229/30 entgegen, seinem vierzehnten Geburtstag, an dem er rechtmäßiger Herr von »Falkenburg« werden soll. Ihn quält die böse Ahnung, daß ein großes Unglück über die Falkenburger hereinbrechen könnte . . .

Der Autor:
Erik Fosnes Hansen, geboren 1965 in New York, aufgewachsen in Oslo. Studierte zwei Jahre in Stuttgart, lebt zeitweise in Italien. Rezensent und Literaturkritiker der Zeitung »Aftenposten«.

Weiterer Titel bei K & W:
Choral am Ende der Reise, Roman, 1995.

ERIK FOSNES HANSEN

FALKENTURM

Roman

Aus dem Norwegischen von Taja Gut

Kiepenheuer & Witsch

Für Reidun Iversen

1. Auflage 1996

Titel der Originalausgabe: *Falketårnet*
© 1985 by Erik Fosnes Hansen
© 1990 by Erik Fosnes Hansen & J. W. Cappelens Forlag, Oslo
Aus dem Norwegischen von Taja Gut
Übersetzung 1996 in Zusammenarbeit mit dem Autor revidiert
von Kerstin Gleba
© 1996 by Verlag Kiepenheuer & Witsch, Köln
Alle Rechte vorbehalten. Kein Teil des Werkes darf in irgendeiner
Form (durch Fotografie, Mikrofilm oder ein anderes Verfahren)
ohne schriftliche Genehmigung des Verlages reproduziert oder
unter Verwendung elektronischer Systeme verarbeitet, vervielfältigt
oder verbreitet werden.
Umschlaggestaltung: Manfred Schulz, Köln
Umschlagmotiv: Ferdinand Olivier
Gesetzt aus der Berthold Garamont Amsterdam
bei Kalle Giese Grafik, Overath
Druck und Bindearbeiten: Clausen & Bosse, Leck
ISBN 3-462-02506-6

Amor Fati

Inhalt

Vorwort

Die Handlung dieses Romans spielt im Herbst und Winter 1229 bis 1230. Der Ort liegt irgendwo im Süden Deutschlands an einem Fluß. Wir befinden uns im Heiligen Römischen Reich Deutscher Nation zur Zeit der Stauferkaiser.

Die Stadt oder Burg Falkenburg gab es in Wirklichkeit nicht. Die Ortschaft ist frei erfunden, gewissermaßen zusammengesetzt aus Elementen mehrerer Lehen im süddeutschen Raum. Ferner hat keine der Hauptpersonen im Buch wirklich gelebt, mit Ausnahme des Astrologen Michael Scotus. Was letzteren und andere historische Persönlichkeiten betrifft, die hier genannt werden, habe ich mir einige dichterische Freiheiten erlaubt.

Im Jahre 1229 kehrte der Kreuzzug des gebannten Kaisers Friedrich II. aus dem Heiligen Land zurück, nachdem er Jerusalem ohne Blutvergießen eingenommen hatte. Der Papst, Gregor IX., war ein politischer Gegner des Kaisers. Er ließ Gerüchte verbreiten, daß der Kreuzzug sich aufgelöst habe und der Kaiser gestorben und zuvor zu den Heiden übergetreten sei. Papst Gregor war es auch, der die Inquisition verstärkt zu einem päpstlichen Anliegen machte und zu deren Durchführung vorzugsweise Dominikaner einsetzte.

Es mag für den Leser nützlich sein, den historischen Hintergrund dieser Zeit vor Augen zu haben. Ich wollte aber keinen historischen Roman schreiben, was bedeutet hätte, ein tatsächliches Geschehen in den Mittelpunkt zu stellen. Die *eigentliche* Handlung dieses Buches hätte ebensogut in eine andere Zeit und an einen anderen Ort verlegt werden können. *Erik Fosnes Hansen*

Die Faust

I

Es ging auf den Winter zu. Noch lag kein Schnee auf den Feldern. Aber in den vergangenen Nächten war bereits Frost über das Lehen gekommen und hatte gleichsam Leben und Farbe aus den Wäldern und Feldern gesogen, die sich rings um Falkenburg in alle Richtungen ausdehnten. Auf allen Fensterscheiben der Burg wuchsen nachts Eisblumen, und am Morgen waren Gras und Bäume ganz weiß. Langsam erstarrte die Landschaft, und alle Farben nahmen etwas von der Kälte in sich auf.

Es war windstill. Aus den Schornsteinen und Rauchlücken stieg senkrecht dünner, bläulicher Rauch auf. Kälte senkte sich nun herab auf die Erde. Und mit der Kälte kam die Stille.

Alles wartete auf den Schnee.

Wolfgang stand auf der Nordmauer, an die Brustwehr gelehnt. Aus dem Abgrund zu seinen Füßen hörte er die Schreie der Falken, die sich in weiten Kreisen hinunter zum Fluß schwangen. Kälte und Wind drangen aus der Tiefe herauf, aber der Junge achtete nicht darauf. Sein Blick war auf die Wälder im Nordwesten gerichtet, die Augen lagen jedoch erstarrt und tot in seinem Gesicht; als ob seine Gedanken mit den Vögeln kreisten und er nicht sähe, was er sah.

Er konnte lange so stehen, vollkommen reglos – stundenlang. Die Kälte machte ihm nichts aus.

Er war froh, daß er auch in diesem Jahr sein Quartier für den Sommer hier herauf, in den Nordturm, verlegt hatte. Dieser Teil der Mauer war niemals bewacht, nicht einmal nachts. Kein Sterblicher konnte vom Fluß her die schroffe Felswand und danach noch die hohe Mauer überwinden. Folglich war hier keine Wache nötig – und auch sonst kam, mit gewissen, seltenen Ausnahmen, nie ein Mensch zu ihm herauf. So war es still und friedlich hier oben, und er blieb den Sommer über so gut wie ungestört. Wolfgang war dankbar dafür. Daher war der Sommer für ihn die schönste Zeit.

Nun stand jedoch der Winter vor der Tür, und der Junge wußte, daß *sie* versuchen würden, ihn hinunterzuholen, ehe der Schnee kam; abermals sollte er in den Schatten zwischen den Häusern und Mauern hinunterziehen. Hinunter zu *ihnen*.

In den Gängen und Sälen, im Burghof und in den Torgewölben – überall dort unten war es so klamm und stickig, roch es nach Essen, Rauch und Exkrementen; hinzu kam ein unaufhörliches Summen von Stimmen und Lauten, das sich auch nachts kaum legte.

Er versuchte sich vorzustellen, wie es würde, wenn er hinunterzöge und die nächsten vier, fünf Monate mit *ihnen* zusammenlebte. – Jetzt, nach dem langen, stillen Sommer mit dem Himmel und der Sonne direkt vor dem Turmfenster.

Allein der Gedanke daran nahm ihm den Atem.

Hier oben war er frei wie die Falken im Turm. Die Falken waren die einzigen Lebewesen, die er gern hatte. Er besaß insgesamt vier und übte täglich mit ihnen und ließ sie spielen: ließ sie von der Mauer aus bis in die Wolken fliegen, von wo sie in steilem Sturzflug zum Fluß hinunterjagten und zurückkehrten. Immer und immer wieder. Er wurde nie müde, ihrem Flug zuzusehen. Zwischendurch sprach er mit ihnen.

Er verwendete seine gesamte freie Zeit auf die Greif-vögel. Das Abtragen* war schwierig, und sie beanspruchten viel Fürsorge. Und er wollte sich dabei nicht helfen lassen.

Diesen Sommer über hatte er fast mit keinem anderen Menschen außer seinem Hauslehrer gesprochen, einem ältlichen Franziskaner namens Sebastian. Und selbst ihm gegenüber hatte sich Wolfgang nur auf das Allernötigste beschränkt. Er hatte im Frühling einen neuen Falken bekommen, und der brauchte viel Zuwendung.

Er ahnte, daß Vater Sebastian den Umgang mit ihm recht schwierig fand.

Fast täglich spazierte er über die Mauern. Und oft zog er mit einem kleinen Gefolge in den Wald hinaus, um die Falken jagen zu lassen. Fragten ihn auf solchen Ausritten die Begleiter irgend etwas, antwortete er mit Kopfnicken und Handbewegungen, möglichst nicht mit Worten. Denn im Zusammensein mit Menschen zog er sich in sich selbst zurück, wachsam. Und stets war dieser merkwürdige ferne und doch zugleich scharfe Blick in seinen Augen.

Er erschreckte die Leute, dessen war er sich wohl bewußt. Er hatte zur Genüge bemerkt, wie sie mit den Fingern auf ihn zeigten und tuschelten, wenn er auf dem Weg zur Jagd durch das Dorf ritt, alle vier Falken frei um sich, auf den Schultern oder auf dem Sattelknopf. Er mochte es nicht, ihnen Fesseln und Haube aufzuzwingen. Auch auf der Burg wurde halblaut getuschelt; sie glaubten, er merke es nicht.

Ja, sie flüsterten und zeigten mit den Fingern auf ihn. Aber er kümmerte sich so wenig darum wie um alles übrige, was dort unten, im Schatten der Mauern, vorging.

Er selbst wohnte hoch oben auf der Burg, irgendwo zwischen der Erde und den Sternen, gerade so wie die Greif-

---

* Abtragen: In der Falknersprache – Abrichten

vögel. Nicht einmal der große Wachtturm ragte so hoch in den Himmel. Wenn es im Lehen auch sonst windstill war, hier oben ging immer ein Wind.

Manchmal lagen morgens sogar die Nebelbänke tiefer als der Nordturm.

Es verwunderte und berauschte ihn und machte ihn schwindlig vor Glück, die grauweißen Nebelschwaden von oben zu sehen, während die Sonne darauf schien.

Er rief die Vögel, alle vier. Einer nach dem andern kamen sie, die klagenden Schreie in der Kehle, aus dem Luftmeer herab: »Kee-a! Kee-a!« Seine Augen folgten ihnen, und er stieß kurze Laute hervor, als sie allmählich landeten. An der rechten Hand trug er den hirschledernen Falknerhandschuh, und damit fing er die Vögel auf. – Sie mußten sich stets irgendwo festkrallen können, wenn sie landeten. Im übrigen benutzte er den Handschuh nicht sehr oft, denn er spürte die Krallen und das warme Gefieder gern direkt auf seiner Haut. Etwas sagte ihm, daß es so besser sei.

Vorsichtig stieß er mit Mund und Nase über einen der schönen, pochenden Körper, und der Vogel erwiderte die Liebkosung, indem er sich Wolfgangs Gesicht zuneigte. Es war derjenige, der als einziger von ihnen noch keinen Namen hatte. Er war der jüngste, ein fast ausgewachsener Jungvogel, ein Wanderfalke – immer noch dunkelbraun auf den Schwingen und auf der Unterseite gesprenkelt. Er war sehr schön, und als Wolfgang ihn diesen Frühling zum ersten Mal sah, machte sein Herz einen plötzlichen Sprung. Von den fahrenden Vogelhändlern hatte er nicht recht in Erfahrung bringen können, ob man ihn wild oder im Horst gefangen hatte, vieles deutete jedoch darauf hin, daß er ein Wildfang war, denn es war schwierig gewesen, ihn abzutragen, und er konnte noch immer eigensinnig und empfindlich sein. Es war oft so mit Vögeln, die bereits eine Weile in

Freiheit gelebt hatten, bevor man sie einfing. Er war indessen ein äußerst vielversprechender Jäger – Wolfgang hatte ihn in diesem Sommer einige Male mit auf die Jagd genommen, und er besaß eine Kraft beim Hinabstoßen und eine Schnelligkeit, die den drei anderen fehlten – sie waren alle drei Nestlinge.

Wie dem auch war – noch immer hatte er keinen Namen.

Die Sache mit dem Namen war gar nicht so einfach. Es ging nämlich nicht bloß darum, irgendeinen Namen zu finden und dem Vogel zu geben. Er mußte ihm seinen *richtigen* Namen geben, und das war schwierig. Die drei anderen hießen Phönix, Seraphim und Alexander, und auf jeden dieser Namen war er erst nach langem Grübeln und Suchen gekommen. Dafür paßte auch jeder in Klangfarbe und Bedeutung außerordentlich gut, fand Wolfgang.

Er fühlte, daß er nun bald darauf kommen würde, daß ein guter Name in ihm auftauchen würde, wie ein Fisch aus stillem Wasser emporschnellt. – Oder zutreffender vielleicht: wie ein Falke aus der Luft herabstößt.

»Wie heißt du denn nur, mein Freund?« flüsterte er, die Nase im Gefieder des Falken. »Vater Sebastian vielleicht?« Der Vogel sah ihn scharf und mißbilligend an. – »Nein, so bestimmt nicht.« Wolfgang lächelte und ließ den Falken an seinen Haaren zupfen. – »Findest du denn etwas da oben, hm, Falke?« Mit der freien Hand streichelte er ihm den Rücken und die Schwingen. Und noch immer durchfuhr ihn dasselbe Gefühl von Leben und zitternder Wollust, genauso stark wie damals, vor fast vier Jahren, als er zum erstenmal einen Jagdfalken behalten hatte. Er war zehn, als er Phönix bekam. Nun war er dreizehn. Und nachdem er Phönix bekommen hatte, war alles anders geworden, und das Leben war von einem neuen Sinn erfüllt. Allmählich waren die anderen Falken dazugekommen. Und vier seien nun genug, meinte der Onkel.

Wolfgang dagegen hätte sich gut vorstellen können, den ganzen Dachboden im Turm voller Falken zu haben, doch er sah ein, daß sich das nicht machen ließ.

Der Onkel, ja . . . Und wieder begannen seine Gedanken zu schweifen.

Im Jahre des Herrn 1226 führte Kaiser Friedrich II. Krieg gegen den Lombardischen Städtebund. Dafür brauchte er Männer. Ritter Heinrich von Falkenburg war einer von ihnen. Er zog über die Alpen, nachdem er seine Burg, sein Lehen und seine Gemahlin mit dem kleinen Sohn der Obhut seines Bruders anvertraut hatte.

Später rief der Kaiser seine Männer zum Kreuzzug auf, um sein Versprechen, die Heilige Stadt zu erobern, einzulösen. Ritter Heinrich nahm am Kreuzzug teil, denn er schwang gern das Schwert und liebte das Leben im Feld.

Während des ersten Feldzuges in der Lombardei und während der Vorbereitungen zum Kreuzzug sandte er Briefe nach Hause in die Falkenburg. Nicht alle kamen an, denn die Burg lag in unwegsamem Gelände, ein gutes Stück abseits der wichtigsten Hauptstraßen in den Norden. Außerdem gab es Unruhen. Auch bei den Briefen aus der Burg an Ritter Heinrich war es ungewiß, ob sie nicht verlorengingen. Und so erfuhr der Ritter nie, daß seine Gemahlin kurz nach seiner Abreise gestorben war. Allmählich blieben die Briefe von Ritter Heinrich aus. Und auch vom Verlauf des Kreuzzuges hatte seit langem niemand mehr etwas gehört. Dafür waren die absonderlichsten Gerüchte aus Rom und anderen Orten im Umlauf. Sie fanden ihren Weg auch auf die Falkenburg.

Wolfgang war der Rittersohn, der Erbe und eigentliche Herr auf Falkenburg, nun, da der Vater fort war. Der Onkel, Friedrich, verwaltete seitdem die Burg.

Wolfgang erinnerte sich gut daran, wie die Mutter gestorben war, an einem Karfreitag. Sie hatte sich während der Feierlichkeiten am Gründonnerstag unwohl gefühlt und war zu Bett gegangen. Am Karfreitagmorgen war sie mit heftigen Rückenschmerzen aufgewacht, und um die Mittagszeit war sie tot.

Noch immer konnte sich Wolfgang alles ins Gedächtnis rufen, was an diesem längsten aller Vormittage geschehen war.

Nicht, weil er damals besonders traurig gewesen wäre – seltsamerweise war dies nicht der Fall. Auch nicht, weil die Mutter zwischen den Schmerzanfällen viel und eindringlich zu ihm gesprochen hatte; wie er sich in acht zu nehmen, sich zu verhalten und wie er aufzutreten habe, nun, da er allein zurückblieb. In jenen Augenblicken hatte er kaum darauf geachtet, was sie sagte.

Wenn Wolfgang an den Todestag seiner Mutter zurückdachte, hatte er nämlich etwas ganz anderes vor Augen, etwas, das damals die Tatsache, daß ihn die Mutter verließ, völlig überschattet hatte. Die Trauer kam erst später.

Er hatte den TOD gesehen.

Er hatte gespürt, daß er im Zimmer war, hatte gesehen, wie er in den Körper der Mutter eindrang und ihr, in ganz wenigen Stunden nur, alles Leben entzog. Er erinnerte sich, daß sie viel bleicher geworden war, als er es für möglich gehalten hätte – und er erinnerte sich an die große Angst, die ihr Gesicht widerspiegelte, als der Augenblick des Todes endlich eintrat. Er sah es noch vor sich, wie sie ihr fortwährend den kalten Schweiß von Gesicht und Händen wischen mußten. Sie wimmerte ununterbrochen leise, ganz leise, und die kleine, goldene Haarlocke in ihrer Stirn war dunkel vor Nässe. Ihre schönen Augen waren verschleiert und fieberblank.

Und dann sog sie mit einer gewaltigen Kraftanstrengung ganz viel Luft ein, die irgendwie in ihr verblieb. Und er erinnerte sich, daß ihr Blick brach wie ein Wasserspiegel, in den ein Stein geworfen wurde, so daß der Schlamm vom Grund aufwirbelte.

Die ganze Zeit über hatte er, ein kleines Stückchen vom Bett entfernt, in einer Ecke am Fenster gesessen und sich auf die Lippen gebissen. Ja, der hier im Zimmer war, war der Tod, und Wolfgang wußte nicht, woher er ihn kannte. Und er konnte nicht begreifen, daß niemand sonst – ausgenommen vielleicht die Mutter – *sah,* daß der Fremde anwesend war. Die Gegenwart des Todes verursachte ein fast körperliches Unbehagen – wie ein Schatten, wie Rauch lag er zwischen den Menschen im Zimmer.

Die Mutter hatte nach dem Onkel gerufen, als sie spürte, daß es zu Ende ging. Und der Burgverwalter hatte sich neben dem Bett niedergekniet und gelobt, gut für Wolfgang zu sorgen, bis Ritter Heinrich zurückkehren würde.

Danach hatte die Mutter zu röcheln begonnen, ihr Kopf war nach hinten gefallen, und sie schien auf einmal um Jahre gealtert. Ihre Augen erfüllten sich mit Angst und Panik: Etwas oder jemand hockte rittlings auf ihr und starrte ihr mit einem entsetzlichen, für niemanden sonst wahrnehmbaren Blick in die Augen.

Dann war alles vorbei, und Vater Sebastian hatte den Segen gesprochen. Plötzlich war es viel lichter im Zimmer geworden, der Fremde war nicht mehr da, und die Wirklichkeit wurde wieder wie zuvor.

An jenem Nachmittag hatten sie Wolfgang in sein Zimmer tragen müssen.

In der darauf folgenden Zeit beschäftigte ihn vor allem ein Gedanke: Was geschah, wenn der Vater nicht zurückkam? Soviel hatte er immerhin schon gelernt, daß viele sterben mußten im Krieg. Was, wenn der Vater einer von ihnen war?

Am Anfang hatte ihm dieser Gedanke nachts Angst eingejagt, und er mußte brennende Kerzen bei sich im Zimmer haben. Später hatte er gelernt, die Angst zu beherrschen, noch immer aber konnte er sie Tag für Tag irgendwo in seiner Brust spüren – eine Art ziehender Schmerz. Und noch immer konnte ihm der Gedanke, daß er nun allein war, die Kehle zuschnüren.

Natürlich hatte er die ganze Zeit über den Onkel und die Tante – doch er empfand sie immer als etwas kühl und fremd, es war etwas an ihnen, das ihn ein bißchen ängstigte, ohne daß er richtig wußte, weshalb.

Nach dem Tod der Mutter hatte er sich zurückgezogen, mit niemandem gesprochen, und er dachte daran, was er Seltsames gesehen hatte und daß er jetzt allein war. – Er dachte nicht gern an jene Zeit zurück.

Doch etwas später hatte er den ersten Falken bekommen, und er war nicht mehr in der gleichen Weise allein. Die Zeit danach war ganz von den Gedanken an die Falken und die Jagd erfüllt, und alles andere war unwesentlich. Er beteiligte sich nicht länger an den ritterlichen Übungen, mit denen er nach dem Zahnwechsel allmählich begonnen hatte. Und nur widerwillig folgte er noch Vater Sebastians Unterricht. Der Onkel hatte ihn von den Leibesübungen befreit, das war ganz einfach gewesen. Ohne ein Wort darüber zu verlieren, hatte der Onkel ihm seinen Willen gelassen. Und der Onkel hatte ihm auch seinen ersten Falken besorgt – offenbar, damit er etwas zu tun hatte und sich nicht in trüben Gedanken verlor. Zudem sei es gut, Jagdfalken auf der Burg zu haben, meinte der Onkel.

So hatte sich Wolfgang in den letzten drei, vier Jahren nur mit den Falken beschäftigt. Diesen Sommer jedoch waren die Gedanken an den Vater und den Kreuzzug wieder nähergerückt. Denn Wolfgang würde kurz nach Weihnachten vierzehn Jahre alt, mit anderen Worten mündig und somit rechtmäßiger Herr der Burg werden. Was das eigentlich bedeutete, davon hatte er nicht die geringste Ahnung. Und es wunderte ihn ein bißchen, daß der Onkel nie mit ihm darüber sprach und den Tag seiner Mündigkeit mit keinem einzigen Wort erwähnte – als hätte er vergessen, daß er kurz bevorstand. – Der Onkel überließ ihn mit seinen Falken sich selbst, wie er es stets getan hatte.

Wolfgang hatte seinen Vater, Ritter Heinrich, als einen großen, dunklen Mann mit Bart in Erinnerung, der ihn manchmal hoch in die Luft gehoben, ihn aber sonst im wesentlichen in Ruhe gelassen hatte. In seiner Erinnerung war der Vater gutmütig (obwohl dies alles für Wolfgang weit zurücklag), mit sanften Augen und einem nachdenklichen, kaum wahrnehmbaren Lächeln. Ritter Heinrich strahlte eine tiefe Ruhe aus, und Wolfgang hatte den Eindruck, daß der Vater alles ganz, ganz ernst genommen hatte. Nichts war ihm zu gering. Trotzdem aber war der Vater oft geistesabwesend und weit weg, selbst wenn es um Kleinigkeiten ging. Der Vater hegte so vielen Gedanken.

Der Onkel war anders, nüchterner, vorsichtiger und viel stiller als sein Bruder, der Ritter. Während das Gesicht des Vaters Lachen und Fackellicht, Turniere und Possen widerspiegelte, zeigte das Gesicht des Onkels – Wolfgang wußte nicht, was. Aber es war etwas Stilles im Onkel. Spiegelte das Gesicht des Vaters die *Dinge* und *Menschen* wider – so zeigte sich im Gesicht des Onkels der Erdboden. Die schweren Äcker und Felder, der braune lehmige Erdboden.

Wolfgang mied seinen Onkel. Und er fühlte, daß auch der Onkel ihm aus dem Weg ging, ihn gewähren ließ. Er bekam fast immer seinen Willen. Wie jetzt, da er endgültig im Nordturm bleiben wollte. Er war sich sicher, daß der Onkel ihn nicht daran hindern würde.

Wolfgangs Mutter war die jüngste Tochter eines lothringischen Grafen gewesen. Wolfgang verstand nicht viel davon, aber es wurde ihm gesagt, daß seine Mutter eine anmutige Frau gewesen sei. Als er ganz klein war, gab es für ihn nichts Schöneres als sie, und er hatte oft darüber gegrübelt, weshalb diese lichte Gestalt in Kleid und Schleier damals so jäh gestorben war.

Alle Damen dort unten zwischen den Mauern redeten von Herzeleid, und ein Minnesänger aus der Gegend hatte ein Lied darüber verfaßt, wie ihr Herz am Leidenstag des Herrn entzweibrach. Vater Sebastian dagegen war anderer Auffassung.

»Der Gürtel ist schuld daran«, hatte er Wolfgang erklärt. – »Er vergiftet Blut und Eingeweide, und die meisten sterben, wenn er nicht rechtzeitig abgenommen wird.« Der alte Mönch zeigte eine besondere Vorliebe für solche Gesprächsthemen.

Wolfgang fand das alles – das Geplapper der Damen von Herzeleid, das wehmütige Minnelied und Vater Sebastians Gerede über den Gürtel widerlich. Lieber unterhielt er sich mit den Falken.

Sie nämlich verstanden etwas davon. Sie glichen dem Tod; unzählige Male hatte Wolfgang gesehen, wie sie sich auf die Beute stürzten und deren Leben mit einem einzigen, unerwarteten Hieb ein Ende setzten.

Abends, wenn es dunkel geworden war, schlich er sich gewöhnlich zu ihnen hinauf, saß dort unter den Dachbalken und sprach mit ihnen, bis die Gedanken unzusammenhängend wurden und die Augen sich wie mit Sand füllten. Dann erst verabschiedete er sich und kroch die Stufen hinab in seine Turmkammer. Und er wußte genau, daß die Falken niemals einschliefen, bevor er hinuntergestiegen war. Mit den Falken zu sprechen, war Wolfgangs großes, beglückendes Geheimnis.

Nun war es schon fast Winter, aber er war fest entschlossen, hier oben zu bleiben, mochte es auch bitterkalt werden. In allen Zimmern waren offene Feuerstellen vorhanden – es mußten hier vormals Leute gewohnt haben –, und er trug sich mit dem Gedanken, die Falken herunterzuholen, in das Zimmer nebenan; die kleine Kammer, in der es nichts gab außer einem mächtigen Bücherschrank und die im übrigen nicht benutzt wurde. Dort würde es warm genug sein.

Dann könnte er bei angelehnter Tür in seinem Bett liegen und mit den Falken sprechen, bis er einschlief.

Der Gedanke, den Winter auf diese Weise hier oben, unter den Sternen, zu verbringen, erfüllte Wolfgang mit einer unsäglichen Freude.

Glücklich küßte er den Namenlosen, wandte sich von der Mauer ab und ging hinein, umgeben von den Falken wie von einem Gewand aus wogendem Gefieder.

Er merkte nicht, daß er beobachtet wurde. Vater Sebastian schaute verstohlen durch ein Turmfenster an der Westmauer zu der schmächtigen Gestalt hinauf.

Dann rieb sich der Mönch nachdenklich das Kinn und stieg die Treppen hinunter.

II

»Was treibt er eigentlich die ganze Zeit dort oben?« Herr Friedrich sah finster und verärgert aus.

Vater Sebastian fühlte wie gewöhnlich einen kleinen Stich der Furcht, wenn er vor Herrn Friedrich stand. Er hatte etwas an sich, das den Mönch beunruhigte, es war immer stärker geworden mit den Jahren, ohne daß er genau hätte sagen können, was denn genau diese sonderbare Furcht hervorrief. Vater Sebastians Nase nahm einen eindringlichen, süßsäuerlichen Geruch nach Wein wahr. Die Furcht reichte ihm bis in die Knie, und in den Schultern und unter den Armen spürte er ein Stechen.

»Er ist nicht anders als sonst«, begann der Mönch, etwas befangen. »Er geht für sich allein auf den Mauern umher. Und an den Vormittagen liest er mit mir.«

»Und nur deswegen seid Ihr zu mir gekommen?« Herr Friedrich sah ihn spöttisch an; diese Gespräche kannten sie beide nun allmählich zur Genüge. Den ganzen Sommer hindurch war der Mönch in gleichmäßigen Abständen zu Herrn Friedrich gekommen, um mit ihm über den Jungen zu reden. Und jedesmal verliefen die Gespräche in einer ganz bestimmten Weise. Der Mönch fing ausweichend an, brachte ein paar Worte über Wolfgangs Entwicklung, die alles anderes als wünschenswert sei, hervor, ohne indessen ganz auszusprechen, was ihm wirklich auf dem Herzen lag. Herr Friedrich hatte ihm anfänglich aufmerksam, dann aber zunehmend ungeduldiger und gereizter zugehört. Der Inhalt der Gespräche konnte variieren, unvermeidlich aber kam meist etwas ganz Bestimmtes zur Sprache.

»Ich nehme an«, begann Herrn Friedrich, »daß Ihr wie üblich wegen der Falken zu mir gekommen seid. Ich weiß ganz gut, daß unter den Leuten von Schwarzkünsten und dergleichen gemunkelt wird. Ist Euch abermals etwas zu Ohren gekommen, Vater?«

»Nun . . . Ihr wißt ja, Herr, daß mir die Falken stets ziemliche Sorgen bereitet haben, vor allem im vergangenen halben Jahr. Nachdem er – dort hinaufgezogen ist und den letzten Vogel bekommen hat. – den ganzen Tag richtet er sie dazu ab, zu fliegen, zu jagen und – zu töten.« Der Mönch hielt inne.

»Darüber haben wir uns schon oft unterhalten, Vater. Jagdfalken zu halten ist keine schlechte Sache. Wollt ihr mir denn nicht zur Abwechslung wenigstens einmal versuchen, mir zu erzählen, *was* Euch dermaßen bekümmert?« Der Ton der letzten Worte war besonders müde und gereizt.

Erneut spürte der Mönch ein Stechen in den Armen und den Schultern. Seine Handflächen waren nun gewiß ganz feucht. Er nahm sich zusammen:

»Mit allem Respekt, Herr . . . Hier geht es weniger um die Falken, als vielmehr um die Wirkung dieser Vögel auf den Jungen.« Herr Friedrich sah ihn interessiert an: Das war neu.

»So?«

»Ja, doch. – Er versteht, mit diesen Vögeln in einer Weise umzugehen, wie ich es noch niemals sonst erlebt habe. Ihr wißt ja, er hält sie weder in Fesseln noch im Bauer, sondern läßt sie frei herumfliegen. Und sie gehorchen ihm! Ich weiß nicht – habt Ihr selbst schon einmal darüber nachgedacht, Herr Friedrich?«

»Nein«, log der andere. »Vielleicht habe ich an der Entwicklung meines Neffen zu wenig Anteil genommen. Ihr müßt jedoch bedenken, Vater, daß ich ja eine Burg und ein Lehen zu verwalten habe. Die Ausbildung des Jungen und sein seelisches Wohl und Wehe habe ich Euch anvertraut, Vater.« Herr Friedrich verstummte. In Wirklichkeit hatten ihn nämlich der Junge und seine Falken nun etliche Monate schon über alle Maßen beschäftigt. Das konnte er jedoch dem Alten gegenüber nicht einräumen. Er hatte seine Gründe dafür.

»All das habe ich Euch überlassen, Vater. Und ich war im Glauben, er befinde sich in guten Händen«, fügte Herr Friedrich mit Nachdruck hinzu.

»Ja, Herr . . .«, fing der Mönch an und atmete auf. Endlich einmal war es ihm gelungen, das Gespräch dahin zu lenken, wo er es haben wollte. – »Eigentlich komme ich nur deshalb zu Euch, Herr Friedrich«, fuhr er fort, »dem Vormund und Pflegevater des Jungen, damit ich Euch über einige Dinge unterrichten kann, die die Entwicklung des Jungen betreffen und die . . .« – er holte tief Luft – ». . . die für den künftigen Herrn der Falkenburg alles andere als wünschenswert sind.«

»Ihr habt mich in letzter Zeit ziemlich oft aufgesucht, ohne viel mehr als das eben Gesagte vorzubringen«, bemerkte Herr Friedrich spitz.

»Ja, das mag sein – aber ich bitte Euch: Laßt mich zu Ende reden.« Da Herr Friedrich nickte und den Kopf in die Hände stützte, fuhr der Mönch fort:

»Daß der Junge ein tüchtiger Falkner ist und geschickt mit den Vögeln umgeht, ist nur zu loben. Doch das geht zu weit! Er redet mit ihnen! Mehrere Male habe ich ihn schon bei leisen Gesprächen mit den Vögeln überrascht – und jedesmal hat er sofort aufgehört, wenn er mich sah. Und danach hat er merkwürdig schuldbewußt dreingesehen, als hätte man ihn bei einer heimlichen Sünde ertappt. Und jetzt, in diesem Sommer, ist er viel häufiger mit den Falken als mit Menschen zusammengewesen! Um geradeheraus zu sagen, was ich glaube und empfinde, Herr, so befürchte ich . . .«, der Mönch nahm all seinen Mut zusammen. »So befürchte ich, daß er bald selbst ein Falke sein wird, Herr!« –

Nun war es endlich draußen, was er so lange mit sich herumgetragen hatte. Er schielte gespannt zum Burgverwalter hinüber. Da er in dessen Gesicht kein Zeichen einer Veränderung wahrnahm, fuhr er fort:

»Ich befürchte, daß er im Begriff ist, wahnsinnig zu werden, Herr. – Wunderlich ist er ja immer gewesen, wie Ihr selbst wißt, und ich glaube, die Falken trüben seinen Verstand noch mehr. Bedenkt doch, daß er nach Weihnachten mündig wird, am Heiligen Dreikönigstag – und was dann? Dann ist ja er der wirkliche Herr auf Falkenburg, und nicht *Ihr*, Herr . . .« Das letzte kam ganz leise, fast flehentlich.

Der Mönch betrachtete Herrn Friedrichs Gesicht. Einen kurzen Augenblick blieb es genauso unbeteiligt wie zuvor, vielleicht ein wenig interessiert und bekümmert, wie es sich der Mönch erhofft hatte. Herr Friedrich hatte seit langem dem Jungen auffallend geringes Interesse entgegengebracht. Vielleicht würde er nun endlich . . .

Im nächsten Augenblick aber veränderte sich das Gesicht des Burgverwalters so stark, daß es fürchterlich anzusehen war. Es war um so erschreckender, als der Mönch von dem ruhigen und praktischen Mann, der über Burg und Lehen herrschte, eine solche Reaktion zu allerletzt erwartet hätte.

Herr Friedrich *lachte*. Sein Gesicht zerbarst in einer Grimasse des Lachens, er warf sich im Stuhl zurück und grölte vor Lachen.

»Ein Verrückter! Ein Verrückter als Herr auf Falkenburg! Ein – ein Wahnsinniger!« Er lachte, daß der Stuhl ächzte, er lachte, daß es von der Decke widerhallte. Er lachte und lachte – und der Mönch, der überhaupt nicht auf so etwas gefaßt gewesen war, biß sich auf die Lippen.

Vor den Türen blieben die Leute stehen und horchten erschrocken auf. Das konnte doch nicht der stille, vernünftige Herr Friedrich sein, der dermaßen lachte. Aber die Stimme war unverkennbar.

Endlich beruhigte er sich etwas und beugte sich nach vorn. Der Mönch sah ihn besorgt an. Schließlich warf er, so empört wie möglich, ein:

»Herr Friedrich, bei allem Respekt: Das Wort *Verrückter* ist denn wohl doch etwas zu stark. Der junge Herr Wolfgang ist äußerst gelehrig, und an den Ergebnissen seiner Studien ist nichts auszusetzen.« Der Mönch hatte plötzlich das Bedürfnis, den Jungen in Schutz zu nehmen. Daher sagte er: »Außerdem – mit den Tieren reden zu können wird von vielen als ein Zeichen von großer Heiligkeit angesehen.« Vater Sebastian war Franziskaner und mußte in diesem Punkt wissen, wovon er sprach.

Herr Friedrich starrte ihn einen Moment lang mit offenem Mund an, als hätte sich der Mönch vor seinen Augen in ein seltsames Tier verwandelt. Dann brach er wieder in Gelächter aus:

»*Große Heiligkeit!* – Das ist das Beste, was ich je gehört habe!« Herrn Friedrichs Leib wurde vom erneuten Lachanfall gewaltig geschüttelt. Er versuchte, noch etwas hinzuzufügen, aber die Worte gingen im dröhnenden Gelächter und Geschluchze unter.

Mit einem Mal wurde er ernst und richtete sich mit einer zornigen Bewegung halbwegs in seinem Stuhl auf.

»Aber er redet mit den Vögeln? Wie? *Wie?*« Er fuhr den Mönch an. – »Ich werde dir nun etwas sagen, mein lieber alter Hauslehrer: Mit den Vögeln zu reden ist Verrücktheit! Wie Ihr eben selbst bemerkt habt! Haha! – Redet mit den Vögeln!« Er spuckte die Worte aus: »*Alle,* die mit Vögeln reden, sind Verrückte!« sagte er mit Nachdruck. Darauf brach er wieder in sein unbeherrschtes, hysterisches Lachen aus, durch das er dem Mönch ganz fremd wurde.

Vater Sebastian war gekränkt und ziemlich aufgebracht. Das Bild eines Mannes in Mönchskutte, der mit erhobenen Armen draußen in einem weiten, goldenen Weizenfeld stand, leuchtete einen Augenblick vor seinem inneren Auge auf. Der Mann mit den erhobenen Händen war in Lumpen gehüllt, und Krähen und Elstern flatterten um ihn herum. Das Sonnenlicht dort draußen auf dem Feld war sehr hell, fast weiß.

Vater Sebastian empfand zum erstenmal seit langer, langer Zeit das starke Bedürfnis zu weinen. Aber er beherrschte sich, und die wächserne Haut unter den Augen blieb trocken. Unvermittelt wandte er sich zum Gehen. Im stillen beschloß er, diese Sache Herrn Friedrich gegenüber nicht mehr zur Sprache zu bringen. Dann fiel ihm etwas ein.

»Übrigens ist da noch etwas . . .«, sagte er und sah die vom Lachen geschüttelte Gestalt an. Herr Friedrich kam ihm nun äußerst abstoßend vor. Wo war der sonnige Junge geblieben, der einst, vor langer Zeit, ausgedehnte Spaziergänge mit ihm unternommen hatte? Der Schlingel, der Kröten im Spind des Lehrers versteckte?

Er sah den andern an. Nur schwer hatte er sich daran gewöhnen können, ihn mit »Herr« anzureden. Zu Ritter Heinrich hatte er »mein Junge« oder etwas dergleichen sagen können, auch wenn andere dabei gewesen waren. Friedrich dagegen wünschte ausdrücklich, von seinem alten Lehrer mit »Herr« angesprochen zu werden.

Vater Sebastian begriff das ganz und gar nicht. Von den beiden Brüdern hatte er eigentlich von Friedrich am meisten gehalten. Er war viel feinfühliger als sein recht unbekümmerter älterer Bruder. Zudem war Friedrich auf der Schulbank der weitaus Tüchtigere gewesen. Der Mönch erinnerte sich, daß sie viel miteinander gesprochen hatten und es überhaupt schön war, wenn sie beide an den Nachmittagen spazierengingen – damals. Heinrich war selten dabei, er hatte stets etwas anderes vor und fand es nicht besonders spannend, Kräuter zu sammeln. Und eigentlich, schien dem Mönch, war Friedrich ganz froh, daß sie beide allein waren.

Ein kühner Junge war Friedrich nicht gerade gewesen. Kein Draufgänger. Dafür hatte er als Junge eine sehr schöne Stimme gehabt, erinnerte sich der Mönch und betrachtete den lachenden Mann vor sich. Von dem Friedrich, der das *Kyrie* schöner als irgendein anderer im Lehen singen konnte, war nun nicht mehr viel übriggeblieben. Sein Haar war dunkel geworden, und seine Stimme klang etwas schrill und zittrig. Es fiel jedoch nur auf, wenn er laut sprach oder lachte, wie jetzt.

Aber es hatte sich ja auch so viel ereignet seit damals . . .

»Da ist noch etwas . . .«, fing der Mönch von neuem an, aber es war unmöglich, durch das Gelächter des andern zu dringen, und wiederum wurde der Mönch von Abscheu erfüllt.

Er hatte die Hoffnung gehegt, daß irgendwo tief in Friedrichs Innern, wie in ihm selbst und bestimmt auch in allen anderen Menschen, noch ein kleiner Junge mit Schürfwunden und samtweicher Haut steckte. Wenn er aber nun Friedrich ansah, kamen ihm leise Zweifel. Andererseits – wenn man ihn, einen alten, verrunzelten Mönch, anschaute – würde da jemand glauben, daß er einst im Wettlauf der schnellste Junge seines Dorfes gewesen war?

Der Mönch ließ den Gedanken fallen, denn bisweilen huschte der Schatten eines Menschen, den er vor vielen Jahren gekannt hatte, über Herrn Friedrichs Gesicht. Ab und zu spiegelte sich der junge Friedrich im Gesicht des Mannes wider, und Vater Sebastian wurde es dabei seltsam zumute: Für ein paar Augenblicke meinte er den Fußweg zu sehen, den sie zum See hinunter zu gehen pflegten. Friedrich und er, um Kräuter und Blüten zu sammeln. Vater Sebastian war erneut den Tränen nahe, aber er beherrschte sich und schaute den andern an, der sich jetzt etwas beruhigt hatte. Der Mönch verspürte eine tiefe Besorgnis in seiner Brust.

»Da ist noch eine Kleinigkeit . . . Euer Neffe hat mir gesagt, daß er den Winter im Nordturm oben verbringen will. Das heißt: zusammen mit den Vögeln«, fügte er hinzu.

»Zusammen mit den Vögeln?« Herrn Friedrich wirkte so heiter wie zuvor, und auf seinem Gesicht lag noch immer dieser verletzliche, wehrlose Schatten, nun aber mit einem jähen Zug der Verzweiflung.

»Ja, Herr«, sagte der Mönch verdrießlich. Er hatte kein Bedürfnis, näher auf das Thema einzugehen.

»Mein Gott«, sagte Herr Friedrich. »Laßt ihn doch gewähren, wenn er Lust dazu hat.« Er fing wieder an zu lachen: ». . . zusammen mit den Vögeln! Das ist das Beste, was ich je gehört habe!« Vater Sebastian verbeugte sich leicht und ging langsam zur Tür, wobei er verstohlen zu dem lachenden

Mann am Kaminfeuer zurückblickte. Sein Herz war von Angst erfüllt.

Es war nämlich nicht das erstemal, daß Vater Sebastian Zeuge geistiger Umnachtung wurde.

Friedrich von Falkenburg rieb sich unruhig den Nasenrücken, als der Mönch gegangen war. Er schmunzelte die ganze Zeit vor sich hin. Jetzt ging ihm der Gedanke in seiner ganzen Tragweite auf: Der Junge war verrückt geworden! Gott im Himmel! Der Junge war verrückt geworden!

Er fand an dem Gedanken einen seltsamen Wohlgefallen, lehnte sich zufrieden in seinen Stuhl zurück und schaute ins Feuer. Dann und wann trank er einen Schluck Wein. Er lachte noch immer, aber jetzt lautlos.

Während er so dasaß, gingen ihm vielerlei Gedanken durch den Kopf. Zuerst dachte er an das Gespräch von vorhin mit dem Mönch.

Im Grunde ärgerte er sich über sich selbst, weil er so plötzlich und wild zu lachen begonnen hatte. Aber es war nicht aufzuhalten gewesen, ausnahmsweise hatten die Worte des Mönchs eine sehr tiefe und kaum je angeschlagene Saite in ihm berührt.

Denn es stimmte keineswegs, daß er selten an den Jungen dachte. Im Gegenteil, die Gedanken an Wolfgang und dessen Falken hatten in der letzten Zeit immer häufiger von ihm Besitz ergriffen. Und jedesmal hatte er versucht, sie wegzuschieben. Nun ließen sie sich jedoch nicht mehr länger unterdrücken und drängten sich ihm zum erstenmal seit langem mit aller Macht auf. Und darüber mußte Herr Friedrich lachen.

Er hatte nämlich die *Faust* in sich verspürt, und das versetzte ihn stets in ausgesprochen gute Laune.

Ernstlich hatte er die *Faust* zum erstenmal an jenem Tag gespürt, als Ritter Heinrich abreiste. Er erinnerte sich daran, als wäre es am Tag zuvor geschehen.

Es war zu Beginn des Frühlings, unter dem Himmel feierten die Vögel mit ihrem Gesang das Ende des Winters. Die Wälder und Felder waren mit hellem, sprießendem Grün überzogen; sie schienen im Frühlingslicht zu schweben.

Das Schicksal hatte es so gewollt, daß er und der Bruder ausgerechnet auf der nördlichen Mauer Abschied nahmen – gerade dort, wo nun der Junge mit seinen Falken wohnte.

Tief unter ihnen toste und brauste der Fluß, trat breit über seine Ufer. Der Himmel war hellblau und durchsichtig.

Sie hatten zunächst vom bevorstehenden Feldzug gesprochen, sich gefragt, wie lange er wohl dauern mochte; zudem gab es auch praktische Fragen der Burgverwaltung, nun, da Ritter Heinrich fortzog. Danach waren sie beide in Gedanken versunken und hatten, jeder für sich, in die Landschaft hinausgeschaut. Es war ein friedliches Lehen. Fruchtbar und schön. Es schien, als ob der Fluß etwas von der großen Stille der Berge mit sich brächte und damit die Felder bewässerte. Das alles ging nun in Friedrichs Hände über – wenigstens solange, bis sein Bruder zurückkehrte.

Plötzlich schaute ihn Heinrich fest und eindringlich an:

»Mit Wolfgang umzugehen ist nicht einfach. Er ist ganz anders als du und ich, als wir Kinder waren – nicht wahr?« Wolfgang war zu jenem Zeitpunkt neun. Ein schlauer Junge, der seine eigenen Wege ging. Es gab hier nun mal keine anderen Kinder, mit denen er hätte spielen können.

Friedrich hatte zustimmend genickt – Wolfgang war kein einfacher Junge. Er wußte, welch schlimme Nächte der Junge gelegentlich durchlitt: Wenn seine Amme am Bettrand sitzen und die ganze Nacht bei ihm bleiben mußte, weil Wolfgang sich vor der Dunkelheit fürchtete. Er nickte: Wahrhaftig, ein seltsames Kind. Wer wußte, wie er als Ritter sein und ob er dazu überhaupt taugen würde?

»Weshalb und wodurch er so geworden ist, weiß ich nicht«, fuhr Heinrich fort. »Er ist jedoch der Erbe der Burg und des Lebens, und ich habe ihn sehr lieb. Und er wird gut aussehen, sehr gut, wenn er etwas älter ist. Erinnerst du dich, wie die kleinen Mädchen . . . als wir jung waren?«

»Oh, ja . . .« Sie mußten beide lachen. Heinrich am meisten. Dann wurde der Ritter wieder ernst und fuhr fort:

»Ich will, daß du dich um ihn kümmerst, wirklich gut um ihn kümmerst. Und dafür sorgst, daß er eine ritterliche Ausbildung erhält, etwas lernt. Ja, bei Gott – *er* soll mehr als bloß seinen Namen schreiben können. Nicht wie ich, was, Friedrich?« Friedrich nickte stumm.

»Desweiteren«, fuhr der Bruder fort, »desweiteren will ich, daß du dafür sorgst, daß er zu seinem *Recht* kommt. Vergiß nicht – wenn ich abgereist bin, wird in Wirklichkeit Wolfgang Herr auf der Burg sein – formell gesehen, selbstverständlich. Und wenn etwas passieren sollte – wenn der Feldzug sich hinausziehen oder fehlschlagen – oder wenn ich für immer wegbleiben sollte . . . dann ist Wolfgang in vier Jahren mündig. In vier Jahren, Friedrich.« Er sagte das mit sehr viel Nachdruck. Dann sah er wieder über die Felder hinaus.

Friedrich nickte abermals. Er spürte, wie die Steinmassen unter ihm leicht bebten, als rührte sich etwas in der Tiefe der Burg.

Und im selben Augenblick öffnete sich vor ihm ein schwarzer Abgrund und die *Faust* kam das erstemal über ihn. Es war ein unheimliches Erlebnis. In diesem Augenblick nämlich überfiel ihn eine Vorahnung dessen, was sich auf der Burg ereignen würde, wenn der Bruder fort war. Und der Gedanke daran zwang ihn, sich fest gegen die Brustwehr zu lehnen, während er hilflos in die Landschaft hinausstarrte.

Eines aber war kristallklar geworden. Er *sah* das Kommende vor sich, und in ihm ging etwas entzwei, denn dies auszuhalten war zuviel. Er wurde gepackt von einem unbändigen Drang zu lachen. Herrgott, wie sehr wünschte er sich zu lachen, daß es widerhallte – ein befreiendes, verantwortungsloses Lachen. Es war ja so einfach, so verführerisch leicht, daß es geradezu – ja, geradezu lächerlich war!

»Das gleiche gilt für meine Gattin«, sagte Heinrich, der die Veränderung nicht bemerkte, die sich in seinem Bruder vollzogen hatte. Friedrich schaute ihn an. Das dunkle, mächtige Gesicht war mit einem Male fast durchscheinend geworden, wie der Frühlingshimmel, und Friedrich erkannte eine Spur jener Zartheit wieder, die ihm vor langer Zeit eigen gewesen war, bevor alles anfing und sie sich beide veränderten.

»Ja«, sagte er ruhig. »Ich werde mich gut um sie kümmern.« Und es gelang ihm, den Schein zu wahren und nicht in das Gelächter auszubrechen, das ihn schier zersprengte. Er kam sich wegen seiner Gedanken wie ein Verbrecher vor, ein elender Sünder. Sogar als der Bruder ihn bat zu schwören, daß seinem Sohn und seiner Gattin nichts Böses widerfahren solle, nährte er solche Gedanken in sich . . . Aber es waren nicht bloß Gedanken! Er wußte es einfach. Er hatte keine Ahnung, wann dies alles geschehen würde und auf welche Weise. Er hatte nur eine starke Vorahnung. Es war, als ob eine Stimme von weit weg, gleichsam aus der Tiefe der Steinmassen, ihm dies alles zuflüsterte.

Als er Heinrichs Gestalt sah, erkannte er, daß den Bruder möglicherweise dieselbe Vorahnung überkommen hatte, daß auch er *sah*.

Die *seherische* Gabe lag ein bißchen in der Familie. Der Onkel der beiden Brüder – Wolfgangs Großonkel – hatte es weit gebracht als Astrologe am kaiserlichen Hof auf Sizilien. Friedrich erschauderte.

»Friedrich«, sagte der Bruder ruhig, packte ihn an der Schulter. – »Friedrich, sieh mich an.«

CARDIFF
CAERDYDD

Ihre Blicke trafen sich, und Friedrich verlor sich langsam in den graublauen Augen des Bruders. »Friedrich«, sagte der Bruder zum drittenmal, während er ihn noch immer an der Schulter hielt.

Friedrich wurde von dem heftigen Wunsch ergriffen, der Bruder möge nicht reisen. Wenn er sich doch jetzt nur anders besänne, wenn er ihn doch nur nicht mit dieser schrecklichen und doch verlockenden Finsternis allein ließe . . .

Eine kurze Weile schlug die Ahnung eine unsichtbare Brücke zwischen ihnen. Dann verschwand sie plötzlich.

»Leb wohl, Bruder«, sagte Heinrich und stieg hinunter.

Friedrich fühlte sich erschöpft und unwohl, und er lehnte sich wieder hart gegen die Brustwehr. Er fürchtete sich vor dem, wozu er fähig sein könnte, wenn der Bruder fort war. Und am schlimmsten war die Gewißheit, daß sein Bruder nie mehr aus dem Krieg zurückkehren würde.

Er rieb sich mit den Händen das Gesicht und schüttelte alles, so gut er konnte, von sich.

Seit jenem Tag hatte Herr Friedrich den Griff der *Faust* um sein Herz wiederholt zu spüren bekommen. Er bezeichnete die Empfindung als Faust, denn es war genau das: eine mächtige schwarze Faust oder möglicherweise eine Klaue, die ihn packte und nicht eher losließ, als sie selbst wollte. Während der vergangenen Jahre hatte sie ihn immer wieder gepackt, öfter und stärker mit jedem Jahr. Daß sie nun wieder zugreifen würde, hatte er schon lange gespürt, die Gedanken an den Junge hatten sich in ihm aufgestaut, und als es dann endlich soweit war, überfiel ihn die Faust wie gewöhnlich zusammen mit einem Lachanfall.

Wieder sah er flüchtig in die Flammen und wußte, diesmal umklammerte ihn die Faust unnachgiebiger als je zuvor.

Und er begriff alles. Und er wußte, daß es jetzt, jetzt begann! – Wie eine Leier drehte und drehte es sich in ihm:

Jetzt, jetzt ist es geschehen! Jetzt, jetzt fängt es an! Während diese Worte in ihm widerklangen, fühlte er, wie ihn das Gelächter von neuem erfüllte. Denn jetzt war das Ganze in Gang gesetzt, jetzt verstand er etwas besser, wie sich alles entwickeln würde – und es waren die Worte des Mönchs, die ihn darauf gestoßen hatten:

Der Junge war verrückt geworden! Der Junge war verrückt geworden.

Soweit war Herr Friedrich mit seinen Gedanken gekommen, als er die Tür aufgehen hörte und Schritte auf den Dielen vernahm, die sich seinem Stuhl näherten. Er sah auf, obwohl er ganz genau wußte, daß es seine Frau war. Im Widerschein des Kaminfeuers wirkte ihr Gesicht wie eine kalkweiße Maske.

»Ja?« sagte er abwesend. Die ganze Zeit über dachte er: *Jetzt! Jetzt ist es geschehen! Jetzt fängt es an!*

Der Junge war ja verrückt – alle sagten es, er hatte es oft gehört. Und weshalb auch nicht? Es war geradezu lächerlich, daß er ihnen bis jetzt nicht geglaubt hatte. Wirklich lächerlich! Er hatte allen möglichen Grund zu lachen.

Das letztemal, als er ebensosehr gelacht hatte, war kurz nach dem Tod von Wolfgangs Mutter gewesen. Auch da hatte er begriffen, daß das Schicksal unerbittlich seinen Lauf nahm; er hatte sehr gut verstanden, wo es enden würde. Auch damals hatte er versucht, sich das Ganze aus dem Kopf zu schlagen und dem Gelübde, das er dem Bruder geleistet hatte, treu zu bleiben. Aber mit jedem Mal, da ihn die *Faust* ergriff, wurde es schwieriger, sich ihr zu widersetzen.

»Friedrich«, fing seine Frau an und stellte sich dicht vor ihn. – Das Schlimmste war, daß auch sie ein Teil des Ganzen bildete und ihn wenn nötig unterstützen würde. Voller Freude sah sie dem Mündigkeitstag des Jungen jedenfalls nicht entgegen.

Er wunderte sich bloß, wer überhaupt in der Lage war, einen solch – *teuflischen* Plan auszuhecken. Und wie er den Gedanken gedacht hatte, schauderte er zusammen. Ein teuflischer Plan – das war es. Mit einem Male stand ihm alles noch klarer vor Augen. Gott im Himmel!

»Das Schicksal ist des Teufels Werk«, murmelte er vor sich hin. Er hatte vergessen, daß seine Frau vor ihm stand.

»Was sagst du da?« Sie war verwundert. Es sah Friedrich nicht ähnlich, derlei Dinge zu sagen, praktisch und scharfsinnig, wie er stets war.

Ich muß mich vom Schicksal befreien, sprach es in ihm, und er versuchte, mit aller Kraft die unheimlichen Gedanken und die Gewißheit aus seinem Körper zu verdrängen, vergeblich allerdings. Wie eine Klaue hielt die *Faust* sein Herz umklammert und zog in hinunter in die Finsternis.

»Was redest du da?« Sie beugte sich zu ihm und prüfte seinen Atem. Er winkte sie gereizt weg. Warum war sie denn immer noch hier?

»Ach so«, sagte sie wissend. Ohne Umschweife fing sie an, irgend etwas von den Ställen zu reden.

Die Ställe, die Ställe, Herrgott! Er bemühte sich, so gut er konnte, sich für sie zu interessieren, fühlte aber, daß ihn die *Faust* nun fest im Griff hatte. Nach einer Weile bat er deshalb seine Frau, so zu verfahren, wie sie selbst es für das beste hielt – er wollte allein sein.

Dann war sie plötzlich fort, und er war wieder mit den Gedanken und den Faust allein, spürte, wie sie ihn im Griff hatte, so daß sich ihm der Hals zuschnürte. Und die Wut auf das Schicksal steigerte sich.

Warum sollte es stets die anderen begünstigen? Warum brachte es nie ihm die besten Gaben? Warum war Heinrich und nicht er der älteste Sohn auf der Burg? Warum hatte das Schicksal den Jungen allein gelassen, ohne Vater und Mutter, so daß er, Friedrich, in Versuchung geführt werden konnte?

Das Schicksal . . . Es war wie ein Raubvogel. – Manchmal war es einfach da. Plötzlich und jäh gab es sich zu erkennen. Sein ganzes Leben hindurch hatte es ihn verbittert und zugleich gefesselt, niemals jedoch so stark wie jetzt. Es war wie ein Raubvogel.

Als ihm dieser Gedanke kam, stand er so plötzlich auf, daß er den Stuhl umstieß.

»Oh, du barmherziger Gott!« rief er aus.

Nun stand alles in fürchterlicher Klarheit vor ihm. Die Schicksalsvögel, die Raubvögel, die *Falken* dort oben im Turm. – Der Junge, der Teufel, der über sie herrschte und sie von dort oben befehligte. Die *Faust,* die ihn ergriff, und die er liebte und gleichzeitig haßte . . .

Denn er hatte viel an den Jungen gedacht in diesem Sommer, auch im Zusammenhang mit dem, was der Bruder bei der Abreise fallengelassen hatte. Aber er wollte nicht so denken – so nicht –, auch wenn er es am Jungen bemerkt hatte, stärker mit jedem Monat.

Plötzlich wußte er, was er wollte. Er wollte sein Schicksal töten. Frei werden – kraft seines eigenen Willens herrschen und nicht nach dem Willen eines im Sarazenenland Verschollenen oder eines konfusen Kindes droben im Turm.

Er wollte den Jungen töten, wie es ihm die Vorahnung schon oft eingegeben hatte. Jetzt *wollte* er es.

Und als er diesen Gedanken zum erstenmal zu Ende gedacht hatte, fühlte er sich um einiges wohler. Im nächsten Augenblick aber überfiel ihn die Finsternis wieder mit neuer Kraft. Entsetzliche Taten kamen ihm in den Sinn, er war nun ganz in düsteren Gedanken verfangen. Er wußte, wie sehr er auch versuchte, dagegen zu kämpfen, er würde dennoch sein eigenes Schicksal besiegeln: den Jungen töten und mit ihm zugleich das Schicksal. Das Erstgeburtsrecht und sein eigenes Unglück töten. Frei würde er werden.

Es war indessen kein leichter oder gar befreiender Gedanke, wie er einen Moment lang geglaubt hatte. Aber er stand fest und erschien wahr.

So nämlich war das Schicksal, *jetzt* hatte er es gesehen, Wolfgang würde sterben müssen.

Darauf zog er sich um für das Abendessen.

Die Sternschrift

I

Wolfgang ballte seine Hände zur Faust und öffnete sie wieder. Immer wieder, wie um seinem Unmut Luft zu machen, machte er diese Bewegung. Sein Gesicht dagegen war so unberührt und durchscheinend wie sonst.

Die Kammerfrau half ihm beim Umziehen. Der Onkel gab diesen Abend ein Gastmahl, und der junge Herr Wolfgang sollte daran teilnehmen. Vier hohe Gäste, die persönlichen Delegaten des Papstes, waren auf dem Rückweg nach Rom von einer Reise in Sachsen auf die Burg gekommen.

Sie half ihm in die Kleider wie schon so manches Mal zuvor, während sie ihn prüfend ansah. Er war kein Kind mehr, obschon seine Gesichtszüge noch weich und seine Haare seidig waren. Doch seine Nase war in diesem Sommer etwas stärker hervorgetreten, und die Wangen waren schmaler geworden. Auch gewachsen war er, er war bald so groß wie sie.

Sie lächelte ihm zu, aber er sah es nicht. Langsam erstarb ihr Lächeln. Sie merkte selbst nicht, daß ihr Mund zu einem harten, schmalen Strich wurde, denn ihre Gedanken wanderten weit zurück in die Vergangenheit, zu einem Wintermorgen vor vierzehn Jahren.

Die Kälte an jenem Morgen war fast ebenso stark wie der Schmerz und die darauffolgende Trauer. Die Geburt dauerte sehr lange, und gegen das Ende war sie wie betäubt. – Der Schmerz war wie ein ungeheures schneidendes Licht, das durch sie hindurch ging. Mittendrin hatte sie das ungute

Gefühl, daß etwas nicht stimmte. Und als das Kind endlich draußen war, zeigte sich, daß es sich mit seiner eigenen Nabelschnur erwürgt hatte. – Sie nahmen es ihr weg, und einige kalte Tage lag sie da, ohne daß sich ihr Körper recht entscheiden konnte, ob er leben oder sterben wollte. Aber ihre Brüste hatten Milch, und das kam der Burgherrin droben zu Ohren, die eben einem Sohn das Leben geschenkt hatte.

So kam es, daß ihr Wolfgang zum Stillen anvertraut wurde. Und das Leben entschied sich für sie, als sie ihn zum erstenmal in den Armen hielt und das winzige Gesicht und den kleinen Mund auf der Haut spürte. Später hatte sie ihm das Laufen beigebracht, hatte ihn getröstet, wenn ihn etwas betrübte; hatte für ihn gesungen und ihm Geschichten erzählt. Als wäre er ihr eigenes Kind.

Wenn sie jetzt den feingliedrigen und geschmeidigen Jungen betrachtete, der er geworden war, schien er ihr fast zu vertraut. Sie preßte die Lippen noch fester zusammen und dachte an Wolfgangs Kindheit: *Als ob er ihr eigenes Kind gewesen wäre!* Nun machte es den Anschein, als würde er sie kaum wiedererkennen. Es war auch schon ziemlich lange her, seit sie wirklich miteinander gesprochen oder zusammen gelacht hatten. Und noch länger, viel länger war es her, daß er zu ihr gekommen war, damit sie ihm eine Geschichte erzählte oder um sich womöglich ein Stück Kuchen zu erschmeicheln – am hellichten Vormittag. Seit ein paar Jahren sah man in seinen Augen nur noch Luft, in seinem Gesicht; ein kühles, unendliches Luftmeer.

Das kam von den Falken. Auch an anderem waren diese Vögel schuld. – Sie wußte genau, daß auf der Burg und rings im Dorf und im Lehen schlecht über ihn geredet wurde. Sie erinnerte sich nicht genau, wann die Gerüchte ernstlich angefangen hatte, aber es mußte schon gut über zwei Jahre zurückliegen. Plötzlich hatten die Leute etwas Neues und Spannendes zu erzählen; Herr Friedrich war ja ein umgänglicher und ziemlich langweiliger Mann und daher kaum als Gegenstand von Gerüchten geeignet. Der junge Wolfgang dagegen, Ritter Heinrichs menschenscheuer Sohn – mit *dem* hatte es wahrhaftig etwas auf sich. Die Art und Weise, wie er sich mit Raubvögeln umgab; ohne Riemen, ohne Haube: Wenn da nichts Übernatürliches im Spiel war!

Die Wohlwollenderen fanden, er sei bloß ein bißchen verrückt – und manchmal fragte sich die Kammerfrau insgeheim, ob nicht etwas daran sei. Diejenigen aber, die ihm am wenigsten Wohlwollen entgegenbrachten – und sie waren in der Überzahl –, behaupteten, im Nordturm wohne ein Schwarzkünstler. Die Kammerfrau wußte nicht, wie verbreitet diese Ansicht war, denn niemand sprach laut darüber, wenn sie zugegen war. Das wenige jedoch, was sie aufgefangen hatte, war nicht gerade geeignet, sie im Hinblick auf die Zukunft des Jungen zu beruhigen. Ritter und Lehnsherr sollte er werden, aber der Himmel mochte wissen, wie das zugehen sollte, wenn ihm schon jetzt, da er doch nicht viel mehr als ein Kind war, solche Gerüchte anhafteten.

Schon bald würde er sein vierzehntes Jahr vollenden und des Onkels Herr und Meister werden. Sie schüttelte sich.

Rasch zog sie ihm das Unterhemd aus und hielt für einen Augenblick den Atem an: Der Anblick der roten Narben und Kratzer auf den Armen traf sie jedesmal gleich heftig. Auch an einigen Stellen auf den Schultern befanden sich Narben.

»Aber, Herr Wolfgang«, rief sie aus und befühlte behutsam den nackten Arm. Er faßte sich kühl und glatt an. Erneut durchlief sie ein Schauer.

Endlich sah er sie an.

»Was ist?« Sie schluckte. Er nahm sie nicht wahr.

»Woher stammen diese Narben?« fragte sie leise, obwohl sie die Antwort kannte.

»Von den Vögeln«, antwortete er, vornüber gebeugt.

Darauf wußte sie nichts zu erwidern.

Bei Tisch wurde ausgiebig gegessen und getrunken, aber wenig gesprochen.

Wolfgang saß auf dem Burgherrn-Sessel, Herr Friedrich zu seiner Rechten und Frau Elanor zur Linken. An der Tafel saßen im übrigen nur die vier Gesandten und Vater Sebastian. Dieser führte als einziger am Tisch auf Latein eine Art Gespräch mit den Gästen. Es war offensichtlich, daß die Ausführungen des Mönchs den Delegaten nicht ganz paßten, denn sie gaben ihm kaum Antwort. Es herrschte eine drückende und befangene Stimmung, und nach jedem Wortwechsel wuchs die Stille an der Tafel. Wolfgang langweilte sich grenzenlos und sehnte sich an die frische Luft.

Herr Friedrich trank viel und schaute ab und zu den Jungen an. Noch war er die finsteren Gedanken vom Nachmittag nicht los, wie er gehofft hatte. Doch er versuchte, sie im Wein zu ertränken.

Er war noch immer heftig darüber erschrocken, daß er den unerbittlichen Griff der *Faust* verspürt hatte. Für diesmal nun hatte sie losgelassen. Allein die entsetzlichen Gedanken blieben in ihm haften. – Die *Faust* war die Gewißheit, die Wahrheit: und er selbst, er war das Schwert in der Faust . . . Es würde richtig und für alle das beste sein, wenn das Kind einen leichten und leisen Tod stürbe. Es gab Mittel dazu, Gifte . . .

Wenn er nun jedoch den Jungen verstohlen anblickte, stieg ein warmes Gefühl des Wiedererkennens in ihm auf und schwächte die unheimlichen Gedanken. Schloß Herr Friedrich die Augen, so schwamm er in einem mächtigen Strom von Bildern und Erinnerungen aus seiner Kindheit. Er erinnerte sich an die gemeinsamen Spiele mit seinem Bruder, an die Streiche, die sie Vater Sebastian gespielt hatten. Alles in allem viele gute Erinnerungen. Damals hatte er seinen Bruder sehr verehrt. Und wenn er nun den Jungen anschaute, tauchte sein Bruder von damals in ihm auf.

Er erkannte jedesmal, wenn der Junge aus Höflichkeit ein paar Worte sagte, in Wolfgangs Stimme diejenige des Bruders wieder. Die Ähnlichkeit war so groß, daß es manchmal weh tat. In der Sprache und den Gesten schlug Ritter Heinrich durch – ohne daß sich der Junge selbst dessen bewußt gewesen wäre, es *war* einfach so. So war es auch mit Ritter Heinrich gewesen, von Anfang an. Er war der Erbe und bewegte sich mit einer Würde und Selbstverständlichkeit, die er, Friedrich, sich nie zugute halten konnte.

Er erinnerte sich, daß er dem Bruder deswegen gelegentlich böse gewesen war, und er entsann sich gut, wie er sich bemüht hatte, ihn nachzuahmen. Vergeblich natürlich. Irgendwie hatte Heinrich es im Blut, er war und blieb der Ritter. Friedrich selbst war nur Burgverwalter. Und bei allem, was er tat, sagte oder anordnete, stand stets der Bruder im Hintergrund. Aber dann war Ritter Heinrich abgereist . . .

Wieder sagte der Junge etwas. Durch all den Wein hindurch vermochte er die Worte nicht ganz zu erfassen, doch den Tonfall erkannte er: Das war Ritter Heinrichs klare, selbstsichere Art, Belanglosigkeiten zu sagen.

Er betrachtete Wolfgang. An noch jemanden erinnerte ihn der Junge – aber an wen? Das warme Gefühl des Wiedererkennens kam wieder, und er empfand eine plötzliche Zärtlichkeit für den Sohn seines Bruders. Nun gaben ihn die finsteren Gedanken vollständig frei – Herrgott – er war doch nur ein Junge. Und bei Licht besehen würde ja weiterhin er, Friedrich, auch nach dem Mündigkeitstag des Jungen, die Entscheidungen auf der Burg fällen. Es handelte sich ja bloß um eine Formalität. Zudem war Habgier eine Todsünde.

Und was er den ganzen Frühling und Sommer hindurch zu verdrängen versucht hatte, das stand mit einem Male klar vor ihm: Wie hübsch der Junge in diesem letzten Jahr geworden war.

Nun war der Gedanke gedacht. Herr Friedrich empfand Lust, Wolfgang zu umarmen, ihm die dunkelblonden Locken zu streicheln, an seinem Hals zu riechen . . . Und der Gedanke ließ sich nicht mehr aufhalten: Er wollte Wolfgang küssen. Er begehrte den Jungen. Begierde stieg in ihm auf, sie kam aus einem Punkt tief unten in ihm. Plötzlich waren die finsteren Gedanken fern und ganz und gar unbegreiflich.

Erneut ergriff der Junge das Wort; Herr Friedrich lauschte dem Klang der Stimme, und es war ihm, als glitzerten die Worte des Jungen wie dunkles Gold im Lichtschein des Feuers.

Wieder betrachtete er Wolfgangs Gesicht, suchte seinen Blick. Diesmal wurde es zuviel für ihn, er brachte es nicht fertig, noch länger sitzenzubleiben.

Schwankend erhob er sich und murmelte einige Worte der Entschuldigung. Dann torkelte er aus dem Saal. Krachend fiel hinter ihm die Tür ins Schloß.

Ganz zuletzt erhaschte er über die Tische und den großen Raum hinweg noch einen Blick aus Wolfgangs Augen. Wie schön sie waren, fühlte er mehr, als daß er es sah. Und wie scharf sie ihn plötzlich beobachteten.

Rastlos ging Wolfgang auf dem Burghof auf und ab.

Die Delegaten waren zu Bett gegangen; sie waren müde von der Reise, und bestimmt fanden sie auch, daß Falkenburg ein langweiliger Ort sei. Aus der Vorburg konnte Wolfgang Gelächter und Gejohle vernehmen. Der Lärm schwoll an und ebbte ab, wie von einem böigen Wind getragen. Das war die Gefolgschaft der Gesandten, die ihren Wein genoß, und den Stimmen nach zu schließen, hatte sie von zahlreichen Burgleuten Unterstützung bekommen.

Einer plötzlichen Eingebung folgend, trat Wolfgang zum offenen Tor, das zur Vorburg führte. Er stellte sich dort in den Schatten der mächtigen Eichenflügel, so daß er vom Kreis aus, der sich um das Feuer herum gebildet hatte, nicht zu sehen war.

»Siehst du die Leute, Alexander?« flüsterte er dem Falken zu, der auf seiner Schulter saß. Und der Falke starrte in die Menschenmenge hinaus, seine Augen schimmerten im Schein der Flammen wie kleine, schwarzglänzende Perlen.

Einige dort draußen tanzten, die meisten aber saßen, bereits betrunken. Wolfgang ließ seinen Blick von Gesicht zu Gesicht gleiten. Sonst schenkte er den Gesichtern der Leute selten Beachtung, erkannte sie jeweils kaum wieder. Die Namen behielt er sowieso nie. Er löschte sie aus, absichtlich, bis sie nur noch Gestalten waren, die kamen und verschwanden und ihren Beschäftigungen nachgingen. Sie waren einfach da, mehr nicht. Dort draußen, im flackernden Feuerschein, nahmen sie jedoch plötzlich scharfe Züge und Persönlichkeit an. Es war, als sei eine Maske von ihnen abgefallen, plötzlich *sah* Wolfgang, wie sie wirklich waren. Natürlich fand er sie häßlich, fast abstoßend. Ihr Gelächter, ihre Rufe und gegrölten Sauflieder ekelten ihn. Aber es fiel ihm auf, wie sehr sich nun die Leute im Vergleich zu sonst unterschieden, wenn sie sich beobachtet fühlten. Und vielleicht löschte nicht nur er sie aus, vielleicht verschlossen sie sich absichtlich und verbargen ihre Mienen und Gesten vor ihm. Es war etwas ganz anderes, sie so zu sehen. Und eine Erinnerung aus jener entschwundenen Zeit, bevor der Vater fortgezogen war, stieg in ihm auf. Damals hatte er sich oft in die Küche gestohlen, um dort in einer Ecke zu sitzen und den Mägden zuzusehen, wie sie die Mahlzeiten zubereiteten – oder vielleicht, um die Nase in einen Topf zu stecken und ein bißchen zu kosten. Sie hatten gelacht, die Mädchen, und sich zu ihm heruntergebeugt, und damals trugen sie keine Masken.

Die Erinnerung verschwand gleich wieder, und eine Weile stand er bloß da und beneidete sie darum, daß sie alle so um ein Feuer herumsitzen konnten – ganz und gar *gemeinsam*. Wolfgang fühlte sich niemandem zugehörig, ausgenommen den Falken. Die Falken waren jedoch Vögel, er selbst war und blieb dagegen ein Mensch, wie sehr er sich auch das Gegenteil wünschte.

Er betrachtete sie: Leinenkopftücher, Lederschürzen und abgespannte, vom Wein erhitzte Gesichter. Wäre er auch im Umgang mit Menschen beherzt gewesen, so hätte er sich vielleicht zu ihnen hinausgewagt. Er traute sich jedoch nicht und blieb im Dunkeln stehen.

Als er sich ziemlich sattgesehen hatte, erhob sich Alexander plötzlich von seiner Schulter und flog eine lange Schleife über das Feuer, bevor er zu ihm zurückkehrte.

Die Wirkung auf die Leute dort draußen war gewaltig. Einzig das Gefolge der Delegaten schien unbeeindruckt – das war ja bloß ein Falke, sagten sie und lachten über den Aberglauben der Deutschen. Die Burgleute aber waren völlig verstummt, mehrere hatten sich sogar erhoben.

Alle blickten zum Tor.

Jedesmal, wenn so etwas geschah, verblüffte es Wolfgang erneut. Es herrschte ein gespanntes Schweigen dort draußen, und Wolfgang fand, daß es nun wohl das beste sei, sich zu zeigen; sie wußten ohnehin, daß er in der Nähe war.

Er trat ins Licht und nahm aus der Ferne wahr, daß alle, die dazu noch fähig waren, aufstanden und sich vor ihm verneigten.

»Guten Abend«, grüßte er. Was sollte er ihnen sagen? »Laßt euch auf keinen Fall stören . . .«, begann er, spürte aber, daß sie gar nicht hörten, was er sagte. Sie starrten ihn an, starrten auf die Schulter, wo der Falke saß. Ein ängstlicher Zug lag in ihren Gesichtern, und ein Stallknecht flüsterte den Italienern verstohlen etwas zu, die nun auch mit großen Augen zu ihm herüberstarrten.

Noch einmal versuchte er ihnen zu sagen, daß sie ihr Fest nicht unterbrechen sollten, daß er sich bloß etwas die Beine nach dem Essen vertrete. Aber seine Worte flogen gleichsam mit dem Rauch davon, der vom Feuer aufstieg, und zeigten keinerlei Wirkung. Er war verwirrt.

Sie starrten ihn mit einer Miene an, als erwarteten sie etwas von ihm, etwas Unerhörtes.

Plötzlich kam ihm ein Einfall, und er schickte den Falken hoch in die Finsternis hinauf, ließ ihn aus der Nacht wieder herabfallen und auf seinem Arm landen. Die Leute hielten den Atem an, dann standen sie wie erstarrt da. Wolfgang und sein Falke waren die einzigen, die sich bewegten. Er ließ ihn kleine Kunststücke vorführen; der Falke spazierte seinen Arme entlang bis zur Schulter hinauf und legte ihm den Kopf an den Hals. Darauf gab ihm Wolfgang Fleischwürfelchen aus einem kleinen Beutel, den er stets bei sich trug.

Sein Herz schlug noch immer heftig. Es war, als hätte sich plötzlich eine Tür zu etwas anderem aufgetan: daß er sich das traute! Und die Eingebung hielt an, die Tür stand immer noch offen. Er bat um einen Schluck Wein, eigentlich bloß, um sich selbst zu beweisen, daß er es wagte, die Sache hier ganz zu Ende zu führen.

Möglicherweise hatte er soviel Mut, weil er bereits etwas getrunken hatte, vielleicht aber auch, weil er die Leute von so nahem gesehen hatte; fast *nackt* kamen sie ihm vor. Vielleicht . . .

Aber Wolfgang verwarf den Gedanken, bevor er ihn zu Ende gedacht hatte: Er war nicht einsam.

Jemand reichte ihm unsicher einen schmutzigen Krug Bier, und er trank in tiefen Zügen – mehr, als er eigentlich Lust hatte –, obgleich es ihn ekelte.

Es blieb weiterhin völlig still. Auch die Italiener sahen nun ganz besorgt aus. Alle folgten mit großer Aufmerksamkeit der geringsten seiner Bewegungen.

Mit einem Mal spürte Wolfgang die starrenden Augen und die Beklemmung der Leute zu deutlich. Die Situation war hoffnungslos, zu außergewöhnlich. Nun schlug die Tür wieder zu.

Er besann sich rasch, es war nicht gut, zu abrupt zu gehen, deshalb fragte er einen Pferdeknecht nach der schwarzen Stute mit der weißen Blesse. Wolfgang ritt sie immer, wenn er auf die Jagd ging, aber nun war sie krank. Nachdem der Pferdeknecht einige Worte hervorgebracht hatte, stand Wolfgang auf, ließ den Falken seine Position einnehmen und ging denselben Weg, den er gekommen war.

Es blieb noch immer still hinter ihm, und als er das Torgewölbe durchschritten hatte und wieder im Dunkeln stand, hielt er inne und trat auf der Stelle, schwächer und schwächer. Endlich, nachdem seine Schritte auf diese Weise »verklungen« waren, erhoben sich dort draußen allmählich wieder Stimmen. Die Italiener erkundigten sich, bohrten neugierig nach, und die Leute von der Burg erklärten und erzählten.

So bekam Wolfgang zum erstenmal etwas von dem zu hören, was über ihn geredet wurde.

Unmengen von schwarzen Büchern habe er dort oben bei sich im Turm, behaupteten die Leute aufgeregt. Er könne Falkengestalt annehmen und durch die Lüfte fliegen, um kleine Kinder und junge Mädchen zu rauben; es sei gar nicht auszudenken, mit was für einem Schwarzkünstler man es im Grunde zu tun habe. Die Italiener sahen aus, als wäre ihnen ein Gespenst über den Weg gelaufen, und die Mägde kreischten vor wonnigem Grauen, als die Erzählungen fortschritten. Einer nach dem anderen ergriff das Wort und gab immer phantastischere Berichte zum besten – und als Wolfgang endlich aufging, daß er der Dienerschaft nur einen weiteren Anlaß für ihre Erzählungen geliefert hatte, stahl er sich bedrückt davon.

Der Falke flog unbekümmert voraus und jagte davonhuschende Mäuse und Ratten; er stieß gelegentlich auf eine Mauer hinunter und schwang sich wieder empor.

Herr Friedrich erkannte die leichten Schritte wieder, die sich langsam irgendwo aus dem Dunkeln von den unteren Höfen her näherten. Er stand reglos im Treppenaufgang zwischen Burghof und oberer Burg und schöpfte frische Luft. Er war schon eine ganze Weile hier draußen hin und her gegangen. Der Wein und das Hitzegefühl hatten in ihm das Verlangen nach Stille und Abkühlung geweckt.

Die Schritte kamen näher. Und einen Augenblick später erblickte er im Fackellicht die schmächtige Gestalt. Jetzt betrat sie die langgezogenen, niedrigen Treppenstufen, benötigte zwei Schritte für jede. Der Onkel zog sich ein wenig ins Dunkle zurück.

Als Wolfgang auf seiner Höhe war, trat er vor ihn. Fort waren Unruhe und die früheren Gedanken des Tages. Nun wünschte er nur . . .

Er wußte nicht genau, was er wünschte. Den Jungen zu sehen, vielleicht. Ein bißchen mit ihm zu plaudern. Es war lange her, seit sie sich das letztemal unterhalten hatten, er konnte sich tatsächlich nicht mehr daran erinnern, wie lange. Erneut war er im Halbdunkel von Wolfgangs Schönheit betroffen.

Wolfgang bemerkte die hohe Gestalt vor sich und nickte dem Onkel zu.

»Guten Abend, Onkel Friedrich«, sagte er und lächelte kurz. Einen Moment lang war es zwischen den beiden still. Friedrichs Augen waren halb geschlossen, und das verlieh seinem Gesicht ein eigentümlich müdes Aussehen.

»Guten Abend, Wolfgang«, erwiderte er schließlich den Gruß.

Sie standen lange so da, einander wortlos zugewandt, der Junge eine Stufe unterhalb des Mannes.

Wolfgang musterte den Onkel. Er war offensichtlich nicht mehr so stark betrunken wie früher am Abend. Er sah erstaunlich sanft aus, vielleicht sogar eine Spur bekümmert.

Und zum zweitenmal an diesem Abend fiel eine Maske ab, und Wolfgang sah den Onkel plötzlich so, wie er wirklich war, und nicht, wie er ihn zu sehen gewohnt war. Ganz neu nahm er ihn im Fackelschein wahr. Eine Maske fiel ab – und erneut war Wolfgang im unklaren, ob es eine Maske war, die er dem anderen aufgesetzt, oder ob der Onkel selbst sie in seiner Gegenwart getragen hatte und sie nun fallen ließ . . .

Der Onkel war in den Dreißigern – nicht mehr jung, aber auch noch nicht vom Alter gezeichnet. Sein Gesicht sah blaß aus, aber das konnte auch von der Dunkelheit herrühren. Er war weder dick noch dünn, sondern von mittlerer Statur. Ziemlich groß. Seine dunkelbraunen Haare kräuselten sich leicht, die Augen waren blau, und die Nase verlief gerade, ohne besondere Unregelmäßigkeiten. Es war schwer zu sagen, ob er kräftig war; Wolfgang hatte den Onkel nie eine Rüstung tragen oder sich mit dem Schwert üben sehen, wie der Vater es zu tun pflegte. Er hatte das Gefühl, daß der Vater wahrscheinlich der Stärkere und Stattlichere der beiden Brüder war. Eine eigentliche Vergleichsmöglichkeit besaß Wolfgang nicht, die Abreise des Vaters lag ja schon so weit zurück – aber er fand, daß sich die beiden im Grunde nicht sehr ähnlich sahen. Sie glichen sich so, wie sich zwei Männer im selben Alter gleichen; und sie hatten dieselbe Haarfarbe und einzelne gemeinsame Züge. – Während man aber sagen könnte, daß von Wolfgangs Vater ein großes, feuerrotes Licht ausging, so schimmerte es vom Onkel dunkelblau und kühl. Wolfgang grübelte eine Weile darüber nach. Dann sagte er:

»Du siehst meinem Vater eigentlich nicht sehr ähnlich, Onkel.«

Friedrich schaute ihn lange an, bevor er antwortete:

»Aber du gleichst deinem Vater. Ein bißchen. Als er jung war.«

Darauf verstummten sie wieder. Die ganze Zeit standen sie eine Treppenstufe voneinander getrennt. Der Onkel starrte ihn an, und Wolfgang empfand ein sonderbares, beklemmendes Gefühl in der Brust. Um dem zu entkommen – im Grunde reichte es, mit dem Auftritt drunten in der Vorburg für diesen Abend –, setzte er sich schließlich in Bewegung, wünschte dem Onkel eine gute Nacht und ging an ihm vorbei. Aber dieser faßte ihn beim Arm, so daß er stehenbleiben mußte. Sie standen nun viel dichter beieinander, von Angesicht zu Angesicht, Wolfgang eine Stufe höher als der Onkel. Der Erwachsene hielt ihn weiterhin am Handgelenk fest. Mit dem freien Arm faßte der Onkel ihn darauf um den Nacken, zog Wolfgang vorsichtig zu sich und küßte ihn auf den Mund.

Wie schmal sein Nacken ist, dachte Herr Friedrich, während er seine Hand an Wolfgangs Hals hinauf zum Ohr gleiten ließ. Er küßte ihn erneut, diesmal länger.

Der Junge hatte blanke Augen und atmete mit dem ganzen Körper. Er blieb ziemlich unschlüssig stehen, mit hängenden Armen. Als ihn der Onkel dichter an sich heranzog, tastete er mit seinen Händen nach einem Halt und klammerte sich an den Armen des Erwachsenen fest. Dann schloß er die Augen und ergab sich dem Onkel, er meinte zu spüren, wie er nach hinten fiel . . .

Plötzlich stürzte etwas mit einem Schrei aus der Dunkelheit herab und trieb die beiden auseinander. Der Falke landete verstört auf Wolfgangs Schulter und stieß kurze piepsende Laute aus: »Ki – ki – ki . . .«

Sie standen noch immer eng zusammen und starrten sich verblüfft an. Beide atmeten heftig.

Dann drehten sie sich gleichzeitig, wie auf ein Kommando, um und gingen rasch ein jeder seines Weges.

An diesem Abend saß Wolfgang lange auf dem Dachboden des Turms und redete mit den Falken. Er hatte diese Fähigkeit einige Zeit, nachdem er Phönix bekommen hatte, an sich entdeckt und weiterentwickelt.

Wie immer waren es die Falken, die am meisten zu berichten hatten. Sie erzählten Wolfgang von Sturzflügen und von sanftem Gleiten in der Luft, so daß ihm ganz schwindlig wurde. Und sie berichteten ihm von Fährten, die sie entdeckt, von einem Mäusebussard, den sie etwas weiter nördlich bemerkt hatten, und daß es in dieser Nacht wiederum Frost geben würde.

Geduldig hörte Wolfgang alles an, was sie zu sagen hatten, und begann dann selbst zu erzählen. Aber er fand keine Bilder für das, was er ausdrücken wollte. Er versuchte, seine Gefühle bei der Dienerschaft in der Vorburg und vor allem bei der Begegnung mit dem Onkel im Treppenaufgang in Worte zu kleiden. Der Onkel hatte ihn geküßt – und Wolfgang war verwirrt. Er versuchte, davon zu erzählen, aber die Falken verstanden ihn nicht. Für solche Dinge fanden sich in der Falkensprache keine Worte, und Wolfgang wußte das im Grunde nur zu gut. Wenn man mit den Vögeln reden will, so zählen nur der Wind und die Sterne. Alles Leben auf dem Erdboden besteht – von oben gesehen – bloß aus lauter Pünktchen. Wolfgang war für die Falken eine Ausnahme, da er ja mit ihnen sprechen konnte und mit ihnen zusammen so hoch oben wohnte. Zudem glich er ihnen in vielerlei Hinsicht, er verstand etwas von der Luft und dem

Himmel. Aber vom Onkel und von der Dienerschaft wollten sie nichts wissen, und Wolfgang mußte das hinnehmen. Was geschehen war, konnte er mit niemandem, nicht einmal mit den Falken, teilen.

Dafür redeten sie lange vom Winter, der vor der Tür stand.

»*Schnee*«, ließ sich einer von ihnen vernehmen. »*Schnee.*«

»*Kälte*«, sagte ein anderer, der Namenlose, wie es Wolfgang schien. In seinem Innern entstand etwas wie ein leises, ruhiges Raunen, das zugleich ein Bild war. Und gemeinsam flogen sie hinein in die Bilder vom Schnee, der kommen würde. Wolfgang war daran gewöhnt und ließ sich in den Winter, den sie heraufbeschwörten, mitnehmen, er konnte die Kälte beinahe spüren.

Dann sprach Seraphim von einer Hasenfamilie bei der großen Eiche, wo der Fluß eine Schleife machte und grüner war als anderswo. Und die andern fielen ein: Auch ihnen war die Familie bekannt.

»*Im Frühling*«, sagte Wolfgang, und ein Hauch von Wärme und sonniger Luft ging durch sie hindurch . . . »*im nächsten Frühling. Dann jagen wir dort.*«

In dieser Nacht gingen sie lange auf Frühjahrsjagd.

Wolfgang erwachte gegen Morgen, weil ihm plötzlich zu warm war. Draußen vor dem Turmfenster schimmerte das bleiche Zwielicht des Mondes. Er war diese Nacht schon fast voll.

Schlaftrunken setzte sich Wolfgang im Bett auf. Kein Wunder, daß es ihm so warm war: Er war mit sämtlichen Kleidern ins Bett gekrochen. Es war sehr spät geworden, als er endlich vom Dachboden herabgeklettert war.

Er zog sich aus und kroch unter die Felldecken, als ihm wieder einfiel, was sich am Abend zuvor ereignet hatte, und mit einem Schlag war er hellwach.

Er stand auf, legte den Umhang um und setzte sich in den Stuhl beim Kamin. Es glomm noch schwach zwischen den Brandscheiten. Dort, im Dunkeln, erlebte er alles wieder, die Dienerschaft und die Küsse, die ihm der Onkel geraubt hatte.

Er fand weder eine Erklärung noch Ruhe; er empfand nur immer wieder die Bedrängnis und den Schrecken, als er rückwärts in die mächtigen Erwachsenenarme fiel und der Onkel allen Willen aus ihm herausküßte.

Es zitterte in ihm, wenn er daran dachte, und er war erregt und benommen zugleich. Lange saß er da und ließ dieses Gefühl in langanhaltenden Stößen durch sich hindurch pulsieren. Und erneut wußte er, daß die Falken dies niemals verstehen würden.

Zum erstenmal seit langem fühlte er sich völlig einsam. Und draußen vor dem Turm war die Nacht riesig und schwarz und voller Luft und Sterne.

An den folgenden Tagen gingen sich Wolfgang und der Onkel, wenn immer möglich, aus dem Weg. Herr Friedrich konnte jedoch nicht vergessen, wie der Junge sich an seinen Armen festgeklammert hatte und biegsam und willenlos geworden war, während er ihn hielt. Häufig und lange dachte er an Wolfgang und an seinen Bruder. In den Nächten war er wie ein glühender, ins All hinausgeschleuderter Stein, der keinen Halt fand. Sternschnuppen gleich leuchteten die Bilder von jenem Abend im Treppenaufgang in ihm auf.

Die Gedanken an die *Faust* und den Teufel mit den Schicksalsfalken im Turm waren nun weg. Dachte er jetzt an den Jungen, so nur daran, wie hübsch er war und wie es gewesen war, ihn zu küssen. So vollkommen war die Veränderung, die mit Herrn Friedrich in diesen Tagen vorging, daß er sogar an Wolfgang dachte, wenn er über den Rechnungsbüchern und Papieren saß. Wenn sein Kopf noch so

voll war mit Ernteerträgen, Steuerabgaben und Zehnten –
das blasse, durchsichtige Gesicht stand dennoch, wie in seine Netzhaut eingebrannt, vor ihm.

Er trank viel und schlief wenig.

II

Einige Tage später reisten die Gesandten des Papstes ab.

Herr Friedrich hatte sich bei ihnen unauffällig nach dem
Kreuzzug erkundigt. Die Delegaten wollten nichts mit Bestimmtheit sagen, aber auch sie hatten dieselben Gerüchte
vernommen, wonach der Kreuzzug gescheitert sei und sich
vor der Heiligen Stadt aufgelöst habe. Es kursierten sogar
Gerüchte, daß der Kaiser tot und vor seinem Tod zu den
Ungläubigen übergelaufen sei.

Es bereitete Herrn Friedrich Mühe, dergleichen von
einem Kaiser zu Gottes Gnaden zu glauben, aber er ließ
den südwärts ziehenden Delegaten gegenüber nichts von
seinen Zweifeln verlauten.

Bevor sie abreisten, hatte Herr Friedrich ein längeres
Gespräch mit einem von ihnen, einem jungen Prälaten
namens Stephanus. Sie schlenderten zusammen die Westmauer entlang und sprachen über dieses und jenes. Manchmal schwiegen sie auch einfach.

Er hatte etwas Ruhiges und Reines an sich, dieser Stephanus. Er unterschied sich stark von seinen Begleitern
und auch ziemlich von dem alten Narren Sebastian, der
herumschlurfte und vor sich hin redete. Stephanus' Gesicht war hellrot und wirkte sauber geschrubbt. Spuren
eines Schnurrbartes oder von Bartwuchs waren keine zu
bemerken. Die Gesichtszüge waren etwas weich, die Augenbrauen ganz blond, so daß sie sich kaum von der Haut
abhoben. Die Augen waren dunkelblau und klein, und die

Nase zeigte leicht aufwärts. Der Haarkranz um die Tonsur dagegen flammte in auffälligem Rot und bildete einen Kontrast zur stillen, anständigen Person, die ihn trug.

Obwohl sie einander überhaupt nicht ähnlich sahen, erkannte Friedrich etwas von sich selbst in dem jungen Geistlichen wieder. Er entdeckte einen Ansatz derselben Ausdruckslosigkeit und *Leere,* die er im Spiegel an sich selbst festgestellt hatte, als er erwachsen geworden war. Anders als beim Junge, in dessen Gesicht jedermann Spuren erstaunlicher Gedanken lesen konnte, auch wenn das Gesicht an sich ausdruckslos war. Es wurde Herrn Friedrich klar, daß der Junge gewissermaßen ein deutlicheres Gesicht hatte, als er selbst jemals haben würde.

Es versetzte ihm einen Stich, wenn er daran dachte, und bewußt oder unbewußt brachte er das Gespräch langsam auf seinen Neffen.

Stephanus zeigte sich durchaus nicht abgeneigt, über das Kind zu sprechen. Im Gegenteil – auch ihm war aufgefallen, wie eigentümlich abwesend der Junge sprach und auftrat. Und das hatte ihn neugierig gemacht.

Als Herr Friedrich vorsichtig fragte, ob der andere glaube, der Junge sei möglicherweise geistesgestört, schüttelte der Geistliche entschieden den Kopf. Besessen vielleicht? Nein, auch das glaubte Stephanus nicht. Überhaupt war Stephanus ein vernünftiger und besonnener Mann, der sich nicht von irgendwelchen Vorstellungen hinreißen ließ.

Aber Stephanus war der Ansicht, daß der Junge wohl zuviel sich selbst überlassen bleibe. Daß er daher weltfremd und wortkarg werde. Herr Friedrich nickte, wandte jedoch ein, es sei eben schwierig, den Jungen zu etwas zu zwingen. Schließlich sei er doch der Sohn der Burg und zudem in ein paar Monaten mündig.

Wie wäre es mit einem neuen Lehrer? schlug Stephanus vor. Dieser alte Sebastian hätte es doch nun wahrlich verdient, vom Unterrichten befreit zu werden, und Herr Friedrich pflichtete ihm bei. Bereits er und sein Bruder hätten Vater Sebastian als Hauslehrer gehabt, erzählte er.

Vater Stephanus erlaubte sich, einen Benediktiner oder vielleicht jemand von dem neuen Dominikanerorden vorzuschlagen. Etwas aufgeschlossener und vielleicht ein bißchen strenger. Eine Spur weltlicher. Diese Franziskaner würden es ja nur gut meinen, seien aber womöglich doch etwas lebensfremd und nachgiebig.

An diesem Punkt ihres Gesprächs waren sie auf der Westmauer so weit oben angelangt, daß sie die nördliche Mauer und den Nordturm erblicken konnten. Und vor dem Turm stand wie gewöhnlich der Junge, umflattert von den Vögeln. Er hatte den Kopf in den Nacken gelegt und folgte mit den Augen einem der Falken. Die beiden Männer auf der Westmauer bemerkte er nicht.

Diese blieben einen Moment wie gebannt von diesem Anblick stehen.

»Du liebe –«, murmelte der Priester. »Du liebe Güte.« Sie sahen, wie Wolfgang lockend das Federspiel schwenkte und die Vögel aus der Luft herabrief, wie er sie in Augenhöhe hob, einen nach dem anderen, und sie wieder fliegen ließ.

Sie waren beide betroffen über den großen Unterschied zwischen dem Wolfgang inmitten der Häuser und demjenigen dort oben. Er wirkte viel älter, viel aufgeweckter und gegenwärtiger – und er hatte etwas beunruhigend Sinnliches an sich, wie er die Vögel entgegennahm und sie wiederum losließ.

Ihr himmlischen Heerscharen, dachte der Onkel, wie hübsch der Junge ist!

Der Priester schüttelte sich.

»Kommt«, sagte er schnell. »Laßt uns zu ihm hinauf gehen.« Mit raschen Schritten stieg er die Treppen zur

Nordmauer empor. Herr Friedrich blieb einen Augenblick stehen, ehe er ihm folgte.

Als sie ein Stück auf die Mauer hinausgetreten waren, entdeckte der Junge sie plötzlich. Einen Moment lang sah er ihnen gleichgültig entgegen, heftete dann aber unversehens seinen Blick scharf auf den Onkel, der ein paar Schritte hinter dem andern ging. Herr Friedrich blieb stehen und sah zu Boden, seine Augen fanden an den Stiefeln des Jungen einen Halt. Höher traute er sich nicht zu blicken. Er spürte, wie er rot wurde, und der Abend im Treppenaufgang stieg wieder in ihm hoch. Er würde es kaum fertigbringen, etwas zu sagen.

Vater Stephanus hatte ebenfalls ein paar Schritte vor ihm haltgemacht und bemerkte die starke Veränderung nicht, die in Herrn Friedrichs Gesichtsausdruck vorgegangen war.

Der Geistliche hatte sich aus Neugierde hier heraufbegeben, nun empfand er jedoch Beklemmung. Er stand auf fremdem Boden und kam sich als Eindringling vor. Das gespannte, blasse Gesicht vor ihm schüchterte ihn ein, ebenso die prächtigen Raubvögel. Nein, das Gesicht des Jungen war hier oben weder verschlossen noch teilnahmslos, im Gegenteil: Es war derart erfüllt von Kraft und Leben, daß der Anblick fast zuviel wurde – es leuchtete beinahe. Die Augen waren klar und scharf wie die der Raubvögel. Und der Mund zeigte einen äußerst entschlossenen Ausdruck, der Vater Stephanus das Gefühl vermittelte, er werde mit einer Art kühler Verachtung gemustert. Wortlos schien der Junge ihm zu sagen: *Was wollt ihr hier oben? Was sucht ihr hier?*

Nun streckte der Junge ihm eine schmale Hand entgegen, und er wollte gerade auf ihn zugehen und sie ergreifen, als ein Falke ihm zuvorkam und sich auf dem Handgelenk niederließ, an der Stelle, wo der Ärmel endete.

Vater Stephanus, der sich sonst in den meisten Situationen zu helfen wußte, kam sich auf einmal dumm und beschämt vor. Er blieb, die Hand in die leere Luft gestreckt, einen Augenblick stehen, dann ließ er sie sinken. Da lächelte Wolfgang. Vater Stephanus lief es kalt über den Rücken. Denn ihm war, als enthielte dieses Lächeln das Geheimnis der göttlichen Natur selbst, als wüßte der Junge alles, verstünde alles. Und Vater Stephanus, der die Mutter Natur und ihre Mysterien hoch achtete, fühlte sich unbeholfen und durchschaut. Schließlich wünschte er ihm einen guten Tag.

»Guten Tag, Vater«, erwiderte Wolfgang, immer noch lächelnd, wenn nun auch mit geschlossenen Lippen.

»Prächtige Vögel habt Ihr da, Herr Wolfgang.«

Der Junge nickte, schwieg indessen.

»Wie viele sind es denn?«

»Vier. Wie Vater sehen.« Jetzt lächelte er nicht mehr, sondern wirkte etwas ungehalten.

»Und Ihr verwendet Sie zur Jagd?«

»Ja. So oft wie möglich. Sie sind alle gute Jäger.«

Verblüfft schaute der Priester zu, wie der Junge einem kleinen Lederbeutel Fleischwürfel entnahm und der Vogel ihm aus der Hand fraß. Der Falke legte den Kopf zurück und schluckte mit einem kleinen Ruck.

»Ihr habt eine ungewöhnliche Art, mit den Vögeln umzugehen, Herr Wolfgang«, sagte Vater Stephanus. – »Dergleichen habe ich noch nie gesehen. Habt Ihr denn keine Angst, sie könnten nach Euch hacken oder Euch zerschrammen?«

Zur Antwort zeigte der Junge ihm die freie Hand; erst den Handrücken, dann die Innenfläche. Der Handrücken wies winzige Schrammen von den Krallen auf, aber im Handteller fand sich kein einziger Kratzer. Es waren blasse und schlanke Hände, äußerst exakt und schön geformt. Unwillkürlich mußte der Mönch die Hände des Burgverwalters betrachten, denn sie hatten eine ähnliche Form, es war ihm während des Spaziergangs auf der Westmauer aufgefallen.

Im übrigen ähnelten sie sich nicht sehr, der Junge und der Mann, obwohl sie so nahe verwandt waren.

»Haben sie einen Namen, Eure Falken?« fragte er, um das Gespräch irgendwie in Gang zu halten.

»Nicht alle. Einer fehlt noch, ich habe noch nicht den richtigen gefunden«, antwortete er und lächelte wieder, als hätte er ein schreckliches Geheimnis, mit dem er nicht herausrücken wollte.

»Ja«, sagte der Priester, ohne etwas hinzuzufügen. Er war ganz leer, fand weder Gedanken noch Worte, als wäre er völlig von Luft erfüllt. Im Herzen und in der Brust aber saßen Sorge und Furcht, und er fühlte, wie sie nun, als eine Art Kälte, in ihm aufstiegen. Er verstand jetzt besser, warum der Burgverwalter hatte durchblicken lassen, der Junge sei möglicherweise – besessen.

Er trat zur Brustwehr und lehnte sich darüber. Zuerst blickte er hinaus über die Felder und Wälder, danach hinunter. Doch das hätte er besser unterlassen.

Wolfgang und der Onkel sahen bloß, daß Vater Stephanus zu schwanken anfing und mit seinen Händen an der Brustwehr Halt suchte. Dann fiel er hintenüber, von der Mauer weg.

Einen Augenblick stand Herr Friedrich wie erstarrt, dann aber stürzte er hinzu und fing den Priester im Fallen auf.

Vater Stephanus war sehr bleich geworden, und seine Gesichtszüge erschienen noch weicher. Das Blaue seiner Augen, zur Hälfte nur sichtbar unter den Lidern, war fast völlig schwarz geworden.

Herr Friedrich führte ihn zu einer Steinbank, auf die er sich mit einem tiefen Stöhnen setzte. Wolfgang stand noch immer regungslos an derselben Stelle.

»Ich hoffe wirklich . . . daß Ihr mich entschuldigt . . .«, murmelte der Priester, und sein Blick flatterte unstet von Wolfgang zum Onkel und wieder zurück. »Ich bin an solche

Höhen nicht gewöhnt. Steige kaum je auf Kirchtürme hinauf, wenn es sich vermeiden läßt.« – Dann wurde ihm übel, und er erbrach sich. Erst jetzt machte Wolfgang eine Bewegung – mit dem Kopf. Er sah weg.

Herr Friedrich war ratlos. Immer passierte es *hier*, auf der Nordmauer. Als ob das geheime Schicksal der Burg hier oben als eingemauerter Punkt unter den Steinblöcken läge. Und kaum hatte er an das Schicksal gedacht, als es schwarz wurde in ihm.

Sorgsam stützte er den Priester, während dieser sich erbrach, und half ihm dann, sich aufzusetzen. Langsam kehrte die hellrote Farbe in Stephanus' Gesicht zurück, und es gelang ihm auch wieder zu sprechen.

»Wahrhaftig – eine – eine erstaunliche Höhe«, stammelte er und versuchte zu lächeln. Herr Friedrich konnte jedoch ganz deutlich sehen, daß sich der Priester fürchtete.

Wolfgang ließ den Falken in die Luft steigen und trat zu ihnen. Sein Gesicht war nun verschlossen, und er wechselte einen kurzen Blick mit dem Onkel.

Zusammen halfen sie Vater Stephanus die Treppen hinunter, hinab in die Geborgenheit zwischen den Häusern und Mauern, stützten ihn, einer auf jeder Seite. Und es war nicht zu vermeiden, daß sich ihre Hände dabei auf der braunen Kutte berührten.

Und Herr Friedrich spürte, daß die Hände des Jungen kalt waren wie die Luft dort oben.

Am selben Tag, an dem die Delegaten des Papstes abreisten, erschien völlig unerwartet ein neuer Gast auf der Falkenburg.

Es war der kaiserliche Astrologe, ein Mann von den Inseln im Norden, aus Schottland. Er trug einen Bart, wild und rot wie sein Haar, und hatte einen seltsam durchbohrenden Blick. Sein Gesicht war von leicht länglicher, knochiger Form, stand aber in ausgewogener Proportion zu dem riesigen Körper und dem gewaltigen Haarschopf. Dieser merkwürdige Mann hörte auf den Namen Michael – Michael Scotus –, und er war als einer der engsten Vertrauten des Kaisers bekannt.

Es lagen nur ein paar Stunden zwischen der Abreise der Delegaten und der Ankunft des Schotten. Sie begegneten einander etwas westlich von der Falkenburg, der Sterndeuter und die Geistlichen, aber sie sprachen kaum miteinander. Denn alle wußten, daß es zwischen dem kaiserlichen Hof und Rom nicht zum besten stand.

Der Astrologe führte viele Bewaffnete in seinem Gefolge mit, samt zwei Packeseln, die vier fremdartige, lederbezogene und mit Kupfernägeln beschlagene Schreine trugen. Diese Schreine schienen die Aufmerksamkeit aller auf sich zu ziehen. Über dem Gefolge lag eine verschlossene Stille. Wagen führten sie keine mit.

Herr Friedrich war nicht gerade begeistert, so bald abermals Gäste zu bekommen. Er war nach all den Ereignissen der letzten Tage ziemlich erschöpft. Vater Stephanus hatte sich vielmals entschuldigt, ehe er weiterzog, und hatte Herrn Friedrich inständig seiner und der Kirche Freundschaft versichert. Mit keinem Wort hatte er mehr den Vorfall auf der Mauer erwähnt, als hätte er niemals stattgefunden. Herr Friedrich sah jedoch, daß er es in seinem Herzen behielt und noch lange mit sich herumtragen würde. Er fühlte sich im Namen des Jungen und der Burg etwas beschämt.

Im Grunde hatte er zu Vater Stephanus ein gewisses Vertrauen gefaßt, und er entschloß sich insgeheim, sobald es an der Zeit war, für Wolfgang einen Dominikaner als Lehrer zu besorgen, wie ihm Stephanus geraten hatte. Lange konnte es jetzt nicht mehr dauern, denn der alte Franziskaner hatte einen üblen Husten, und beim Sprechen bereitete es ihm langsam Mühe, mehr als ein Wispern hervorzubringen.

Der Freundschaft der Kirche und des Heiligen Stuhls versichert zu sein, beeindruckte Herrn Friedrich nicht sehr. Er war von altem schwäbischen Geschlecht und fühlte sich den Hohenstaufen gegenüber loyal. Sein Großvater hatte am Krieg gegen Heinrich den Löwen teilgenommen und sich bei Friedrich Barbarossa hohe Auszeichnungen erworben.

Aus Loyalitätsgründen hätte Herr Friedrich daher den Mann des Kaisers aufs freundlichste willkommen heißen müssen, doch der Besuch mißfiel ihm aus mehreren Gründen. Und der wesentlichste war nicht seine Übermüdung, sondern der Umstand, daß der Mann ein Sterndeuter war. Herrn Friedrichs Seele zog sich bei allem, was Schicksal hieß, förmlich zusammen vor Schmerz. Und er trank weiterhin über alle Maßen.

Dennoch sorgte er dafür, daß dem Astrologen ein ordentlicher Empfang zuteil wurde und seine Leute anständige Verpflegung bekamen.

Die Gedanken an Wolfgang versuchte er, so gut es ging, zu vermeiden. Noch immer aber stand fortwährend das Bild des Jungen im Treppenaufgang vor ihm, und das Geräusch von Wolfgangs raschem Atem erklang Tag und Nacht in seinen Ohren.

Wolfgang stand auf der Mauer über dem Tor und sah die Gefolgschaft des Sterndeuters den gewundenen, beschwerlichen Weg herauf und in die Vorburg hinein reiten. Er sah sie von oben, sah ihre gebeugten Nacken, erschöpft von der Reise. Der einzige, der hochschaute und ihn erblickte, war ein riesiger Mann mit rotem Haar und Bart und einem himmelblauen Umhang. Wolfgang konnte erkennen, daß sie unterwegs schlechtes Wetter gehabt hatten, der Umhang war von eingetrocknetem Straßenschmutz verdreckt.

Der Mann im Umhang sah nach oben. Ihre Blicke trafen sich für einen Moment, und der Rothaarige nickte leicht zu

Wolfgang herauf, als würde er ihn wiedererkennen. Dann verschwand sein Gesicht unter dem Tor. Wolfgang war neugierig geworden. Nichts an den Gefolgsleuten gab ihm einen Hinweis, wer sie sein mochten, doch mußte es sich entweder um Söldner oder um Kaufleute handeln. Er entschloß sich, den Onkel zu fragen.

Nach dem Essen ging er zu Herrn Friedrich, der in der Schreibstube saß, und fragte ihn, wer die Fremden seien. Der Onkel antwortete kurz, ohne ihn groß anzuschauen – er wirkte verlegen. Und als Wolfgang erfahren hatte, was er wissen wollte, ging er nicht, wie er es sonst getan hatte, sondern blieb sitzen. Es stand etwas Unerledigtes zwischen ihnen, und das hielt ihn zurück.

Er betrachtete den Onkel, der über einer Menge vor sich ausgebreiteter Protokolle und Papier saß. Vor ihm auf dem Tisch lag an einer Kette das Siegel der Burg. Wolfgang nahm es in die Hand. Jetzt sah ihn der Onkel an.

»In ein paar Monaten gehört es dir«, sagte er. »Was wirst du dann tun?«

Wolfgang lächelte leicht und zuckte die Schultern, er wußte es nicht. Sie schwiegen eine Weile.

Nun war die Reihe am Onkel, den andern gründlich zu mustern. Schließlich ließ er seinen Blick auf der Stirn des Jungen ruhen, ungefähr an der Stelle, wo die Augenbrauen zusammenkamen.

Plötzlich richtete Wolfgang sich auf und erwiderte seinen Blick. Keiner wich aus, und sie starrten sich lange an. Herrn Friedrich wurde es heiß in der Brust, und er sog soviel von den Blicken des Jungen in sich hinein, wie er nur konnte. Seine Augen waren nun intensiv grün und größer als sonst.

Die unwirkliche Stimmung jenes Abends im Treppenhaus erfaßte Wolfgang. Ohne irgendwelche Veranlassung, ohne zu wissen, was er tat, unterbrach er den Blickkontakt, stand auf und trat zum Onkel. Er stellte sich dicht, ganz dicht vor ihn hin. Herr Friedrich schaute zu ihm empor und streichelte ihm die Hand. Dann zog er ihn zu sich auf den Schoß nieder und umfaßte ihn mit beiden Armen; mit dem einen um den Hals, mit dem andern unter den Schenkeln, als wäre er ein kleines Kind.

So saßen sie eine Weile ruhig da, und Wolfgang spürte, wie alles sehr weit weg rückte und ganz licht wurde. Es kitzelte irgendwo im Nacken und Rücken.

Dann beugte sich der Onkel über sein Gesicht und küßte ihn. Er schlang seine Arme fester um Wolfgang, der sich rasch wie ein Bogen spannte und mit beiden Händen den Hals des Onkels umklammerte und nicht mehr loslassen wollte. Herr Friedrich ließ seine Hand streichelnd Wolfgangs Schenkel hinauf gleiten, und der Junge öffnete die Beine. Wolfgang atmete nun rasch und ließ alles ohne weiteres mit sich geschehen. Sie küßten sich ohne Unterlaß und immer heftiger, bis keiner mehr zwischen sich und dem anderen zu unterscheiden vermochte.

Plötzlich erhob sich der Onkel, ohne den Jungen loszulassen, und trug ihn in seine eigenen Gemächer, die Wand an Wand mit der Schreibstube lagen. Er wollte seinen Griff einen Augenblick lösen, um die Tür zu öffnen, aber nun hielt ihn Wolfgang fest. Herr Friedrich spürte, daß seine Hand heftig zitterte, als er endlich die Tür aufmachte.

Nie zuvor hatte er etwas Ähnliches erlebt. Naja, mit ein paar Stalljungen und einem Pagen hatte es wohl Geschichten gegeben. Aber keiner hatte sich ihm derart hemmungslos hingegeben, und gleichwohl war keiner so unschuldig und merkwürdig rein erschienen. Eine Sekunde überkamen ihn die Gedanken an die schwarze Faust. Doch er schob sie von sich, befreite sich mit Gewalt vom Griff um seinen Nacken und legte den Jungen auf das Bett nieder. Wolfgang schaute mit großen, glänzenden Augen und halboffenem

Mund zu ihm auf. Friedrich konnte sehen, daß seine Lippen feucht waren und leicht zitterten.

Vielleicht ist er dennoch schwachsinnig, dachte er und zog ihm die Stiefel vorsichtig aus, als wäre der Junge aus Glas. Dann schnürte er Wolfgangs Hose auf und ließ seine Hände die Schenkel hinaufgleiten. Er wälzte sich, in Stiefeln und Kleidung, auf das Bett. Sogleich küßten sie sich wieder.

Wolfgang hatte das Gefühl, daß er langsam erdrosselt wurde, daß dies den Atem aus ihm herauspreßte und daß es gut war.

Weit weg klopfte es an die Tür. Im Nu war der Onkel auf den Beinen, rückte seine Kleider zurecht und preßte einen Finger gegen den Mund, um Wolfgang zu bedeuten, er solle sich still verhalten. Dann verließ er, leise vor sich hin fluchend, die Schlafkammer. Er drehte den Schlüssel im Schloß um, und dieses Geräusch brachte Wolfgang zu sich.

Er erhob sich verstört, verwirrt über das, was vorgefallen war. Es geschah oft, daß er für längere Zeit abwesend sein konnte; in der Gegenwart von anderen Menschen aber war das noch nie geschehen. Nur mit den Falken zusammen hatte er sich schon von einer gewaltigen Flut von Gefühlen und unbewußten Handlungen mitreißen lassen und war beinahe darin ertrunken. Das hier aber verstand er nicht.

Er blickte an sich hinunter und sah sein Glied steif in die Luft ragen. Es war noch warm und zitterte. Er befühlte es, spürte aber, daß er von neuem im Begriff war, die Selbstbeherrschung zu verlieren, daher faßte er sich und zog die Hose hoch, so lautlos, wie er nur konnte. In der Schreibstube hörte er den Onkel und einen Mann miteinander reden, dessen Stimme ihm fremd war.

Hier drinnen war es dämmrig. Es roch sauber und frisch gescheuert, nach ausgestreutem Wacholder. Der Geruch erinnerte Wolfgang an seine Kindheit. Irgendwo unter sich konnte er hören, wie jemand über den Fußboden schritt.

Das Geräusch war ihm vertraut; es klang so verlassen und friedlich in den großen Zimmern. Auch das erinnerte ihn an die Kindheit, an früher.

Sachte zog er sich die Stiefel an und legte den Umhang um. Noch immer klopfte ihm das Herz gewaltig. Seine Haut um Lippen und Nase spannte durch eingetrockneten Speichel. Es quälte ihn, eingeschlossen zu sein, und er versuchte, nicht zu sehr daran zu denken. Statt dessen schaute er aus dem Fenster.

Im Hof draußen konnte er zwei Männer sehen, die ein Pferd beschlugen. Das Tier sträubte sich und schlug nach hinten aus; es wollte offensichtlich nicht. Es sah schmerzhaft aus – Wolfgang hatte schon immer gemeint, daß es schlimm aussah, wenn Pferde beschlagen wurden. Er betrachtete das Geschehen mit einer Mischung aus Mitleid und Ekel.

Er vernahm ein Geräusch hinter sich und drehte sich um. Der Onkel stand in der Türöffnung und schaute ihn mit einem langen, dunklen Blick an.

Zu groß, flüsterte es in Wolfgang; zu groß, zu groß. –

Er drängte sich am Onkel vorbei und verließ hastig das Zimmer, während er den Blick des Erwachsenen auf sich ruhen fühlte.

»Vergiß nicht das Mahl für den Sterndeuter heute abend«, sagte der Onkel hinter ihm. Seine Stimme klang so sonderbar, sonderbar matt.

III

Herr Friedrich hatte das Gefühl, daß Michael Sterndeuter aufmerksam an allem Anteil nahm, was er tat. Die braunen Augen des Weissagers wanderten von ihm zu seiner Gemahlin und zu dem leeren Sessel des Burgherrn.

Der Junge war nicht da.

O Gott, was für ein Tag. Was für ein entsetzlicher Tag! Erst der Vorfall mit Vater Stephanus dort oben auf der Mauer. Das schien Ewigkeiten zurückzuliegen. Und hinterher – unten in der Schreibstube . . .

Und zu guter Letzt nun auch das noch. Wolfgang lag – seinen eigenen Worten zufolge – krank im Bett und hatte durch Vater Sebastian ausrichten lassen, daß er nicht zum Gastmahl für den Sterndeuter erscheinen würde. So dumm war Herr Friedrich nun auch wieder nicht, er verstand sehr wohl, daß es etwas *damit* zu tun hatte, mit –

Es wäre falsch zu behaupten, daß Herr Friedrich bereute, was sich früher am Tag ereignet hatte, als der Junge zu ihm gekommen war. Er hatte keinerlei moralische oder religiöse Vorstellungen davon, welche Konsequenzen ein solcher Lebenswandel mit sich bringen könnte. Weder Moral noch Theologie waren seine starken Seiten. Aber die Gedanken *daran* zerrissen ihn innerlich derart, daß er es kaum mehr aushielt.

Er bemühte sich an diesem Abend, nicht zu viel zu trinken, denn der Astrologe hatte etwas Scharfes und Waches an sich, das ihn auf der Hut sein ließ. Es war indessen trotz allem nicht zu vermeiden, daß er allmählich ziemlich betrunken wurde. Wenn er erst einmal nur ein bißchen zuviel gehabt hatte, war es beinahe unmöglich aufzuhören. Die Gedanken *daran* lenkten seine Aufmerksamkeit von der Tatsache ab, daß er sich fortwährend mehr Wein einschenkte.

Etwas an dem Ganzen stimmte nämlich nicht. Es stimmte etwas nicht an der Art, wie der Junge sich ihm hingegeben hatte, wie er seinen Nacken so hart umklammert hatte, daß Herr Friedrich auf der Höhe des Nackenwirbels kleine Kratzer davontrug. Der Burgverwalter konnte sich keinen rechten Reim darauf machen. Und als der Junge so plötzlich verschwunden und der Zauberbann gebrochen war, hatten sich für einige Momente die Gedanken an das Schicksal und an die finstere Faust wiedergemeldet.

Und jetzt erschien – wie ein Streich desselben Schicksals – ein Mann, der mit derlei Dingen zu tun hatte – ein Sterndeuter – auf Falkenburg.

In diesem Augenblick begann seine Gemahlin von Herrn Friedrichs Onkel zu reden, dem alten Seher, der auf Sizilien, der Heimat des Kaisers, Astrologe geworden war. Und Michaels Gesicht hellte sich auf: Er habe den Alten gut gekannt, sagte er, aber nicht geahnt, daß er von hier, von der Falkenburg stammte. Im übrigen, wenn er es sich genau überlege, so erinnere er sich nun auch an den Namen. Eigenartig, daß er vorher nicht darauf gekommen sei.

Herr Friedrich betrachtete mißtrauisch das rote Faunsgesicht. Doch Michael – der mit einem Male sehr redselig geworden war – fuhr unverdrossen fort.

»Ich entsinne mich noch mancher Geschichte, die der Alte über diese Burg in Schwaben, auf der er aufgewachsen war, erzählt hat. Besonders – wie heißt es auf deutsch? – *fasziniert* war ich von seiner Erzählung über den *Sternturm.*«

Frau Elanor sah den Sterndeuter fragend an.

»Sternturm? Wir haben doch nie einen Sternturm hier auf Falkenburg gehabt? Nicht wahr, Friedrich?«

Friedrich wußte genau, welchen Turm der Schotte meinte, sagte aber nur:

»Nein, einen Turm, der so hieß, haben wir hier nie gehabt. Der Alte muß in seiner Erzählung von der Burg – warum nicht – ein bißchen hinzu gedichtet haben. Allerdings ist die Falkenburg groß und alt, unter anderem haben wir –« Er wollte gerade anfangen, das Gespräch in eine andere Richtung zu lenken, die ihm angenehmer war, aber der Schotte kam ihm zuvor:

»Wie sonderbar! Es soll ein Turm im Norden sein, der höchste Punkt der Burg. Der Alte hat noch hinzugefügt, daß von dort oben nahezu das ganze Himmelsgewölbe zu sehen sei. Könnte es denn nicht der Turm sein, den wir wie eine hohe Landmarke haben aufragen sehen, als wir heute hierher geritten sind?« Er lächelte ihnen listig und fragend zu, mit ebenmäßigen, langen gelblichen Zähnen.

»Oh, natürlich! Er muß den Nordturm gemeint haben!« rief Frau Elanor aus und schlug die Hände zusammen. Sie fühlte sich bei diesem Gast viel wohler als bei seinen Vorgängern, die kaum deutsch sprechen konnten. Vielleicht wollten sie auch nicht. Wie auch immer, der Schotte sprach ein ausgezeichnetes Deutsch, wenn auch mit rollenden R's und fülligen L's.

»Der junge Herr Wolfgang wohnt jetzt dort oben«, erläuterte sie. Der Schotte nickte.

»Man hat mir hier draußen im Hof davon erzählt«, bemerkte er. Frau Elanor wollte gerade etwas von den Vögeln sagen, hielt aber inne. Sie blickte zu ihrem Mann hinüber, der in seinen Teller starrte. Seine Augen konnte sie nicht sehen, aber um Mund und Nase war er sehr bleich. Auf den Wangenknochen traten kleine rote Flecken hervor. Die Hände hatte er unter dem Tisch geballt.

Der Schotte tat, als hätte er nichts davon bemerkt, und fuhr im selben Tonfall fort: Es wäre ihm eine große Freude, wenn er den Nordturm während seines Aufenthaltes hier besichtigen könnte. Er sei ein sehr großer Bewunderer des Alten gewesen – fühle sich stolz, sich zu seinen Freunden zählen zu dürfen – auch habe er Beobachtungen anzustellen. Ob es sich da nicht vielleicht einrichten ließe?

»Aber ja, selbstverständlich läßt sich das machen!« sagte Frau Elanor zuvorkommend. – »Ich werde gleich nach der Tafel dafür sorgen, daß Euch ein Knecht dort hinauf geleitet.«

Der Schotte verbeugte sich sitzend über den Tisch hinweg und drückte mit einer galanten Geste seinen Dank aus.

In diesem Augenblick brach für Herrn Friedrich eine Welt zusammen. Er sagte jedoch nichts, schenkte sich bloß mehr Wein ein. Es wurde gleichsam dunkel um ihn, und das einzige, was er zu sehen vermochte, waren der Junge und die Falken und der Turm, der Junge und die Falken und der Turm. Und wieder spürte er die Faust um sein Herz.

Nachdem die Tafel aufgehoben worden war, bedankte sich der Schotte höflich für die Bewirtung, während die Gastgeberin nach einem Wächter schicken ließ und ihn beauftragte, den Astrologen zum Nordturm hinauf zu geleiten. Der Wächter verneigte sich und bat den Rothaarigen, ihm zu folgen.

Während sie durch Gänge und über Treppen gingen, hatte der Schotte Gelegenheit, den Wächter über den Nordturm zu befragen. Bereits früher am Tag hatte der Astrologe erfahren, wo Wolfgang wohnte, und nun wurden diese Mitteilungen durch den Bericht des Wächters noch vertieft.

Der Turm sei schon immer mit einer gewissen Skepsis betrachtet worden, solange der Alte mit seinen Büchern und Horoskopen dort oben gelebt habe. Dann habe der Turm ja einige Jahre leergestanden, aber nun habe sich der junge Herr Wolfgang mit seinen Hexenkünsten dort eingerichtet. Nach allem, was der Wächter erzählte, war das Gerücht von dem jungen Zauberer im Lehen schon so verbreitet, daß die Leute zusammenfuhren, wenn sie einen großen Vogel am Himmel erblickten.

Der Wächter, ein älterer Knecht, wußte noch anderes vom Nordturm zu berichten. Daß es zum Beispiel lange gedauert habe, ihn zu errichten, und daß es eine schwere und zum Teil gefährliche Arbeit gewesen sei, die manches Menschenleben gekostet habe. Sein eigener Urgroßvater sei während der Bauarbeiten von der Mauer gestürzt und nie aufgefunden worden. Der Fluß habe ihn wohl mit sich fortgerissen. Und er sei nicht der einzige gewesen, das leuchte wohl, sagte der Wächter, jedem ein, der die hohe Felswand erblicke. Ein Wachtturm sei dies niemals gewesen – einige behaupteten, er habe einst als Gefängnisturm gedient, aber der Wächter glaubte nicht recht daran.

»Auf jeden Fall«, schloß er gewichtig, bevor sie auf der Westmauer die letzte kleine Treppe betraten, »auf jeden Fall ist dieser Turm von Tod und Leiden und auch von Schwarzer Kunst umgeben. Allein würde ich dort im Dunkeln nicht hinaufgehen, Herr. Man soll sich vor Zauberern in acht nehmen.« Er sah den kräftigen Schotten besorgt an, mit einer Miene, die besagte: »Es ist jederzeit möglich, umzukehren.« Aber der Schotte lächelte nur und bemerkte, daß er selbst ja auch eine Art Schwarzkünstler sei.

»Ich habe davon gehört, Herr«, sagte der Wächter. »Ihr seid Sterndeuter, nicht wahr?« Michael nickte. »Dann sagt mir eines!« bat der Wächter. – »Ihr, der Ihr Zukünftiges und Vergangenes und Lebensläufe in den Sternen seht – ist es wahr, daß der Kreuzzug in Syrien gescheitert ist und daß sogar der Kaiser selbst umgekommen ist? Und daß er vor seinem Tod dem Heidengott gegenüber sein Glaubensbekenntnis abgelegt hat?«

Der Schotte sah den anderen lange an. Er selbst war eine ganze Weile nicht mehr in Südeuropa gewesen, aber so etwas zu hören, hätte er nicht erwartet. Er dachte an seine Majestät, wo sie sich nun befand. Und allein der Gedanke daran ließ ihn in ein langes, schallendes Gelächter ausbrechen, wobei er den Kopf in den Nacken legte und die Zähne bleckte.

Ohne ein weiteres Wort zu verlieren, ließ er den verblüfften Wächter stehen, stieg schmunzelnd die letzte Treppe hinauf und trat auf die Nordmauer hinaus.

Ein kalter Wind ging hier oben, und der Sterndeuter spürte, wie es ihm zunächst den Atem verschlug, als er sich nach Norden wandte.

O nein, der Alte hatte nicht übertrieben, als er von der hohen, dem Winde ausgesetzten Mauer sprach. Er hatte Mühe, sich an die Dunkelheit zu gewöhnen. Im Gegensatz zu den anderen Mauern wurde die Nordmauer von keiner einzigen Fackel erhellt – der Wind blies zu heftig hier oben. So mußte der Schotte im spärlichen Licht des Sternenhimmels weitergehen. Es kam ihm in den Sinn, daß er im Grunde ja tagtäglich nichts anderes tat, und das war ein guter Gedanke. Er erblickte den Turm und bemerkte einen schwachen Schein in den Fensteröffnungen.

Er blieb einen Augenblick stehen und tastete nach den Papieren unter dem Oberhemd. Dann setzte er seinen Weg fort und spürte, daß er doch ziemlich gespannt war.

Er gelangte zur Eichentür und klopfte. Drei Schläge. Ihm war, als könne er eine Bewegung im Lichtschimmer des kleinen Fensters wahrnehmen, dann wurde der Riegel zurückgezogen und die Tür halb geöffnet.

Der Schotte musterte das bleiche Gesicht vor ihm. Es gehörte zu dem Jungen, den er früher am Tag auf der Mauer erblickt hatte, als sie durch das Tor geritten waren. So, wie er es sich gedacht hatte.

Laut sagte er:

»Darf ich eintreten?« Ohne weiteres ließ ihn der Junge in den Turm hinein.

Der Sterndeuter schaute sich im Zimmer um, das von Öllampen arabischer Herkunft und einem großen Feuer im Kamin erhellt wurde. Erst als er sich wieder dem Jungen zuwandte, entdeckte er den Falken auf dessen Schulter; er war vorher durch die Tür verdeckt gewesen.

»Guten Abend, Falkner«, sagte er und verneigte sich leicht.

»Guten Abend, Sterndeuter.«

Und dann tat der Schotte etwas, was Wolfgang zuvor noch niemand sich hatte trauen sehen. Er holte eine

Brotrinde aus seinen Kleidern hervor, stellte sich dicht vor Wolfgang und hielt sie dem Vogel hin, der den Bissen verschlang.

Verwundert betrachtete Wolfgang den großen rothaarigen Mann, der da plötzlich mitten im Turmzimmer stand und mit dem Falken plauderte und ihm etwas zu fressen gab. Er wußte nicht recht, sollte er sich argwöhnisch oder offen geben. Doch dann lächelte der andere, und als Wolfgang ihn lächeln sah, wußte er, daß er nichts zu befürchten hatte, und bat ihn, Platz zu nehmen.

Gelegentlich geschieht es auf Erden, daß zwei Menschen sich zum erstenmal begegnen und es dennoch so ist, als hätten sie sich schon früher einmal irgendwo getroffen. Solch eine Begegnung fand hier statt.

Lange saßen sie da und schauten sich an und lächelten, wie zwei Freunde, die sich lange nicht mehr gesehen hatten.

»Du hast gewußt, daß ich kommen würde«, sagte der Schotte schließlich.

»Ja...« Wenn Wolfgang darüber nachdachte, so hatte er ihn tatsächlich an diesem Abend irgendwie erwartet, obwohl er nicht hinuntergegangen war.

»Ich habe dich auf der Mauer gesehen, weißt du – als wir heute vormittag ankamen.« Heute vormittag, ja. Das war kurz bevor...Wolfgang dachte daran, was sich in der Schreibstube zugetragen hatte. Der andere merkte, daß der Junge in Gedanken versunken war, sagte aber nichts. Statt dessen fuhr er fort:

»Ich habe gesehen, daß du *da* kein bißchen krank warst. Deshalb bin ich gekommen.«

»Ja«, sagte Wolfgang und nickte.

»Weißt du – daß dieser Turm einst deinem Großonkel gehört hat?«

»Ja, ich habe davon gehört.«

»Dein Großonkel war ein sehr bedeutender Mann. Ein außergewöhnlicher Mann, Wolfgang.« Es freute Wolfgang, daß der Schotte seinen Vornamen ganz ohne Scheu benutzte.

»Er war im ganzen Reich für seine Kenntnisse berühmt«, fuhr der Astrologe fort. »Er war gewissermaßen mein Vorgänger. Auch ich wohne auf Sizilien.«

Wolfgang nickte wieder.

»In seinen letzten Lebensjahren erzählte er oft von Falkenburg – leider kannte ich ihn nur allzu kurz. Besonders gern erzählte er von diesem Turm und von den Nächten, die er hier oben zugebracht hatte. Hier vollbrachte er seine grundlegende Arbeit, die Jahre hier oben haben ihn nachhaltig geprägt und haben ihm viel bedeutet. Es ist sonderbar, das alles nun mit eigenen Augen zu sehen.« Er schaute sich im Zimmer um. »Weißt du, Wolfgang – es hinterläßt wirklich Spuren in einem Menschen, so hoch in der Luft und so dicht unter den Sternen zu wohnen; der Welt etwas entrückt, sozusagen. Ich sehe, auch du hast das in dir«, sagte er und sah in die luftigen, grünen Augen des Jungen. Dann schwieg er. Der Junge erinnerte ihn an jemanden – jemand anderen als den alten Astrologen. Doch an wen?

»Ich wohne hier«, sagte Wolfgang schnell, »zusammen mit meinen Falken.«

»Ja«, nickte der Sterndeuter. »Gut.«

»Und die anderen – die wohnen dort unten.«

Der Sterndeuter verstand ihn.

»So ist es immer gewesen«, bemerkte er. »Diejenigen, die *sahen*, haben stets auf Berggipfeln oder in einem Turm gewohnt – manchmal saßen sie auch auf hohen Säulen in der Wüste. Ja, selbst wenn sie unter vielen anderen Menschen lebten, waren sie trotzdem hoch oben und weit weg – in ihrem Innern nämlich.« Sie sahen sich an. Der Schotte fuhr fort:

»Du weißt vielleicht, Wolfgang, daß es gar nicht so einfach ist, ein Horoskop zu erstellen. Oder verstehst du etwas von Sterndeuten?«

»Ziemlich wenig, fürchte ich.«

»Nun«, lächelte der Sterndeuter, »du kannst mir glauben, wenn ich sage, daß es eine schwierige und ganz exakte Arbeit ist. Wohlgemerkt, wenn man es gut und richtig machen will. Man muß die Wandelsterne kennen, die Sphären, die beiden Himmelslichter und die Bilder der Fixsterne. Und ebenso, wie man genau und zielbewußt zu arbeiten hat, muß man über die Fähigkeit verfügen zu *sehen*. Nun gut.« Michael hustete und setzte sich näher ans Feuer. »Mein Mund ist etwas trocken«, erklärte er.

Wolfgang erhob sich und holte eine Kanne Bier, Brot und etwas Pökelwurst herbei. Die Augen des Schotten leuchteten auf: Das würde gut tun nach dem Abendessen. Er zog ein langes Messer hervor und schnitt Brot und Wurst in Scheiben. Eine Weile aßen sie schweigend, nippten ab und zu am Becher. Hin und wieder steckte Wolfgang dem Namenlosen einen Fleischwürfel aus dem Beutel zu.

»Er wird noch dick«, bemerkte Michael. Wolfgang lachte und drohte dem Falken neckisch mit dem Finger.

Und in diesem Augenblick, als der Sterndeuter die beiden so sah, den Jungen und den Vogel, wußte er, an wen jener ihn erinnerte. Er sagte jedoch nichts und nahm den Faden des Gesprächs wieder auf.

»Dein Großonkel war ein Mann, der den Himmel ungewöhnlich gut kannte und ein ganz klares Empfinden dafür hatte, was in einem Horoskop wichtig und bedeutungsvoll ist. Nicht zuletzt dank seines Studiums des Himmels hier von dieser Mauer aus. Und ganz besonders den Himmel über Falkenburg – oder besser gesagt: die *Sternschrift* über Falkenburg – kannte er zu allen Jahreszeiten besser als irgendein anderer. Denn, verstehst du, Wolfgang, es geht

78

nicht nur darum, die Sterne zu kennen . . . Man muß sich auch etwas im Ort auskennen, wo das Kind geboren ist. Und auch in dieser Hinsicht kannte dein Großonkel Falkenburg außergewöhnlich gut.« Der Schotte nahm einen neuen Bissen Brot und kaute. Dann spülte er ihn mit einem Schluck Bier hinunter.

»Ist es ein schwieriges Handwerk? Hofastrologe zu sein?«

»Nicht, wenn man es beherrscht!« lachte der Schotte. »Das heißt . . .« Er lachte erneut. »Das heißt, ausgenommen wenn der Kaiser über alles mögliche Bescheid wissen will, worauf doch nur der Herr im Himmel allein die Antwort weiß.« Er lachte immer noch.

»Weißt du; einmal – es ist nun schon einige Jahre her – kam der Kaiser zu mir und sagte, er habe da einiges, wonach er mich fragen möchte. Ich war damals noch neu in meiner Stellung, und der Kaiser war ja auch noch jünger. Nun gut. Er bat mich jedenfalls, ihm, bei meiner Liebe zur Wissenschaft und bei aller Ehrerbietung gegenüber seiner Krone, ihm die Grundlagen der Erde offenzulegen, darzustellen, wie sie über dem Abgrund erbaut sei und ob es noch etwas anderes gebe als Luft und Wasser, wodurch sie sich aufrecht erhalte – eine Art Stütze der Erde. Und er fragte sich, worauf sich diese Stütze wiederum stützte, und ob sie auf sich selbst beruhe oder gar die Himmel zu ihrer Grundlage habe. Und er wollte wissen, wie viele Himmel es gibt und wer wen lenkt: Engel, Erzengel, himmlische Mächte und so weiter, bis hinauf zu den Cherubim und Seraphim. Danach wollte er den genauen Abstand zwischen den Himmeln wissen; um wieviel der eine Abstand größer als der andere war und vieles mehr. Er wollte schließlich sogar wissen, was sich außerhalb des äußersten Himmels befindet! Großer Gott, ich vertiefte mich in die Bücher und plagte mich ab, um wenigstens etwas beantworten zu können! Danach verlieh er mir den Titel Hof-Philosoph. Weißt du, er fragte sich auch, weshalb das Wasser im Meer so salzig wie diese Wurstscheibe ist, das Wasser in Flüssen und Seen dagegen nicht und sich sogar trinken läßt. Aber solche Dinge kann niemand beantworten. Und ich quälte mich damit ab, eine Antwort zu finden.« Michael lachte. »Er sagte, dies seien wichtige Fragen, auf die er, als Kaiser von Rom, Antwort haben müsse. In solchen Situationen ist es wirklich eine schwierige Stellung, Hofastrologe zu sein. Denn der Kaiser ist ein Mann, der aufgeschlossener und wißbegieriger ist als sonst ein Mensch auf Erden. Klüger wahrscheinlich auch.«

Wolfgang lachte verwundert. Er mochte den Rothaarigen immer lieber. Er verbreitete eine Wärme hier im Turm – eine Art Geborgenheit, die ihn an etwas längst Verflossenes erinnerte, an die Zeit, bevor . . . Es ging fast etwas Leuchtendes von dem Schotten aus, fand Wolfgang.

»Naja«, fuhr der Schotte lachend fort, während er sich am Bart zupfte. »Ich müßte das vielleicht alles einmal aufschreiben.«

»Wie ist er denn eigentlich, der Kaiser?«

»Der Kaiser? Hm.« Der Rothaarige warf einen verstohlenen Blick auf Wolfgang. »Niemals zuvor hat man einen solchen Unternehmungsgeist und eine derartige Begabung in einem einzigen Menschen vereint gesehen. Er interessiert sich nicht nur für das Wohlergehen des Reichs und kümmert sich um jede noch so geringe Sache. Er ist zudem auch ein bedeutender Mann der Wissenschaft und unterstützt die Universität von Salerno jährlich mit hohen Summen. Daß er wißbegierig ist und schwierigen und tiefsinnigen Gedanken nachhängt, hast du sicher aus dem, was ich dir erzählt habe, herausgehört. Außerdem – und *das* wird dich wahrscheinlich interessieren – ist er ein großartiger Vogelkenner und ein Meister in der Beizjagd; er verfügt über enorme Kenntnisse vom Leben der Vögel und von vielem anderen, was mit den Tieren zu tun hat. Er hält sich auf Sizilien eine ganze Menagerie der merkwürdigsten Tiere aus allen Reichen der Welt. Und wie gesagt: Er fragt nach allem zwischen Himmel und Erde – angefangen von den Brotpreisen in den Städten bis zum Schuhwerk der Soldaten. Du weißt – die Kunst besteht nicht darin, auf alles Antwort geben zu können, sondern jederzeit die richtige Frage zu stellen.«

Wolfgang nickte, und eine kleine Weile blieb es still zwischen ihnen.

»Jedenfalls«, sagte der Sterndeuter, »wurde ich am Hof mit deinem Großonkel vertraut. Und daß ich hier heraufgekommen bin, hat genau damit zu tun. Weißt du übrigens, wann er starb?«

»Mein Großonkel? Nein.«

»Es ist eigentlich noch gar nicht so lange her. Er war bereits einige Jahre vor seinem Tod von seiner Stellung als Hofastrologe zurückgetreten und verbrachte seine letzten Tage etwas abseits von Stadt und Hof, in einer Villa am Meeresufer. Ein wenig für sich, wie er es gern hatte. Und ich besuchte ihn dort, so oft es sich einrichten ließ, wir verlebten da unten manchen schönen Abend. Die Nächte am Mittelmeer sind ganz schwarz und tief, und es ist wunderschön, wenn der Himmel sternklar ist. Wir unterhielten uns über alles mögliche, aber er war stark mit der Burg beschäftigt, von der sein Geschlecht abstammte, mit der Falkenburg und dem ›Schicksal der Burg‹, wie er es nannte. Damals war ich noch nicht so erfahren wie heute und wußte nicht, daß auch ein Ort sein Schicksal haben konnte, genau wie die Menschen . . . Doch ich schweife von unserem Thema ab. Also. Noch während dein Großonkel hier auf der Burg lebte, hatte er seinen beiden Neffen – deinem Vater und deinem Onkel – ein Horoskop gestellt. Und auch nachdem er in den Süden gezogen war – das war unmittelbar nach der Geburt deines Onkels, soviel ich verstanden habe –, suchte er ständig die Verbindung mit Falkenburg aufrechtzuerhalten. Er schrieb viele Briefe hierher, zuerst an seinen Bruder, später an deinen Vater, als dieser Herr der Burg geworden war. Und nur wenige Wochen vor seinem Tod bekam er von deinem Vater einen Brief, in dem er ihm mitteilte, er habe einen Sohn bekommen.« Der Sterndeuter schaute Wolfgang fest an.

Es wurde ganz still zwischen ihnen, sie hörten beide das Knistern des Kaminfeuers und die Geräusche der Vögel auf dem Dachboden des Turms.

»Mich«, sagte Wolfgang leise.

»Ja«, nickte der Schotte bedeutungsvoll. »Dein Vater hatte in dem Brief den genauen Zeitpunkt deiner Geburt mitgeteilt, wohl in der Hoffnung, daß der Alte dein Horoskop stellen würde, wie er es auch bei ihm getan hatte. Und dein Großonkel hatte es bereits berechnet und gedeutet, als ich ihn zum letztenmal besuchte. Er war damals schon ziemlich hinfällig. Trotzdem beschäftigten ihn die Falkenburger bis zuletzt. Ich entsinne mich gut an jenen Abend. Er lag in seinem Bett, das man auf die Terrasse hinaus gebracht hatte – es war eine der ersten warmen Nächte. Er atmete äußerst schwer und keuchte, ich sah ihm an, daß es dem Ende zuging. Er war zu jenem Zeitpunkt schon uralt, über siebzig, glaube ich. Auf dem Bett hatte er ein Tablett, und ich sah, daß beschriebene Blätter darauf lagen. Du mußt dich ausruhen und dich nicht verausgaben, sagte ich ihm, aber er schüttelte den Kopf und winkte mich heran. Ich setzte mich zu ihm, und er begann zu erklären. Er benötigte ziemlich viel Zeit, das Reden fiel ihm nicht leicht, und er wollte stets genau und ausführlich sein. Die ganze Zeit aber schien mir, daß ihm sehr viel daran lag, mir das zu erzählen, was er zu erzählen hatte. Auch der Arbeit, die er ausgeführt hatte, konnte ich ansehen, daß sie ihm besonders am Herzen liegen mußte. Er hatte nämlich ein Horoskop ausgearbeitet –

deines, wie sich herausstellte –, und er hatte es gründlich und ausführlich getan. Und aus verschiedenen Gründen erschreckte ihn das, was er in deinem Horoskop gefunden hatte. – Vor allem, wenn er es mit demjenigen deines Onkels verglich . . .

Siehst du, Wolfgang, es gibt in der Astrologie etwas, das Progression genannt wird. Mit Hilfe dieser Berechnungen kann man voraussagen, was sich in den verschiedenen Lebensjahren der betreffenden Person ereignen kann. Und solche Berechnungen hatte dein Großonkel anhand deines Horoskopes – und auch desjenigen deines Onkels – angestellt. Und er kam zu dem Schluß, daß die Falkenburger Gefahr liefen, in deinem vierzehnten Winter von einem großen Unglück heimgesucht zu werden. In *diesem* Winter.«

Sie sahen sich lange an, und Wolfgang wurde es leicht schwindlig.

»Sehr eindringlich bat er mich an jenem Abend, die Falkenburger davor zu warnen, bevor die Zeit gekommen war. Er sprach an jenem Abend eigentlich ausschließlich davon, es müssen so etwa seine letzten Worte gewesen sein. Und in all den Jahren habe ich es im Gedächtnis behalten, daß ich den letzten Wunsch des Alten zu erfüllen habe. Er fühlte sich der Burg und der Familie verbunden – es mußten in seinen Tagen hier andere Zeiten geherrscht haben, jetzt wirkt es hier ja eher ein bißchen langweilig, aber – wie auch immer«, er zog ein zusammengerolltes Dokument aus seiner Hemdbrust hervor, »hier sind die Horoskope.«

Er reichte sie Wolfgang, der die Pergamente mit etwas klammen Fingern entrollte. Deutlich, wie in Stein gehauen, sah er den alten Mann weit im Süden der Welt vor sich, wo das Meer salzig war – wie er vor vierzehn Jahren dort gesessen und etwas vorausgeahnt hatte. Es schien Wolfgang sehr lange her zu sein, und ein Schauer der Verwunderung, vor allem aber einer leisen Angst lief ihm über den Rücken. Die

Welt wurde hinter den äußerlichen Farben ein Stück schwärzer: eine große lichtlose Finsternis breitete sich hinter der äußeren Hülle der Dinge aus.

Die Pergamente waren über und über beschrieben und mit Zeichen versehen. Symbole, Quadrate und allerlei sonstige geometrische Figuren tanzten vor seinen Augen. Es waren mehrere Seiten, und er blätterte sie durch, dabei berührte er die schweren Bogen mit Ehrfurcht.

»Was sagen sie?« fragte er.

Der Schotte beugte sich vor und lächelte ein wenig.

»Viel«, sagte er. »Sehr viel. Ich habe sie genau studiert, bevor ich die Reise angetreten habe, die mich hierher geführt hat. Und es sind sorgfältige Horoskope, genau ausgeführt und zuverlässig gedeutet. – Was sie sagen . . . Ja, ein Horoskop erzählt von der Seele und vom äußeren Erscheinungsbild, von Ereignissen im menschlichen Leben und von Zügen der betreffenden Persönlichkeit. Von Lastern und möglichen Schwächen, aber auch von den starken Seiten und Vorzügen. Es würde zu lange dauern, das Ganze mit dir im Detail durchzugehen. Sie werden sich Gedanken machen, was ich hier oben wohl treibe – zu lange kann ich nicht bleiben.«

Wolfgang sah ihn fragend an.

»Ich bin hierher gekommen, um dich zu warnen«, sagte der Schotte. Er lächelte nun nicht mehr.

Der Falke, der Namenlose, setzte sich auf Wolfgangs Schulter in Position. Im Kamin stürzte ein Scheit in sich zusammen.

»Laß uns etwas hinausgehen und die Sterne anschauen«, schlug der Schotte vor. »Ich brauche etwas frische Luft.«

Sie standen draußen auf der Mauer, der Sterndeuter und der Falkner, im Windschatten des Turms, und sahen in die Dunkelheit hinaus. Tief unter ihnen schimmerte der Fluß mattblau im Licht der Sterne und des Monds.

»Schön ist's hier oben«, sagte Michael leise.

Wolfgang antwortete nicht, sondern zeigte nach Westen.

»Dort gehe ich immer auf die Jagd«, sagte er. »Die Dunkelheit war dort, wo der Wald war, fast noch schwärzer. Der Schotte nickte. Er deutete zum Himmel hinauf.

»Und dort oben jage ich«, sagte er. »Nach Schicksalen und Ereignissen. Was sonst ist denn das Leben, wenn nicht eine große, lange Jagd? Ein ewiges Jagen nach dem eigenen Schicksal, der eigenen Vervollkommnung. Man macht Jagd auf das, was man nicht kennt – sich selbst –, um es irgendwann einmal zu stellen. Wie die Falken Schneehühner und Hasen jagen.« Er hüllte sich fester in seinen Mantel.

»Muß ich sterben?« fragte Wolfgang, ohne ihn anzusehen.

»Wir alle müssen sterben«, sagte der Sterndeuter ohne Humor. Wolfgang sah ihn an.

»Weißt du denn, wann du selbst sterben wirst?«

»Es ist nicht allen vergönnt, ihr eigenes Horoskop zu deuten«, sagte er. »Der Alte hat es jedoch – wie auch andere – für mich getan, vor vielen Jahren. Eigentlich möchte ich nicht zuviel darüber wissen.«

»Und was hat er dir erzählt?«

»Daß ich viel gereist sei und es weiterhin tun werde. Und daß ich mich in meinem zweiundfünfzigsten Jahr hüten soll vor einer großen Gefahr, die mir vom Wasser droht. Und vieles mehr.«

»Große Gefahr vom Wasser? Was bedeutet das?«

»Weiß ich nicht. Vielleicht, daß ich sterben werde. Ertrinken, möglicherweise. Oder Schiffbruch erleiden. Aber niemand weiß das.«

Es entstand ein nachdenkliches Schweigen zwischen ihnen. Der Schotte fuhr fort:

»Weißt Du, Wolfgang: Der Mensch denkt, Gott allein aber lenkt. Und es unterscheidet den Menschen von den Tieren, daß er sich bis zu einem gewissen Grad von seinem eigenen Schicksal befreien kann, während die Tiere diesem widerstandslos folgen. Nehmen wir den Hasen, der zitternd verharrt und zusieht, wie der Falke seine Gefährtin in Stücke reißt, bevor er selber zerrissen wird – völlig gebannt. Ohne wegzulaufen, zu flüchten. Gelähmt.«

»Und was wird hier geschehen – auf Falkenburg?«

»Du und dein Onkel, ihr werdet beide einer großen Gefahr ausgesetzt sein – einer Gefahr aus der Luft.«

Selbst im spärlichen Licht des nächtlichen Himmels konnte der Weissager erkennen, daß Wolfgang erbleichte.

»Wolfgang«, fragte er, »kommt es hin und wieder vor, daß du grundlos Angst empfindest?«

»Ja«, antwortete Wolfgang flüsternd. »Manchmal ängstigt mich alles und jedes, besonders aber die Dunkelheit.«

»Und trotzdem wohnst du hier oben?«

»Ja«, flüsterte Wolfgang wieder. »Wenn ich Angst habe, ist nämlich nur eines schlimmer als die Dunkelheit, und das sind die Menschen; alle.«

Der Schotte nickte nachdenklich.

»Ich habe Angst, Sterndeuter«, sagte der Junge. »Aber nicht so wie sonst. Bis jetzt habe ich mich hier oben zusammen mit den Falken wie in einem Traum bewegt. Es war stets wie eine Art Warten. Ein Warten auf alles.«

Der Sterndeuter stellte sich dichter neben Wolfgang und legte ihm die Hand auf die Schultern.

»Wirst du auch Onkel Friedrich warnen?« fragte Wolfgang.

»Nein«, sagte der Schotte leise.

»Warum nicht?«

»Es ist eine Frage des Abwägens. Seit ich hier angekommen bin, habe ich das Gefühl gehabt, ich müsse vor allem mit dir sprechen. Zuerst, jedenfalls. Etwas in den Horoskopen und das eine oder andere Wort deines Onkels haben mir da einen Wink gegeben.« Er sah Wolfgang an.»Ich habe gehofft, du könntest mir vielleicht sagen, warum«, sagte er.

Nun erzählte Wolfgang von jenem Abend im Treppenaufgang und von dem, was sich an diesem Vormittag in der Schreibstube zugetragen hatte. Zum Schluß wiederholte er:

»Ich habe Angst, Sterndeuter.« Er wollte noch fragen, ob seine Angst begründet sei, aber er brachte kein Wort mehr hervor. Und der Sterndeuter war in Schweigen versunken, er mußte über vieles nachdenken.

Kurze Zeit später gingen sie hinein, und Michael machte es sich wieder am Feuer bequem und prüfte noch einmal die Horoskope. Er schaute nicht von den Pergamenten auf, und es war Wolfgang unmöglich, aus Michaels Gesichtsausdruck zu erraten, was in ihm vorging.

»Ja«, sagte er schließlich. »Amor fati.«

»Amor fati? Liebe des Schicksals?«

»Ja – das ist mir eingefallen: Liebe dein Schicksal. Nimm es, wie es kommt, durchlebe es ganz. Ich weiß nicht, ob ich irgendwas – überhaupt etwas – mit Sicherheit feststellen kann. Wie gesagt, der Geist des Menschen ist den Sternen und dem Schicksal nicht unterworfen. Alles liegt im Ungewissen – die Gefahr ist indessen vorhanden«, sagte er bestimmt.

»Ich begreife nicht ganz . . .«, sagte Wolfgang.

»Wir leben in einer sonderbaren Zeit. Überall ereignen sich die merkwürdigsten Dinge! Hast du gewußt, daß vor einiger Zeit in Rom Unruhen stattgefunden haben und daß der Papst hat flüchten müssen? Oder daß die Heilige Stadt ohne Blutvergießen eingenommen wurde?«

Wolfgang schüttelte verwundert den Kopf; er hörte kaum, was der andere sagte.

»In diesen Tagen verändern sich die Menschen, Wolfgang. Zwischen Orient und Okzident ist etwas wie ein schmales Band der Versöhnung entstanden – auch dies ist

87

des Kaisers Verdienst. Alles ist nun der Veränderung unterworfen, und es ist nicht mehr so einfach wie früher, die Sterne zu deuten.«

»Was sagen die Sterne über den Kaiser?«

Der Weissager lächelte und strich sich über den Bart. »Wäre es nach uns Astrologen gegangen, so müßte er schon längst gestorben sein. Er ist so vielen Gefahren ausgesetzt gewesen – und zwar von sämtlichen vier Elementen –, daß eigentlich eine einzige davon schon genügt hätte, ihn umzubringen. Dasselbe Horoskop zeigt jedoch, daß der Kaiser über einen starken Geist und kraftvolle Gedanken gebietet – sehr viel stärker und kraftvoller als dies bei anderen Männern der Fall ist. Er hat sich in höherem Maß als alle andern vom Schicksal befreit. Denn sein Wille ist stark. Wie bei dir.«

Wolfgang schaute den Rothaarigen verblüfft an.

»Ja«, fuhr dieser fort. »Du hast richtig gehört. Auch du hast einen starken Geist, der geweckt werden und dich aus den vorbestimmten Gefahren befreien kann. Das läßt sich ganz klar aus deinem Horoskop herauslesen. Was ich über deinen Onkel sagen soll, Wolfgang, weiß ich nicht. Eines jedoch ist sicher: Wenn du dich von dem Verhängnis befreist, kann es dir zum Gewinn werden. Auch Gefahren und Schmerzen – gerade vielleicht Gefahren und Schmerzen – gereichen oft zum Segen.«

Das Gesicht des Schotten war verschlossen, und er erhob sich.

»Ich lasse die Horoskope hier, ich finde, sie gehören hier oben hin. Ich habe sie abgeschrieben«, fügte er hinzu.

Er wandte sich zum Gehen.

»Warte!« rief Wolfgang aus. – Da war noch so vieles, was ungesagt geblieben war, so viele Fragen noch . . . Er hatte plötzlich Angst, der Schotte würde ebenso plötzlich verschwinden, wie er gekommen war.

Der andre drehte sich nochmals um.

»Ja?« sagte er freundlich. Wolfgang schaute ihn einen Moment bestürzt an, und der Sterndeuter bemerkte, daß er um dem Mund ganz blaß war.

»Kommst du zurück –«, war das einzige, was Wolfgang hervorbrachte. Es klang sehr leise, und dem Schotten war mit einem Male ganz traurig zumute. Auch ihm bedeutete diese Begegnung sehr viel.

»Leider«, antwortete er, »glaube ich es nicht. Aber du könntest doch zu mir kommen, nach Sizilien – in ein paar Jahren?« Er lächelte, als hätte er ein Geheimnis. »Nun stehe ich in meinem achtundvierzigsten Jahr. Vielleicht schaffst du es, erwachsen zu werden und an den Hof zu kommen – bevor ich ertrinke?« Er lachte Wolfgang zu.

»Ja«, sagte Wolfgang nur. Dann öffnete der Sterndeuter die Tür.

»Du weißt, wo ich bin«, sagte er. »Und ich weiß, wo du bist, Wolfgang Falkenritter. Es war sehr schön, dir zu begegnen; ich habe mich nämlich all die Jahre gefragt, wie dieser Junge wohl sein mochte, dessen Horoskop ich kannte. Ein bißchen konnte ich ja herauslesen, aber . . . Es war auf jeden Fall sehr schön.« Dann verbeugte er sich leicht, und Wolfgang begleitete ihn hinaus.

Er blieb lange stehen und sah dem mächtigen Mann nach, bis er um die Ecke gebogen und die Treppe hinab verschwunden war.

Dann wandte er sich um und schloß die Tür hinter sich. Er lehnte sich dagegen und sah ins Feuer. Seine Augen waren ganz schwarz, wie die Finsternis zwischen den Sternen.

Der Wächter stand noch da und wartete auf den Schotten, als dieser die Treppe herunterkam.

»Ihr seid lange geblieben, Herr.«

»Genug! Geleite mich zu meinem Zimmer.« Und sie gingen wieder zusammen durch Korridore und über Treppen, denselben Weg, den sie gekommen waren.

»Habt Ihr die Geister gesehen?« erdreistete sich der Wächter zu fragen. »Die Zauberkünste und den Spuk – und die Gespenster?«

»Was für Gespenster?« fragte Michael abwesend.

»Es spukt dort oben!« behauptete der Wächter mit Bestimmtheit. »Mein Bruder hat es selbst gesehen! Und Herr Wolfgang trifft die Gespenster jede Nacht! Das ist wahr!«

Michael blieb stehen und runzelte die Stirn.

»Es spukt?« Er lächelte ernst. »Nein«, sagte er. »Noch nicht.«

Schnee

Von der Mauer aus folgte Wolfgang der kleinen Schar mit den Augen. Er sah, wie sie sich den schroffen Weg von der Burg hinunter mühten und etwas weiter südlich in die Landstraße einbogen. Dann waren sie hinter einem Gehölz verschwunden, und er konnte sie nicht mehr sehen.

Er hatte sich dem großen, seltsamen Schotten irgendwie verwandt gefühlt. Sie beide sahen die Dinge von oben, vom Himmelsraum her. Und wenn er an Michael Sterndeuter dachte, erschien ihm dieser selbst fast wie ein Stern – fern der Erde in rotgoldenem Glanz.

Er blieb eine Weile stehen und schaute auf die Stelle, an der der Schotte verschwunden war. Danach ging er zum Turm zurück, wo Vater Sebastian mit den Büchern wartete.

Michael Sterndeuter mußte über vieles nachdenken, während er dahin ritt. Er nahm nicht wahr, daß es ganz sachte, in kleinen Flöckchen zu schneien begann.

Denn es gab vieles, worüber sich der Sterndeuter Gedanken zu machen hatte.

Nein, ein gewöhnlicher Mensch war das nicht, dem er am Abend vorher dort oben im Turm begegnet war. Einem höchst sonderbaren Menschenkind hatte er gegenübergestanden. Michael hatte das ganz deutlich gefühlt.

Auch das Horoskop des Jungen hatte darauf hingedeutet. Wenn man nämlich von den Gefahren absah, die diesen Winter drohten, so handelte es sich um ein äußerst bemerkenswertes, fast glänzendes Horoskop. Ein Horoskop, das auf Macht und Gewinn hindeuten konnte. Und wenn

Michael den Sternen wirklich Glauben schenken konnte, so war der Junge wie geschaffen zum Herrscher. Die Wandelsterne standen in ungewöhnlichem Verhältnis zueinander, und sowohl Mars als auch Jupiter befanden sich im zehnten Haus. Das kleinere Himmelslicht, der Mond, stand zwar ungünstig im achten Haus und ließ auf Nervosität und ein gehetztes Gemüt, möglicherweise auf Schwermut, schließen. Das konnte indessen auch Vorteile im späteren Leben durch den Tod anderer bedeuten. Für jeden günstigen Aspekt mußte mit einem ungünstigen bezahlt werden, das war nun einmal Michaels Erfahrung. Und Wolfgang zeigte sich anderen gegenüber weder umgänglich noch war er besonders freundlich eingestellt, das hatte er nun gesehen. Aber in ihm keimten ungewöhnliche Eigenschaften.

Trotzdem wunderte sich der Schotte, daß der Junge derart gehetzt und scheu wirkte. Saturn – das große Verhängnis – stand jedoch ungünstig im dritten Haus und zeugte von Zurückgezogenheit und einem kühlen Verhältnis zu den Menschen. Der Sterndeuter hatte darauf geachtet, wie Wolfgang mit den Falken umging, und dabei hatte er weder Nervosität noch Schwermut, sondern im Gegenteil große Stärke und Kraft bemerkt.

Wiederum fiel ihm ein, an wen der Junge ihn erinnerte. Der Sterndeuter dachte an einen ganz besonderen Mann. Es war zwar schon viele Jahre her, seit derjenige, den er im Sinn hatte, Wolfgang geglichen hatte. Wolfgang erinnerte ihn nämlich stark an Friedrich II., König von Jerusalem und Sizilien und Kaiser von Gottes Gnaden. Auch der Kaiser war nämlich ein Mann, der sich seit seiner Kindheit mit Jagdfalken umgeben hatte. Michael konnte sich erinnern, wie der Kaiser damals gewesen war, und die Ähnlichkeit mit dem Jungen auf Falkenburg war sehr groß. Der Kaiser hatte ein Buch über das Leben und Verhalten der Falken geschrieben, über die Kunst, mit ihnen zu jagen und über ihre Weise zu fliegen.

Auch der Monarch betrachtete die Dinge mitunter auf dieselbe distanzierte aber durchdringende Weise, hatte zuweilen das gleiche blasse Antlitz, denselben starken Willen.

Michael schauderte ein wenig. Wenn das Unglück, das den Jungen diesen Winter erwartete, verhütet wurde – und er hoffte es um des Jungen willen –, hatte Wolfgang erstaunliche Aussichten. Er fühlte das ganz stark. Es hing jedoch davon ab, ob es Wolfgang gelang, seinen Willen allmählich von den Falken wegzulenken und auf die Menschen zu richten. Hand in Hand mit dem starken Willen ging nämlich eine abgründige Willenlosigkeit, auch dies hatte der Schotte erfahren. Dieser Willenlosigkeit Herr zu werden war eine Sache der Selbstüberwindung, und er wußte, wie sehr der Kaiser daran gearbeitet hatte.

Er vertrieb die tiefsinnigen Gedanken, so gut es ihm gelang. Und da merkte er, daß es zu schneien begonnen hatte. Nun war der Winter da.

Sogleich überfielen ihn die Gedanken aufs neue. Diesmal drehten sie sich um den bevorstehenden Winter, dessen erste Anzeichen bereits vom Himmel fielen. Alles konnte sich in diesem vierzehnten Winter Wolfgangs ereignen, die Sterne gaben keine eindeutige Auskunft. Und daher fühlte er sich etwas bedrückt.

In vielerlei Hinsicht aber war Michael auch erleichtert, als er nun südwärts ritt. Denn nun hatte er sein Versprechen dem Alten gegenüber erfüllt, und sein Gewissen war rein. Er hatte den Jungen gewarnt, worum ihn der Alte vor fast vierzehn Jahre gebeten hatte.

In gewisser Weise fühlte Michael sich als ein Bote der Sterne und der verborgenen Mächte. Er trug schwer, aber gewissenhaft an seiner Botschaft. Aber er hatte getan, was ihm auferlegt worden war.

Wiederum kreisten seine Gedanken um etwas, worüber er schon früher nachgedacht hatte. Was *bedeutete* es denn eigentlich für ein Lebensschicksal, wenn derjenige, den es betraf, etwas von den kommenden Ereignissen erfuhr? Wie entscheidend und verändernd konnte sich dies auswirken? War es zum Guten oder Schlechten? Und wie sehr war eine *solche* Mitteilung prädestiniert?

Was bedeutete es für das Spiel des Schicksals auf der hinter ihnen zurückbleibenden Falkenburg, daß er – der Weissager – seine Botschaft dorthin, mitten hinein in das Geschehen, getragen hatte? Daß es sich um ein Spiel handelte, daran zweifelte Michael nämlich nicht im leisesten. Alle Dinge folgen einem Plan.

Doch wer schmiedet solche Pläne? Wer entwirft überhaupt solche Spiele?

Wolfgang schaute aus dem Fenster und entdeckte, daß es zu schneien begonnen hatte. Die Flocken fielen nun dicht, und in ein paar Stunden würde über allem eine dünne, aber geschlossene Schneedecke liegen.

Er beendete die Lateinlektion mit Vater Sebastian, so rasch er konnte. Dann zog er sich um für die Jagd und bat den Jägermeister und zwei Knechte, sich bereit zu machen.

Dem Onkel ließ er ausrichten, daß er hinausziehe, um in dem guten Spurschnee zu jagen. Er wartete die Antwort nicht ab, sondern holte die Falken herunter. Und die Vögel um sich versammelt, ging er in die Vorburg hinunter, wo die Leute auf ihn warteten; sie saßen bereits auf den Pferden. Wolfgang nahm keine Hunde mit auf die Jagd, er ließ statt dessen das Wild für die Falken durch die Männer aufscheuchen.

Als sie hinausritten, war es schon ziemlich weiß geworden, und Jägermeister Bernhard, Wolfgangs ständiger Jagdgefährte, meinte, es bestünden gute Aussichten, daß ein Teil der Tiere noch nicht das Winterfell trage. Alle Fährten würden sich zudem deutlich, wie mit Kohle markiert, in der dünnen Schneeschicht abzeichnen.

Sie brachten auf, Richtung Westen, und Wolfgang war leicht zumute. Er war froh, von Falkenburg und dem Finsteren, das ihn dort erwartete, fortzukommen.

In einem Turmfenster stand der Onkel und sah ihm nach.

Er wußte nicht genau, was er dachte, während er die schlanke Gestalt den Weg hinunter galoppieren sah, die Vögel in der Luft über ihm.

In seinem Innern aber hatte neben der Zärtlichkeit, die er plötzlich für den Jungen empfunden hatte, die schwarze Faust wieder mächtig an Größe gewonnen.

Die Taube

I

Sogleich, als sie die kleine Reiterschar in der Lichtung erblickte, wußte sie, daß sich Gefahr anbahnte.

Die Pferde dampften in der Kälte, und an den Sätteln und den vornehmen wollenen Umhängen konnte sie erkennen, daß die Reiter von der Burg kamen. Erschrocken raffte sie ihren Rock und begann rasch, Richtung Hof zurückzulaufen. Ab und zu schaute sie zurück, aber die Reiter hatten sie nicht bemerkt und folgten ihr nicht. Sie verharrten an derselben Stelle, und sie sah, daß sie sich eifrig über irgend etwas unterhielten. Sie waren zu viert.

Die Jagd war bis jetzt nicht erfolgreich gewesen. Sie waren nun schon den dritten Tag draußen im Wald, ohne viel erlegt zu haben, und die Falken trieb es zu töten. Wolfgang fühlte, wie ein großer Teil ihrer Unruhe auf ihn selbst übergriff, eine Art nagende Sehnsucht nach . . . *etwas.*

Zweimal hatte es aufgehört zu schneien – und fast gleichzeitig wieder angefangen; der Boden war bereits mit einer dichten Schneeschicht bedeckt. Die Kälte hatte etwas nachgelassen, aber es ging ein heftiger Wind. Weder die Falken noch die Pferde fühlten sich wohl.

Bernhard sah ihn noch einmal fragend an.

»Herr«, sagte er, »wir sind alle erschöpft. Laßt uns nach Falkenburg zurückkehren, das hier ist sinnlos!«

Wolfgang antwortete ihm noch immer nicht, sah ihn bloß etwas abwesend an, wie es seine Art war.

Im Gegensatz zu den meisten übrigen erschreckte das Bernhard nicht, er ließ sich dadurch auch nicht beunruhigen. Er kannte Wolfgang seit dessen frühester Kindheit, und er war es auch, der ihn gelehrt hatte, mit Falken zu jagen, als Wolfgang vor ein paar Jahren Phönix bekommen hatte. Er kannte die Launen und das Verhalten des Jungen ausgezeichnet und ließ sich davon nicht entmutigen. Im Gegenteil – in vielerlei Hinsicht verstand er ihn gut.

Aber nun war selbst Bernhard mit seiner Geduld am Ende.

Die beiden Knechte hatten sich bis dahin still verhalten und nicht am Gespräch teilgenommen – der Wille des jungen Herrn Wolfgang war auch ihnen Befehl. Sie hatten es Bernhard überlassen, mit dem Jungen zu reden. Nun aber mischte sich einer von ihnen plötzlich ein:

»Herr!« Wolfgang und Bernhard schauten den jungen, bartlosen Mann, der so unerwartet das Wort ergriffen hatte, überrascht an. Bernhard mit einem etwas vorwurfsvollen Ausdruck: Es war stets ein schwieriges Unterfangen, Wolfgang zu irgend etwas zu überreden. Er konnte jetzt keine Unterbrechung gebrauchen.

»Herr«, wiederholte der junge Mann und schluckte. »Ich habe eine kranke Frau und ein kleines Kind zu Hause«, sagte er. »Der Schnee ist gekommen, und ich möchte gerne nach Hause.«

Nun stimmte auch der andere ein:

»Er hat recht, Herr! Seine Frau ist wirklich sehr krank . . . und ich selbst habe eine Kuh, die bald kalben wird. Der Jägermeister hat recht«, sagte er und zeigte auf Bernhard, der beschämt zu Boden sah. »Laßt uns heimkehren. Mit allem Respekt, Herr«, fügte er hinzu und schaute verlegen auf die Mähne seines Pferdes nieder. Wolfgang betrachtete die beiden Knechte mit einem kühlen Blick und ließ ihn von einem zum anderen gleiten.

»Es ist auch mein Rat, Herr«, sagte Bernhard nach einer kleinen Pause. Er zuckte die Schultern: »Allerdings habe ich weder Frau noch Kühe, die krank sind – auch, was das betrifft, keine Kinder –, ich könnte Euch gut noch tagelang im Wald begleiten. Aber mir scheint, wir haben kein Glück im Wald. Der Wind ist wechselhaft und die Fährten wehen zu. Es ist schwierig, sich an die Beute heranzupirschen, und gelingt es uns auch, Wild aufzuspüren, so läuft es davon, weil es uns wittert. Und die Tiere sind vorsichtig, wagen sich kaum in die Lichtungen hinaus, so daß es für die Falken kaum möglich sein wird, sie zu fassen. Aus diesen Gründen bitte ich Euch, Ihr möchtet Euch entschließen, heimzuziehen, Herr Wolfgang.«

Wolfgang richtete plötzlich seinen Blick einen ganz kurzen Moment mit voller Kraft auf ihn. Dann besann er sich. Bernhard wußte, was nun kommen würde, schon bevor es der Junge sagte:

»Nun gut, ihr beiden . . .« er zeigte teilnahmslos auf die Knechte. »Ihr beiden zieht heim. Der Jägermeister bleibt mit mir zusammen noch ein paar Tage hier.« Die beiden Knechte sahen zu Boden, aber Wolfgang beachtete es nicht. »Weder ich noch die Falken finden Ruhe, bevor wir etwas erbeutet haben«, fügte er, an Bernhard gewandt, etwas leiser hinzu.

»Stets zu Diensten, Herr«, murmelte der Jäger.

Keiner der vier Männer sah die Gestalt, die vor ihnen weg durch den Wald davonlief.

Als Wolfgang und der Jägermeister allein waren, wurde der Umgangston ein wenig lockerer, und die Laune hob sich etwas. Wolfgang fühlte sich im Grunde hier draußen am wohlsten mit Bernhard allein. Mit Leuten auszuziehn, die vielleicht über wenig Jagderfahrung verfügten, war in manchem sehr beschwerlich. Immerzu mußte man reden und

Befehle erteilen, die Zeit wurde verschwendet und das Wild verscheucht.

Mit Jäger Bernhard war es anders. Seit sich Wolfgang erinnern konnte, waren sie zusammen auf die Jagd gegangen, denn lange, bevor er die Falken bekommen hatte, war er jeweils mit dem Vater und dem Onkel ausgeritten. Und stets war Bernhard mit von der Partie gewesen. Sie waren daher gut miteinander vertraut und wußten, wie der andere dachte und sich verhalten würde, ohne daß man dafür Worte verschwenden mußte.

Es war eine ungezwungene, fast wortlose Freundschaft. Wenn sie sich abends unterhielten, so drehte es sich meistens um die Dinge in ihrer Umgebung und um die Jagd; oder Bernhard erzählte Geschichten, und manchmal sang er auch.

Der Jägermeister Bernhard war ein Mann von gut über fünfzig Jahren, aber er war wendig und stark, und er konnte sicherer und sauberer als sonst ein Mann im Lehen schießen. Er wohnte im Dorf bei der Burg und stand hoch in Falkenburgs Gunst. Er war ritterlicher Jägermeister, und sowohl Ritter Heinrich als auch sein Bruder schätzten ihn sehr – ebenso wie jetzt der junge Wolfgang. Es wäre undenkbar gewesen, ohne ihn auf die Jagd zu gehen. Er wußte mehr über Wald und Wild als sonst jemand; er war ruhig, aber bestimmt, umgänglich ohne Unterwürfigkeit. Und er schoß besser als alle andern.

Auch jetzt hatte der Jäger den Bogen bei sich, auch wenn er ihn auf Beizjagden selten brauchte – er nahm ihn aus bloßer Gewohnheit mit.

Er kannte Wolfgangs seltsames Verhältnis zu den Vögeln – es schien, als wäre es ihm angeboren. Bernhard fürchtete sich nicht im geringsten davor, auch nicht vor dem Jungen selbst. Er hatte ihn aufwachsen sehen und hielt große Stücke auf ihn. Wahrscheinlich waren sie sich im Grunde etwas ähnlich. Sie waren beide glücklich, wenn sie jagen konnten, und beide waren sie ruhig und nachdenklich: Sie hatten etwas Gemeinsames, Bernhard fühlte sich von Wolfgangs Wesen angezogen und Wolfgang von demjenigen Bernhards. Sie kannten beide den Wald und das Wild, und beide strahlten sie die damit verbundene Ruhe aus.

Bernhard hatte Wolfgang die Kunst beigebracht, mit dem Bogen und mit Falken zu jagen, und ihn zu einem leidenschaftlichen und tüchtigen Jäger heranwachsen sehen.

Nun schlugen sie das Nachtlager auf, es begann bereits zu dunkeln, und Wolfgang ging auf die Suche nach Brennholz, während der Jäger den Schnee wegräumte und die Pferde striegelte.

Die Falken durften frei in der kleinen Lichtung herumfliegen. Wolfgang wußte, daß sie zu ihm zurückkehren würden, wenn das Feuer brannte, und vielleicht fanden sie sogar auf eigene Faust Beute.

Dies war das einzige an Wolfgang, was Bernhard wirklich in Erstaunen versetzte: daß er die Raubvögel frei fliegen lassen und sicher sein konnte, daß sie zurückkehren würden. Aber er hatte den Jungen schon viele Male so verfahren sehen und zeigte daher kein Zeichen der Verwunderung, als Wolfgang die Vögel in die Luft schickte und sich entfernte.

Der Jäger ahnte wohl den eigentlichen Grund für Wolfgangs Verhältnis zu den Falken. Dennoch war es selten, daß jemand mit den Tieren reden konnte, und Bernhard hatte als Junge seinem Vater nicht geglaubt, als dieser von einer Frau in Donauwörth erzählte, die die Sprache der Tiere beherrschte. Nun wußte er es besser. Er hatte selbst gesehen, wie die Falken und der Junge lange Zeit an einem Stück schweigend beieinander sitzen konnten. Und trotzdem schien etwas zwischen ihnen vorzugehen, als ob sie lautlos miteinander sprächen, ohne die Stimme zu benutzen –

wenn man von den Falken überhaupt sagen konnte, daß sie Stimmen hatten. Es war schön, sie so zu sehen, und Bernhard ertappte sich selbst dabei, wie er den Jungen und die Vögel lange studierte, während er eigentlich anderes zu tun gehabt hätte. Denn der Anblick ergriff ihn in besonderer Weise, und er beneidete den Jungen von ganzem Herzen um seine Gottesgabe. Darin mußte die Ursache liegen, daß der Junge ein solcher Meister in der Beizjagd war und daß die Falken ihm so leicht gehorchten. Möglicherweise war auch die Schüchternheit des Jungen darin begründet – daß er nicht beides haben konnte: mit den Tieren *und* mit den Menschen zu sprechen.

Wolfgang kam mit einem Arm voll Reisig zurück, und nun lagerten sie sich bequem, nachdem Bernhard Feuer gemacht hatte. Sie teilten, was an Nahrung übriggeblieben war – die Reste eines Hasen, den sie am Vortag erlegt hatten. Wolfgang rief die Falken, und kurz danach saßen sie auf seinen Schultern oder in den Ästen des Baums hinter ihm. Ab und zu tauschte einer auf dem Baum den Platz mit einem auf seiner Schulter. Hin und wieder reichte Wolfgang ihnen einen Bissen von seinem Fleisch, und sie fraßen es.

»Morgen früh gehen wir jeder unserer Wege«, sagte Wolfgang und sah Bernhard an. »Zum einen brauchen wir hier draußen für uns selbst etwas zu essen, und zum anderen ist es traurig, ohne Beute heimzukehren. Und vielleicht gelingt dir mit dem Bogen, was mir bis jetzt mit den Falken nicht geglückt ist.«

»Möglich«, sagte Bernhard kauend. »Möglich. Einen Versuch ist es jedenfalls wert.«

Nach dem Essen schlugen sie gemeinsam das Zelt auf. Es hatte wieder aufgehört zu schneien, und auch der Wind war spürbar schwächer.

»Dann treffen wir uns also übermorgen abend um diese Zeit wieder hier«, sagte Bernhard. Wolfgang nickte. »Das einzige, was mir ein bißchen Sorgen bereitet, ist das Wetter«, fuhr der Jäger fort. »Aber wir werden wohl auch damit fertig werden, selbst wenn nun jeder für sich ist.«

»Ich denke auch«, antwortete Wolfgang. Sie sagten nichts mehr, sondern legten sich hin und schliefen sofort ein.

In dieser Nacht träumte Wolfgang von einem riesigen Falken, der ihn in seinen Fängen hatte und zu Boden drückte. Es war qualvoll, denn er glich dem Namenlosen sehr.

Es gelang Wolfgang nicht, sich aus dem Traum loszureißen, der nur aus einem einzigen Bild bestand, er blieb vielmehr liegen und warf sich in blindem Entsetzen hin und her.

Der Traum war krank, widersinnig und ohne jeden Zusammenhang. In mancherlei Hinsicht war der Namenlose Wolfgang von allen vieren am meisten ans Herz gewachsen, und er wußte, daß auch der Falke ihn sehr gern hatte. Daher war es äußerst schmerzlich, ihn in einem solchen Traum zu begegnen.

Der Falke umklammerte ihn mit mächtigen Fängen. Und über dem Kopf des gewaltigen Vogels erschien das Gesicht des Sterndeuters Michael: groß, rot und ganz anders als an jenem Abend im Turm dort oben. Michaels Gesicht zeigte kein freundliches Lächeln mehr, sondern war mager und ernst geworden, und die Augen leuchteten nicht länger aus eigener Kraft. Zwei Wasserspiegel waren sie, zwei Brunnen, die ihm entgegenstarrten.

»*Wolfgang!*« rief der Sterndeuter mit dröhnender Stimme. »*Wolfgang! Wolfgang!*« Immer wieder. Und die ganze Zeit hielt ihn der Falke in seinen Fängen, die er ihm in den Körper geschlagen hatte, fest. Als er an sich hinunterblickte, sah er, daß er im Schnee lag, und daß der Schnee von seinem eigenen Blut rot gefärbt war – es sprudelte geradezu wie Wasser aus einer Quelle aus seinem Leib hervor. An der Stelle aber, wo das Blut zwischen den Fängen des Falken hervorströmte, war es nicht rot, sondern gelbgrau, durchsichtig und unnatürlich. Und Wolfgang, der sich die ganze Zeit über bewußt war, in einem Traum zu sein, fühlte sich schlecht. Erst wenn das Blut mit dem Schnee in Berührung kam, wurde es leuchtend rot.

Er fühlte ein Stechen im Kopf und im Unterleib, aber es gelang ihm nicht, dem Alptraum zu entrinnen.

»*Gefahr aus der Luft! Aus der Luft!*« dröhnte Michaels Stimme.

Plötzlich erblickte er das Gesicht des Onkels über sich, über dem Schnabel des Riesenfalken, der Schotte war mit einem Mal verschwunden. Der Onkel lächelte zuerst, matt und nachdenklich wie in der Schreibstube. Doch dann kam etwas Schwarzes und legte sich über sein Gesicht, und der Anblick tat weh.

Aber eine helle Stimme, wie die Stimme eines Mädchens, sagte in der Ferne etwas. Allmählich kam diese Stimme näher, und jetzt konnte er hören, was sie sagte. Es waren merkwürdige Laute, die sie mit dem Mund bildete, und es klang wie »mein, mein, mein«. Er konnte das Mädchen, das redete, nicht sehen, konnte sie hinter all dem andern nur ahnen, und es beruhigte ihn, ihre Stimme zu hören. Aber sobald er das unnatürliche Blut wieder wahrnahm, das zwischen den scharfen Fängen seinem Körper entströmte, fühlte er sich sofort wieder übel und krank – und alles verfinsterte sich, und er erwachte davon, daß er weinte wie ein Kind.

»Herr Wolfgang?«

Es war dunkel und still im Zelt, aber der Traum bebte in ihm nach, so daß er krampfhaft schluchzte und nach Atem rang. Wie Fäden wickelten sich die Traumreste um ihn, wie die Schlinge eines Vogelstellers; und es war schwierig, sich daraus zu befreien. »*Wolfgang!*« erschallte Michaels Stimme irgendwo aus der Finsternis. »*Aus der Luft!*« Und zuweilen war ihm, als sähe er das ekelhafte Bild seines eigenen Blutes.

»Herr Wolfgang?« Die Stimme des Jägers war im Dunkeln ganz nahe, und langsam beruhigte sich die Welt um ihn, wurde wirklich. Er weinte noch immer, schluchzte schwach und biß in die Decke.

»Seid Ihr krank, junger Herr?« Wolfgang konnte zuerst nicht antworten, und er spürte die Hand des Jägers auf seinem Arm. »Seid Ihr krank?«

»Nein«, brachte Wolfgang hervor. »Ich habe nur schlecht geträumt.«

»Schlaft. Geht ein wenig hinaus, betrachtet den nächtlichen Wald und redet mit den Falken. Dann schlaft, ganz ruhig«, sagte der Jäger sanft. Wolfgang erhob sich und trat in die sternklare Nacht hinaus, während er sich die Tränen abtrocknete.

Lange stand er vor dem Zelt und sah sich um. Der Himmel war aufgeklart, aber im Osten lauerten neue Wolkenwände. Die Falken saßen alle auf demselben Ast wie auf einer Hühnerstange und schliefen. Er trat ganz nahe zu ihnen und betrachtete den Namenlosen lange. Dann weckte er ihn.

Der Falke spreizte die Flügel und blickte ihn verwundert an.

»*Schlechter Traum*«, sagte Wolfgang wortlos.

»*Schlafen*«, sagte der Falke und sprach von Färten, von denen er geträumt hatte, bevor er geweckt wurde.

Wolfgang sah ihn lange an.

»*Wie heißt du eigentlich, Namenloser?*«

»*Frag mich nicht. Frag mich nicht.*« Die Stimme war leise, es klang wie ein Wispern in Wolfgangs Ohren.

Der Falke blinzelte und war bereits wieder eingeschlafen, als Wolfgang zum Zelt zurückging.

Am nächsten Morgen zogen sie wie verabredet jeder in eine andere Richtung.

Wolfgang beschrieb einen großen Bogen nach Norden und durchkämmte den Wald zu den Anhöhen hin. Er fand wenig in dieser Richtung und beschloß, sich etwas umzusehen. Er wandte sich daher aufs Geratewohl nach Süden, während er die Falken fliegen ließ, wie sie wollten: Vielleicht spürten sie Wild auf.

Er ritt lange so dahin, bis er auf einmal irgendwo zwischen den Bäumen Stimmen vernahm. Es waren zwei Männer, und Wolfgang ritt auf sie zu. Er traf an einer Stelle auf sie, wo die Bäume dicht beisammen standen und der Boden nicht gänzlich mit Schnee bedeckt war. Die beiden waren zu Fuß, ein alter und ein jüngerer Mann. Aus der Entfernung hatte Wolfgang bereits festgestellt, daß der Jüngere sehr groß und kräftig war und einen rabenschwarzen Bart und ebensolches Haar hatte. Hier im Zwielicht zwischen den Bäumen konnten sie einander nicht recht sehen, die beiden erkannten ihn nicht und hielten an. Der Jüngere wies mit der Axt auf ihn.

»Was suchst du hier?« Seine Stimme klang herrisch und streng.

»Ich jage«, antwortete Wolfgang.

»Hier ist es verboten zu jagen.«

»Es ist mein Wald«, sagte Wolfgang kühl. Er sah, daß die beiden sich unschlüssig anschauten, darauf sank die Axt. Der Alte trat zu ihm und schaute ihm unter die Kapuze ins Gesicht.

»Wer bist du? Ich sehe nicht mehr so gut . . .« Wolfgang schob die Kapuze zurück.

»Wolfgang von Falkenburg«, sagte er. Der Jüngere wich zurück.

»*Vater!*« zischte er, »*Vater!* Jetzt erkenne ich ihn. Junger Herr! Wir sind Eure Waldhüter!« Er streifte sich die Mütze ab und verneigte sich vor Wolfgang, und auch der Alte verbeugte sich steif.

Wolfgang hörte die Falken in der Nähe, und da ihm die Dienerschaft in frischer Erinnerung war, beschloß er, die Sache kurz zu machen. Dies sollte genügen, dachte er.

»Ich hoffe, Ihr verzeiht uns«, begann der Jünger wieder, und Wolfgang bemerkte, daß seine Stimme dunkel wie die Baumstämme war.

»Genug«, sagte er. »Euch sei verziehen. Ihr seid der Falkenburg gute Waldhüter.« Die andern verbeugten sich wieder. Neuschnee rieselte von den Bäumen.

Wolfgang zögerte einen Augenblick, dann wendete er das Pferd und ritt davon, bevor sie noch etwas sagen konnten.

Er ritt weiter nach Süden. Die Begegnung im Dunkeln zwischen den Bäumen hatte ihn traurig gestimmt, er war wieder an sich selbst und an die Burg gemahnt worden, an das Finstere, das auf ihr lastete. Und das freie, schwebende Gefühl, allein mit den Falken hier draußen zu sein, war auf einmal gedämpft.

In mancher Hinsicht mochte es Wolfgang, daß alle taten, wie er ihnen gebot – er war das ja gewohnt –, aber er fühlte, daß es auf der Burg passender war als hier draußen in Gottes Natur. Er hatte es auch nicht gern, daß die Stimmen der Menschen vor Angst oder Trübsinn dunkel wurden, wenn sie, wie eben, gehorchten. Auch das erinnerte ihn an das Finstere über der Burg. Es machte ihn wachsam, und er fühlte sich unfrei.

Es war nun Mittag, und Wolfgang hatte Hunger. Im selben Augenblick aber, in dem er Appetit bekam, wußte er auch, daß er seine Feuersteine nicht dabei hatte – sie lagen im Zelt, oder aber der Jäger hatte sie. Er stöhnte über seine eigene Nachlässigkeit. Der Gedanke daran, rohes Fleisch zu verzehren, behagte ihm nicht besonders. Er war deshalb froh, als er zu einem kleinen Gehöft gelangte, das in einer Waldlichtung lag, nicht weit von der Landstraße entfernt.

Er brachte das Pferd am Waldrand zum Stehen und rief die Falken aus der Luft herab.

Hier also war noch etwas, das ihm gehörte. Oder was dem Vater gehörte, das kam auf dasselbe heraus. Er war noch nie zuvor hier gewesen.

Der Gedanke an den Vater drängte sich ihm wieder auf. Lebte er noch, oder war er dort unten im Sarazenerland gestorben? Der Sterndeuter hatte nichts über den Kreuzzug gesagt – und er selbst hatte vergessen zu fragen, er hatte an andere Dinge denken müssen.

Er hatte sich angewöhnt, an den Vater als an jemanden zu denken, der für immer fort war, verschwunden in der Finsternis, die die Falkenburg und die Welt, so wie Wolfgang sie kannte, umgab. Es war am besten gewesen, so zu denken, der Gedanke hatte ihm Ruhe verschafft. Jetzt aber waren die Zweifel wieder da. Man schrieb 1229. Im Jahre 1225 – oder war es ein Jahr danach? – war der Vater aufgebrochen. Wolfgang konnte sich nicht erinnern; die Zeit, bevor er die Falken bekommen hatte, die eigentliche Kindheit, war ein entschwundener Traum, der ihm nicht deutlich vor Augen stand. Aber soviel er wußte, waren bald nach Mutters Tod keine Briefe mehr vom Vater gekommen.

Wolfgang beschloß, die Briefe des Vaters zu lesen, wenn er zurück auf der Falkenburg war. Er wußte, wo sie lagen, in einem Schrein im Rittersaal. Vielleicht sollte er trotz allem stärkeren Anteil nehmen an dem, was dort unten zwischen den Häusern vorging. Der Gedanke behagte ihm nicht; jedesmal nämlich, wenn er sich mehr zu kümmern versuchte, endete es damit, daß er Angst bekam und sich hinlegen mußte – er konnte andere Menschen nicht ertragen. Manchmal wünschte er sich, ein Vogel zu sein, dann wäre er die Menschen endlich los.

Doch er befreite sich von den Gedanken, blieb auf der Lichtung im Sattel sitzen und schaute den leichten Abhang zum Gehöft hinunter.

Es war ein ziemlich kleiner Hof, doch er wirkte sauber und gut instand gehalten. Wer mochte wohl hier draußen wohnen, so weit von den Leuten entfernt? Dort unten, auf dem kleinen Bauernhof, bemerkte er eine Gestalt, die etwas aus ihrer Schürze auf den Boden streute – es war eine Frau oder ein Mädchen. Aus dieser Entfernung konnte er nicht genau erkennen, was sie tat.

Er ritt näher heran und spürte, daß er nun wirklich Hunger hatte.

Gleichzeitig mit dem Namenlosen erblickte er die Tauben, die von dem Mädchen gefüttert wurden. Und der Namenlose, der an diesem Tag noch keine Beute gemacht hatte, schwang sich in die Luft, bevor Wolfgang ihn zurückhalten konnte. Er hatte im Nu eine große Höhe erreichte, drehte sich in der Luft und stürzte wie ein Stein auf die weißen und grauen Flecken nieder, als welche die Tauben dort unten erschienen.

Wolfgang betrachtete das Ganze kalt und ruhig: Er sah das nichtsahnende Mädchen, das in wenigen Augenblicken entsetzt auffahren und im Zurückschrecken alle Brosamen aus der Schürze fallen lassen würde.

Es mochte danach vielleicht schwierig sein, hier noch etwas zu essen zu bekommen, dachte Wolfgang, während er zuschaute, wie der Vogel in der Luft seine Richtung änderte. Dann war der Namenlose unten, und das Mädchen fuhr zurück, genau so, wie er es sich vorgestellt hatte. Alle Tauben flatterten auf und wirbelten wie Schneeflocken nach allen Seiten auseinander.

Darauf schwang sich der Namenlose wieder in die Luft empor, er trug etwas schimmernd Weißes in seinen Fängen, als er in geringer Höhe zu Wolfgang zurückflog.

Nun hatte ihn das Mädchen erblickt. Er ritt auf sie zu, dem Falken entgegen, der mit seiner Beute auf dem Sattel landete.

Es war eine weiße Taube, weiß wie Schnee; und die dunkelroten, warmen Bluttropfen ließen Wolfgang zusammenschrecken.

Er schaute zu dem Mädchen dort unten. Sie verharrte noch in derselben Stellung, die Hände wie in Bestürzung erhoben. Als er näher heranritt, sah er, daß sie weinte.

Wolfgang stieg vom Pferd und ging zu ihr hin. Sie hatte den Kopf jetzt gesenkt, wollte ihn nicht sehen. Er trat näher heran und musterte sie.

Die Farbe ihres Haars war fast weiß, aber nicht wie Schnee, mehr in gelben Tönen; es glich dem blaßgelben Himmel am frühen Sommermorgen über der Burg, wenn die Vögel anfingen zu singen.

Als sie endlich aufschaute, sah er, daß ihre Augen blau wie der gefrorene Winterhimmel waren. Sie richtete sie auf ihn, daß er zusammenzuckte. Hart und zornig waren diese Augen unter den schwarzen Brauen. Eine Träne rollte ihr über die Wange.

»Ich –«, begann er behutsam, aber sie unterbrach ihn:

»Ist das dein Falke dort?« Sie zeigte zum Pferd hinüber, ohne ihn aus den Augen zu lassen.

»Ja, der und die drei andern.«

»Gibt's im Wald nicht genug Wild, daß du auf *Tauben* Jagd machen mußt!«

»Ich –«, begann er wieder, wußte aber nicht recht, was er sagen sollte.

Sie stampfte heftig auf und ballte die Fäuste vor Zorn.

»Oh!« sagte sie wütend. »Oh! Ich könnte . . .« Dann fing sie seltsamerweise wieder zu weinen an, diesmal mit geschlossenen Augen.

Wolfgang verharrte unschlüssig, was sollte er denn nun tun? Doch da kam ihm ein Einfall, und er tupfte freundlich mit dem Zeigefinger einige Tränen von ihrer Wange ab. Sie sah auf.

»Das ist keine Absicht gewesen«, sagte er leise. »Der Falke ist aufgeflogen, bevor ich mich besinnen konnte. Nun sind deine Tauben wohl über das halbe Kirchspiel verstreut, fürchte ich.« Er fühlte sich benommen.

»Sie kommen zurück«, sagte sie mit Bestimmtheit. »Sie kehren stets hierher zurück.« Sie lächelte bleich und sah ihn an.

Er wischte noch eine Träne mit dem Finger weg.

»Aber du darfst nicht weinen«, sagte er.

»Nein.« Dann schwiegen sie eine Weile, während sie sich richtig anschauten. Und Wolfgang fühlte, daß er wieder klein und seltsam abwesend wurde, genau wie an jenem Vormittag . . .

»Wie heißt du, Mädchen?«

»Susanne. Susanne Schwarz.«

»Schwarz? Das paßt nicht zu dir, finde ich. So hell und weiß wie du bist.«

»Wie heißt denn du?«

»Wolfgang.«

»Das paßt aber auch schlecht!« Sie lachte zum erstenmal, wie das Trillern eines Vogels kam es Wolfgang vor. »Ein Wolf!« fuhr sie fort. »Nein, du gleichst eher einem . . . naja, ganz einfach einem Falken!«

Wolfgang lächelte ihr schüchtern zu.

»Du, es war wirklich keine Absicht, das mit der Taube«, sagte er aufrichtig.

»Ja, du Falk, das hast du schon gesagt!« Wolfgang war sprachlos. So hatte noch nie jemand zu ihm gesprochen, niemals. Sie lächelte herausfordernd, und er geriet einen Augenblick aus dem Gleichgewicht. Dann aber neckte er sie ebenfalls:

»Du – du bist mir aber eine Taube!«

»Mir oder dir eine Taube?« Sie lachte wieder, wich seinem Blick aber keinen Moment aus.

»Nein«, sagte Wolfgang mit sonderbarer Stimme. »Mir. Meine Taube. Mein, mein, mein.« Sie lachte trillernd.

»Deine Taube? Ach, hör auf!« Sie sah ihn mit gespieltem Ärger an und drohte ihm mit dem Finger, dicht vor der Nase. Dann berührte sie behutsam seine Wange. »Nein, ich bin meine eigene Taube!« lachte sie. »Mein, mein, mein, mein!« Sie äffte seinen Tonfall nach, und einen Augenblick durchzuckte ihn eine Angst, ohne daß er wußte, weshalb. Sie glückste vor Lachen: »Mein, mein!«

Wolfgang stand wie gelähmt. Es kitzelte ihn im Hals. Dann mußte auch er lachen. Zuerst lachte er lautlos, dann so, daß ihm die Tränen über die Wangen liefen. Er lachte und lachte, und die ganze Zeit stand sie da und betrachtete ihn mit demselben Lächeln auf den Lippen.

Schließlich räusperte sich Wolfgang und rieb sich die Augen. Doch das Lachen saß noch immer in ihm; ein sprudelndes Gefühl, das jederzeit wieder hervorzubrechen drohte.

»Hast du jetzt ausgelacht, Jäger?« fragte sie. Er mußte lange gelacht haben.

»Ja, ich glaube schon.« Doch es glückste noch immer wie ein Bach in ihm.

»Darf ich deine Falken sehen?« bat sie plötzlich. Wolfgang zögerte.

»Sie haben das nicht gern«, erklärte er.

»Das verstehe ich gut! Aber ich weiß mit Vögeln umzugehen«, versicherte sie ihm und schaute ihn ernsthaft an. Etwas sagte ihm, daß sie die Wahrheit sprach, und er holte Phönix, den ruhigsten. Der Vogel setzte sich auf seinen Unterarm, und so ging er mit ihm zu ihr zurück.

»Wie schön er ist!« rief sie aus und strich ihm furchtlos über das Gefieder.

Und dann geschah etwas, das Wolfgang bei einem anderen Menschen nie für möglich gehalten hätte. Sie fing an, mit dem Falken zu sprechen! Sie sprach mit ihm! Er spürte, wie die lautlosen Worte aus ihr hervorströmten, und wußte, was der Falke antwortete. Sein Atem stockte einen Augenblick lang.

Darauf begann er mit ihr in der Vogelsprache zu reden. Und weil man in dieser Sprache nicht anders als in Bildern und Gefühlen sprechen kann, wurde es ganz still zwischen ihnen. Sie sprachen von sich.

Sie hielten gleichzeitig inne. Wolfgang fühlte sich warm und berauscht. Er lächelte wieder, ein langes, wissendes Lächeln.

Sie erkannten sich mit einem Mal.

»Ojemine!« rief die Alte aus, wie sie aus dem Fenster schaute. – »Herrjemine! Anna!« Sie rief die Schwiegertochter, die dabei war, Fleisch zu schneiden, und winkte sie zum Fenster. »Es ist ein Fremder auf den Hof gekommen«, sagte sie. »Und deine Tochter steht dort und macht ihm schöne Augen!«

Nun stand die jüngere Frau ebenfalls am Fenster und spähte hinaus.

»Kann ihre Augen gar nicht mehr von ihm abwenden . . .« Die beiden Gestalten draußen standen ganz still und sahen sich einfach an. Da entdeckten die beiden Frauen am Fenster die Falken.

»Gott bewahre!« heulte die Alte. »Womöglich ist das ein Gespenst!«

»Das glaube ich nicht, Mutter. Das ist doch nur ein Jäger.«

»Schau!« rief die Alte und zeigte mit dem Finger nach draußen. Und die Jüngere sah, daß ihre Tochter dort draußen die Hand hob und sie dem Jäger an die Wange legte. Im nächsten Augenblick war die Alte zur Tür hinaus.

»Wo willst du hin?« rief ihr die Schwiegertochter nach, folgte ihr aber sogleich durch die Tür und hinaus in den Hof. Der Boden war ziemlich glatt, und sie mußte der Alten nachlaufen und sie stützen.

»Heda! Hallo!« rief die Schwiegermutter und reckte die Faust gegen die beiden. Sie wandten sich um und sahen herüber; dann kam das Mädchen mit einem strahlenden Lächeln herabgerannt:

»Es sind Gäste gekommen!« rief sie atemlos.

Wie bleich sie aussieht, dachte die Mutter, sagte aber nichts. Statt dessen half sie, die Alte zu beschwichtigen, und gemeinsam gingen die drei in würdevoller Haltung zu Wolfgang hinauf, der noch immer an derselben Stelle stand.

»Seid gegrüßt, meine Damen«, sagte Wolfgang und verbeugte sich.

Die Alte kicherte: »Herrjemine, wie du *konversieren* kannst, Junge!« Aber die jüngere Frau hieß sie schweigen.

»Sei still, Mutter! Ich glaube, wir haben hohe Gäste.« Sie sah Wolfgang kühl an, sie schien ihn wiederzuerkennen. »Wie ist Euer Name, junger Herr?«

»Wolfgang von Falkenburg.« Wolfgang schaute sie besänftigend an und versuchte es mit einem Lächeln. Auf einmal hörte die Alte mit ihrem Gekicher auf.

»So«, sagte die Mutter des Mädchens, und es wurde still. Selbst Susanne war ernst geworden, und Wolfgang sah, daß ihr mit einem Mal viele Gedanken durch den Kopf gingen, als sei ihr plötzlich etwas eingefallen und habe sie etwas begriffen.

»So«, sagte die junge Frau noch einmal, bevor sie unsicher lächelte. Darauf machte sie einen tiefen Knicks, die Alte tat das gleiche, so gut es ging. Die Alte gab Susanne ein Zeichen, daß sie auch einen Knicks machen solle, und mit einer verwunderten Bewegung tat sie, wie ihr geheißen worden war.

Dann sah sie wieder auf und richtete den Blick auf Wolfgang. Ihm schien, er könne ein Lächeln in ihren Augen wahrnehmen; ihr Mund ließ sich jedoch nichts anmerken.

Wolfgang hatte die Arme verschränkt. Nun sah er die beiden Frauen an und straffte den Rücken:

»Habt Ihr etwas zu essen im Haus, Frau? Oder einen Herd?« Er deutete auf das Pferd, wo die Satteltasche mit dem Proviant herabhing.

»Es wird sich gewiß etwas finden«, sagte die Mutter des Mädchens. »Wenn der Herr nicht verschmäht, was wir anbieten können.« Sie lächelte müde, und Wolfgang sah plötzlich, daß sie ganz mager war.

»Ich benötige nur eine Feuerstelle und einen Topf und vielleicht etwas Salz«, erwiderte er. »Und das Brot will ich bezahlen.«

Sie gingen zusammen zum Haus hinunter, die Alte voran, danach die Mutter des Mädchens und zuletzt Wolfgang und Susanne, die das Pferd führte. Die Falken saßen auf dem Sattel, der Namenlose hatte eben seine Mahlzeit beendet, und am Sattelleder klebten Blut und Federn.

Die Falken schwangen sich in das verrußte Dachgebälk der kleinen Stube hinab. So also, dachte Wolfgang, wohnen die Bauern.

Es war ein winziges Haus, nicht viel größer als eine Hütte, und soviel Wolfgang sehen konnte, gab es bloß zwei Räume.

Im Zimmer, in dem er saß, standen Stühle und Bänke um einen Tisch; außerdem gab es einen Schrank, einige Tellerborde und zwei kleine Alkoven. An der Stirnwand hingen ein Kruzifix und ein Madonnenbild. Oben, auf den Balken unter dem Dach, befand sich ein Schlafboden. Bis auf einige Tierfelle auf dem Fußboden und das Geweih eines großen Bocks über der Eingangstür war der Raum kahl.

Die Tür zum anderen Zimmer war geschlossen, so daß Wolfgang nicht sehen konnte, was sich darin befand.

Die Mutter des Mädchens holte einen Topf hervor und setzte ihn auf das Feuer. Dann half sie Wolfgang wortlos, den Hasen abzuhäuten und zu zerlegen. Die Alte brachte etwas Gemüse und ein wenig Salz herbei, und sie kochten eine große Portion Fleischsuppe; ganz dick und nahrhaft sah sie aus. Es wäre viel zu viel für ihn allein gewesen, er bat deshalb die andern, sich dazuzusetzen und die Mahlzeit mit ihm zu teilen.

Eine Weile saßen sie schweigend. Wolfgang betrachtete die andern genau, und hin und wieder fing er einen Blick oder ein lautloses Wort von Susanne auf.

»Nun«, sagte er, »wie lebt sich's so tief in den Wäldern?«

»Danke, gut, Herr«, murmelte die jüngere Frau und sah auf die Suppe nieder.

Wolfgang brach das Brot in vier Stücke und reichte jedem eines. Er spürte, daß sie ganz sonderbar beklommen waren, und es schien ihm, daß es etwas mit seiner Frage zu tun hatte.

»Was macht Euer Mann, Frau?« fragte er.

»Er geht seinen Arbeiten auf dem Hof nach und seinen Verpflichtungen gegenüber . . . gegenüber dem Burgherrn.« Sie sah ihn stumm an.

»Und um was für Verpflichtungen handelt es sich?«

»Oh . . .«, Wolfgang sah, daß sie wieder ganz beklommen wurde, ». . . das kann allerlei sein. Er ist zum Beispiel Waldhüter. Und macht – andere Dinge für die Burg.«

Wolfgang wurde neugierig. Er begriff, daß es der Vater des Mädchens gewesen sein mußte, dem er zusammen mit dem alten Mann im dunklen Wald begegnet war.

»Wohnen noch andere Leute im Haus?« fragte er.

»Ja.« Diesmal war es die Alte, die sprach, während sie die Suppe zwischen ihre zahnlosen Kiefer schlürfte. »Mein

Mann, Gottfried. Er war vor seinem Sohn Waldhüter. Jetzt ... hilft er bloß noch mit«, murmelte sie und aß weiter, bis die Schüssel leer war.

Irgend etwas an diesem derart abgelegenen Gehöft machte Wolfgang stutzig. Etwas, das er nicht recht verstand. Er wünschte, er wüßte besser, wer wo im Lehen wohnte und was die einzelnen trieben. Er mußte schon mehrmals in die Nähe dieses kleinen Hofs gekommen sein, doch Jägermeister Bernhard hatte ihm nie etwas davon gesagt, daß in dieser Gegend ein Haus lag.

Für den Augenblick gab es Wolfgang auf, mehr über den Ort und das, was die Leute hier trieben, zu erfahren. Wenn Leute Geheimnisse haben wollten, nun, so mochten sie sie für sich behalten.

Er beendete die Mahlzeit, schob die Schüssel weg und legte ein paar Münzen auf den Tisch.

»Vielen Dank«, sagte er. »Ich bin richtig satt geworden.«

Sie saßen lange um den Tisch und sahen vor sich hin. Wolfgang fragte sich, wie es wohl hier sein mochte, wenn kein Fremder zugegen war. Er versuchte sich vorzustellen, wie die Alte Geschichten erzählte und der alte Mann, dem er im Wald begegnet war, von den vergangenen Zeiten berichtete, wie hier Lieder gesungen wurden und sich die kleine Familie unterhielt.

»Ist Euer Mann im Wald?« fragte er die Mutter des Mädchens.

»Ja. Zusammen mit seinem Vater.« Darauf war es wiederum ganz still. Das Schweigen rieselte wie Schnee auf den Tisch herab, und Wolfgang erhob sich, er fühlte, daß es besser war, jetzt zu gehen. Er warf einen langen und wehmütigen Blick auf Susanne und wurde mit einem Mal schrecklich traurig. Sie unterhielten sich ganz kurz in der lautlosen Sprache. Sie lächelte ihm zu, und er fühlte, wie die Klänge und Bilder von ihr zu ihm herüberströmten. Die Hitze stieg ihm ins Gesicht, und er riß sich los.

»Lebt wohl«, sagte er, »und danke für die Gastfreundlichkeit!« Er wollte gerade die Vögel aus dem Dachgebälk herunterholen, als die alte Frau plötzlich ausrief:

»Schaut! Was für ein Wetter!« Sie deutete zum kleinen Fenster hinaus.

»Ja«, sagte die Mutter von Susanne. »Bei einem solchen Wetter könnt ihr nicht fortreiten, Herr. Der Wind bläst sehr heftig, und ich glaube, es wird sich nun über Nacht einschneien.«

Wolfgang sah hinaus. Riesige Schneeflocken wirbelten vor dem Fenster, und die Welt war mit einem Mal ganz grau geworden.

»Hoffentlich finden Gottfried und Rupert heim, bevor es dunkel wird«, sagte die Alte düster.

»Oh! Die kennen sich aus und finden den Weg wohl«, erwiderte die Mutter des Mädchens. Zu Wolfgang sagte sie: »Ich fürchte, Ihr müßt heute nacht hierbleiben, Herr. In ungefähr einer Stunde ist es dunkel, und es gibt Wölfe im Wald.«

»Das ist wohl möglich«, sagte Wolfgang, der froh war, daß er nicht fortzugehen brauchte.

»Ich hoffe, daß Ihr mit meinem eigenen und Ruperts Alkoven vorlieb nehmt.« Sie deutete zur Bettstatt hinüber. Aber Wolfgang schüttelte energisch den Kopf. Er könne im Pferdestall schlafen, sagte er. Es verwunderte ihn, daß er die beiden Frauen beinahe dazu zwingen mußte, ihn im Stall schlafen zu lassen. Sie hätten ihrer Arbeit nachzugehen und Schlaf bestimmt nötiger als er. Die Wahrheit war, daß er gerne im Heu bei den Tieren schlief, zudem konnte er es nicht ausstehen, in anderer Leute Betten zu liegen.

Sie blieben wiederum eine kleine Weile sitzen, während es draußen noch dichter schneite und immer grauer wurde.

Wolfgang studierte das Gesicht der jüngeren Frau. Es wirkte abgekämpft, mit dunklen Schatten auf der Stirn und unter den Augen. Sie war ebenfalls dunkelhaarig wie ihr Mann, soweit Wolfgang sich von der kurzen Begegnung im Wald erinnern konnte. Daß die Tochter ihnen glich, hätte er schwerlich behaupten können, so hell und anmutig, wie sie war.

Aber die Mutter hatte einen entschlossenen Zug um Augen und Mund, und sie sah aus, als ob sie auch lächeln könnte, wenn dazu wirklich Anlaß bestand.

Und während er so dasaß und nachdachte, wuchs seine Hochachtung vor den Bauern, die überall im Lehen wohnten und sich abrackerten und den Mut auch in harten Zeiten nicht sinken ließen – und alles nur, um schließlich zuschauen zu müssen, wie ein großer Teil ihrer Ernte in der Falkenburg verschwand. Dieses Gefühl erinnerte ihn an den Abend, da er die Diener im Vorhof gesehen hatte; jetzt verstand er besser, was er damals empfunden hatte.

Plötzlich fielen ihm die Falken ein, und er stand auf und fütterte sie mit dem übriggebliebenen Fleisch. Die Alte folgte ihm dabei mit den Augen.

»Ihr seid sehr geschickt mit den Vögeln, Herr. Fast ebenso geschickt wie unsere Susanne hier.« Sie zeigte auf das Mädchen, das ihm verstohlen zulächelte. Wolfgang spürte einen Anflug von Freude. Hatte sie *fast* ebenso geschickt gesagt? Doch er beherrschte sich und sagte nur:

»So?«

»Ja – Sie beschäftigt sich den ganzen Tag nur mit den Tauben. Es ist hier draußen schlecht bestellt mit Spielkameraden und dergleichen . . . derart abseits von den Leuten, Herr.«

»Das glaube ich gerne.« Sein Blick hing an Susanne.

Sie schaute ihn ebenfalls an, und in ihrem Innern fühlte sie eine große Zärtlichkeit für den fremden Jungen; eine große und ungewohnte Zärtlichkeit. Er war so plötzlich aufgetaucht: Ja, so plötzlich, wie ein Blitz aus heiterem Himmel! Sie sah in seine grünen Augen, starrte ihn an; das Haar, den Hals, das Gesicht. In ihr hatte sich etwas aufgetan, was sehr lange verschlossen gewesen war. Und er konnte auch mit den Vögeln reden! Sie hatte nie geglaubt, daß sie jemals auf einen anderen Menschen treffen würde, der mit den Vögeln reden konnte!

Doch hier saß er und war zugleich ihr und des ganzen Lehens Herr. Er war derjenige, den ihr Vater haßte, von dem Falkenburgs Macht eigentlich, wenn man es genau nahm, ausging. Sie hätte ihm gegenüber eigentlich bitter sein müssen. Und dann konnte er – ausgerechnet er! – mit den Vögeln reden . . .

Sie hatte Geschichten über ihn gehört, wenn sie, selten genug, im Dorf war, weil ihr Vater seine Aufgabe zu erfüllen hatte. Sie hatte gehört, daß er böse sei, ein Teufel in Menschengestalt, der sich in einen Falken verwandeln und junge Mädchen rauben konnte; daß er Zauberei trieb. Wenn ein Kind im Lehen vermißt wurde, wußten alle sofort Bescheid – ein riesiger Falke hatte sich just an jenem Tag am Himmel blicken lassen . . . Würden sie nicht dieselbe Sprache sprechen, wäre der Vorfall draußen nicht passiert, so hätte sie sich sicher vor ihm gefürchtet, wie er so dasaß.

Aber er konnte nicht böse sein, denn er beherrschte ja die lautlose Sprache. Und er war überhaupt nicht so, wie sie sich den jungen Herrn auf der Burg vorgestellt hatte, weder innerlich noch äußerlich. Sie hatte sich ihn größer ausgemalt, kühner, boshafter jedenfalls.

Aber er war schön anzuschauen. Nicht groß und brutal wie die Männer und Jungen im Dorf und auf den Höfen in der Umgebung. Er war auch nicht so sehnig wie die Knechte und Wärter. Ganz anders war er. Er hatte etwas Wehmütiges, Sanftes an sich – er wirkte so leicht und erinnerte in jeder Hinsicht an einen Vogel, und sie mochte diesen Gedanken.

Sie hatte an seiner weichen Wange gespürt, wie jung er war, jünger vielleicht noch als sie. Aber das hatte nichts zu besagen, denn hier saß er, mitten in der Stube und schaute sie an. Hätte ihr jemand am Tag zuvor zugeflüstert, was sich am Nachmittag ereignen würde, so hätte sie wie über einen guten Scherz gelacht. War er es nicht vielleicht sogar gewesen, den sie gestern morgen mit dem kleinen Gefolge im Wald gesehen hatte? Da hatte sie sich gefürchtet.

Doch hier saß er nun, und ihr wurde durch und durch warm, wenn sie ihn ansah.

II

Nach einer Weile vernahmen sie draußen Geräusche von Menschen, und kurz danach ging die Tür auf.

Herein traten der Mann mit dem schwarzen Bart und der steifbeinige Alte. Der Bärtige sah sich einen Augenblick um, und im selben Moment, als er Wolfgang entdeckte, erhob sich seine Frau und trat zu ihm.

»Wir haben einen hohen Gast, Rupert«, sagte sie. Er ging ein paar Schritte auf Wolfgang zu und betrachtete ihn mit einem äußerst ernsten und finsteren Blick.

»Guten Abend, Herr«, sagte er verdrossen.

»Guten Abend, Rupert Waldhüter.« Wolfgang lächelte ihm freundlich zu, aber die schwarzen Schatten auf dem Mann verschwanden nicht. Der Anblick der gewaltigen Gestalt mit den schwarzen Augen und den starken Armen rief in Wolfgang ein leichtes Gefühl des Unbehagens, der Furcht hervor.

Rupert Schwarz setzte sich dicht an das Kaminfeuer und begann, die nassen Kleider auszuziehen.

»Was führt euch hierher, Herr?« fragte er, ohne Wolfgang anzusehen.

»Ich bin gekommen, weil ich Feuer und einen Topf brauchte. Und dann hat mich das schlechte Wetter überrascht und hier festgehalten.«

»Hm.«

»Ich hoffe, daß es bis morgen früh aufklart.«

»Hm.« Der Dunkle hängte Strümpfe und Stiefel zum Trocknen ans Feuer, und die Alte tat dasselbe mit den Kleidern ihres Mannes.

»Habt Ihr etwas erlegt auf der Jagd, Herr?« fragte Schwarz.

»Leider nicht gerade viel. Einige Hasen, einen Roten Milan und – nein, das ist alles.«

»Es ist diesen Winter schlecht bestellt mit dem Wild in diesen Gegenden.« Es war der Alte, der nun sprach. »Ganz schlecht.« Er hustete und fuhr fort: »Als wenn die Tiere diesen Winter etwas weiter westwärts gezogen wären, ohne daß ich recht verstehe, warum. Im Sommer dagegen war es gut.«

Der Schwarzhaarige wirkte unruhig, und Wolfgang hatte das deutliche Gefühl, daß seine Anwesenheit ihm lästig war. Plötzlich richtete Schwarz seine Augen hart auf ihn.

»Wo gedenkt Ihr zu schlafen?« fragte er.

»Im Stall.« Der andere sah seine Frau an und wollte offensichtlich etwas einwenden, aber Wolfgang kam ihm zuvor: »Nein, bitte gestattet es mir. Ihr habt zu arbeiten, Meister Rupert. Und ich will Euch nicht Euer Bett wegnehmen.«

Als er dies gesagt hatte, nahmen Ruperts Augen unerklärlicherweise etwas Wildes, fast Glühendes an. Und die gewaltigen Fäuste ballten sich. Er sagte jedoch nichts, sondern biß sich nur hart auf die Lippen. Wolfgang fragte sich, wodurch dieses Verhalten wohl ausgelöst worden sein mochte, fand aber keine Antwort.

»Und wie geht es mit Eurer Arbeit, Meister Rupert?« fragte er, um etwas zu sagen. »Gibt es hier draußen viele Wilddiebe?«

»Nein«, sagte der Waldhüter mit abgewandtem Blick. »Nicht viele. Und mit der Arbeit – mit der Arbeit geht es – gut.« Wolfgang hätte gerne Ruperts Augen gesehen, als er dies sagte. Aber Rupert Schwarz hatte sein Gesicht nun ganz von dem Jungen abgewandt. Seine Fäuste hatten sich so stark geballt, daß sie, wie Wolfgang bemerken konnte, ganz weiß geworden waren. Einen Augenblick lang empfand er eine große Frucht, aber er schob sie von sich.

»Eure Frau hat erwähnt, daß Ihr auch andere Aufgaben für Falkenburg zu erfüllen hättet«, sagte Wolfgang beiläufig. »Worum handelt es sich da?« Kaum hatte er dies gesagt, als er es auch schon bereute, denn Rupert Schwarz wandte ihm sein Gesicht zu, so daß Wolfgang nun die Augen sehen konnte. Er fühlte, wie ihn das Entsetzen lähmte.

Im nächsten Augenblick war der mächtige Mann auf den Beinen und drohte Wolfgang mit der geballten Faust.

»*Jetzt ist's aber genug!*« brüllte er, so daß es ganz kalt wurde in Wolfgangs Brust. »*Jetzt ist's genug!*« fauchte er wieder, viel leiser und verbissener, während er die geballte Faust ganz dicht vor Wolfgangs Gesicht hielt. Er beugte sich vor und zischte durch die zusammengebissenen Zähne:

»Glaubt Ihr, daß ich – ein Mann, der *all die Jahre* seine schweren Pflichten gewissenhaft, wenn auch schweren Mutes, getan hat – glaubt Ihr, daß ich einfach ruhig dasitzen werde und meine Familie von Euch demütigen lasse?! *Glaubt – Ihr – das – wirklich?* Bei Gott . . . *töten* werde ich dich!« Das letzte kam derart leise und verbissen, daß Wolfgang nicht länger einen klaren Kopf behalten konnte. Er fuhr zurück, stolperte über etwas, stürzte und stieß im Fallen irgend etwas um. Er blieb auf dem Fußboden liegen; der Mann stand über ihm. Die gewaltige Faust packte ihn beim

Umhang und zog ihn hoch. Rings um sich ahnte Wolfgang, daß die andern sich ebenfalls erhoben hatten. Susanne hielt die Hände vor den Mund.

»Bei Gott! Ja, töten werde ich dich für all die Leiden, die Falkenburg über uns gebracht hat! Dafür, daß meine Tochter nicht unbehelligt ins Dorf gehen kann! Dafür, daß man uns meidet wie die Pest, wo immer wir uns zeigen im Lehen! Gott sei meiner Seele gnädig . . .« Er schleuderte den Jungen wie einen Lumpensack gegen die Wand, so daß es Wolfgang schwarz vor Augen wurde. Seine Beine wurden kalt, die Angst umtanzte ihn wie ein dichtes Schneegestöber aus Unwahrscheinlichkeit und Ohnmacht. Der große Mann hatte ihn nun in der Hand und konnte mit ihm tun, was er wollte, und es peinigte Wolfgang, daß er nun vielleicht getötet werden würde, ohne überhaupt zu wissen, warum.

Der Bärtige packte ihn wieder, diesmal faßte er mit beiden Händen überaus hart um den Hals, wie ein Schraubstock. Er drückte so fest zu, daß Wolfgang fühlte, daß etwas durch seinen Rachen heraufgepreßt wurde, in den Mund hinaus.

Doch jetzt stand die Mutter des Mädchens neben ihnen:

»Rupert!« schrie sie, heftig und bestimmt. »Rupert!« Sie packte seine Arme, und einen Moment löste sich der Griff um Wolfgangs Kehle. Aber der Mann stieß sie von sich und faßte erneut zu. Jemand weinte. Wolfgang konnte nicht mehr klar denken, und eine gewaltige Angst ergriff ihn. Er versuchte, nach dem Mann zu schlagen, aber es war vergeblich. Nun war die Frau wieder da:

»Rupert! Mach dich nicht abermals zum Mörder! Rupert . . .« Auch sie weinte nun und bemühte sich wieder, die Arme ihres Mannes zu lösen, aber er war wie aus Stein. Er preßte seine Finger nur noch härter um Wolfgangs Kehle zusammen und Wolfgang merkte, wie sich alles verfinsterte, und wie er große Angst bekam – größere Angst als je zuvor in seinem Leben. Die Erinnerung an den bösen Traum durchzuckte ihn: Oh! Daß er ihn nicht als Warnung aufgefaßt hatte und umgekehrt war!

Dann spürte er, daß die Beine unter ihm nachgaben, und in einem eisigklaren Aufblitzen begriff er, daß es aus war.

Plötzlich aber schoß ein lautloser Ruf durch den Raum, und etwas – er wußte nicht, was – geschah vor seinen geschlossenen Augen. Dann folgte ein weiterer lautloser Ruf, und er begriff, daß es Susanne war; sie hatte die Falken gerufen! Nun fielen sie über Rupert her, alle vier auf einmal, und der Griff um den Hals löste sich ganz. Wolfgang stürzte vornüber, er versuchte nicht, sich irgendwo zu halten und blieb einige lange Augenblicke vor dem Kamin liegen. Dann hob er den Kopf.

Der mächtige Waldhüter stand da, die Hände vor das Gesicht gepreßt, während ihn die Falken in Hals und Kopf hackten und mit den Krallen bearbeiteten. Sie hatten es besonders auf die Augen abgesehen.

Der Anblick war unwirklich, und Wolfgang mußte sich sammeln, ehe er begriff, daß dies alles wirklich war, daß es Blut war, Menschenblut, was dort die Arme des Mannes entlang rann.

»*Aufhören! Aufhören!*« brüllte der Schwarzhaarige, rasend vor Angst.

»Zurück!« rief Wolfgang, so gut seine Stimme zu tragen vermochte.

Die Falken ließen von dem Mann ab und flatterten durch das Zimmer auf Wolfgangs Schulter. Ihm war schwindelig und übel.

Noch blieb der Mann einige Augenblicke still stehen, die Hände vor den Augen. Dann ließ er die Hände sinken und betrachtete sie, vollkommen verstört. Er brach in lautes Weinen aus. Das Blut lief ihm an Armen und Hals herunter, er heulte wie ein Wahnsinniger und taumelte zur Bank hinüber, warf sich darauf und weinte so heftig, daß es ihn schüttelte.

Wolfgang betrachtete das Ganze verständnislos. Die Falken saßen noch immer auf seinen Schultern und Armen und folgten dem Geschehen mit wachsamen Blicken. Die Schnäbel waren rot, und im Gefieder glänzten Blutstropfen. Wolfgang schlotterte wie vor Kälte. Noch nie zuvor hatte er gesehen, wie Falken einen Menschen angreifen, er wußte nicht einmal, daß dies möglich war. Bei Adlern konnte es vorkommen, und es war gewiß kein schöner Anblick. Jetzt aber hatte er es selbst gesehen.

Dankbar sah er zu Susanne hinüber. Sie kam zu ihm und ergriff behutsam seine Hand. Niemand bemerkte es, die andern hatten sich über den Schwarzhaarigen gebeugt, der sich noch immer nicht beruhigen wollte. Susannes Haut war ganz weiß, und ihre Augen waren groß und dunkel. Ihre Hand faßte sich eiskalt an, und Wolfgang spürte, daß sie zitterte. Er selbst war immer noch recht ruhig.

Doch dann begann auch er zu zittern. Er zitterte so stark, daß er sich gegen die Wand lehnen mußte, und die Tränen liefen ihm nur so über die Wangen. Sein Atem ging mit einem Mal stoßweise, und dann fing Wolfgang an zu schluchzen.

Die ganze Zeit aber lag seine Hand in der ihrigen. Ihre andere Hand legte Susanne ihm auf die Schultern und streichelte ihn behutsam, beruhigend.

Er kämpfte einen Moment, um den letzten Rest der Selbstbeherrschung nicht zu verlieren, doch dann sank er zusammen und blieb, heftig weinend, gegen die Wand gelehnt liegen. Ab und zu verschlug es ihm den Atem, doch die ganze Zeit saß das Mädchen bei ihm und streichelte ihm sanft über Rücken und Nacken. Die Falken waren auf den Balken hinauf geflattert, außer Phönix, der nun auf ihrer Schulter saß.

Eine Weile waren die beiden noch ganz für sich, dann trat die Alte zu ihnen und kniete sich steif neben Susanne. Ohne eine Miene zu verziehen, nahm sie es hin, daß der Falke auf der Schulter des Mädchens saß – es war so vieles geschehen, daß sie die Wirklichkeit nicht mehr ganz erfaßte.

»Wie geht es Euch, junger Herr?« fragte sie, und Wolfgang konnte hören, daß ihre Stimme von Tränen durchtränkt war.

Er stützte sich auf die Hände und sah sich um, während er allmählich ruhiger zu werden begann.

»Danke«, sagte er. »Es ist nicht so schlimm . . .« Er schluchzte noch einige Male, dann stand er auf.

Auch der Waldhüter war jetzt wieder auf die Beine gekommen. Er stand unsicher und mit einem verstörten Gesichtsausdruck da und sah sie an, zuerst Wolfgang, dann Susanne. Und als er den Falken auf der Schulter seiner Tochter erblickte, verbarg er sein Gesicht wieder in den Händen.

»Herrgott«, flüsterte er. »Herrgott nochmal.«

Es war ganz still im Zimmer. Der Alte ließ sich schwerfällig auf die Bank nieder, während er traurig und flehend vor sich hin murmelte:

»Vergebt ihm, Herr. Vergebt ihm. Vergebt. So vieles ist ihm widerfahren. Vergebt ihm, denn er – er wußte nicht, was er tat. Ach, Herr, er ist mein Sohn, wenn er auch unbeherrscht und ein großer Sünder ist. Aber ohne ihn . . .« Das faltige Gesicht verzog sich vor Schmerz, und Wolfgang wurde es ganz sonderbar zumute, als er den Alten weinen hörte.

Eine Weile waren bloß die Laute von weinenden Menschen und nervös scharrenden Füßen zu vernehmen. Auch Wolfgang spürte, daß seine Augen wieder überzulaufen drohten.

»Ich möchte bloß eines wissen«, sagte er schließlich, so ruhig er konnte. »Ich verstehe nicht, warum du dich auf mich gestürzt hast und versucht hast, mich zu töten, Rupert Waldhüter. Sag mir, warum.«

Schwarz nahm die Hände vom Gesicht und sah den Jungen an. Seine Züge waren blutverschmiert und seine Augen voller Tränen. Eine furchtbare Flamme brannte jedoch in ihnen, als er sagte:

»Ihr wollt doch nicht sagen, Ihr hättet es nicht verstanden, Herr?« Seine Stimme war sehr leise. »Ihr wollt doch nicht sagen, daß Ihr nicht wißt, *warum?*«

»Doch«, sagte Wolfgang und verschränkte die Arme.

»Oh, heilige Mutter Gottes«, rief der andere aus und sah zur Decke empor, während er schwer und erschöpft atmete: »Was habe ich getan!«

»Sagt es mir, Rupert Waldhüter«, sagte Wolfgang und trat einen Schritt auf den Mann zu.

»Wollt Ihr sagen, Ihr wüßtet nicht, daß ich Falkenburgs *Henker* bin?« Wolfgang erschrak heftig. Also so hing das alles zusammen . . .

»Nein«, sagte er, »das habe ich wirklich nicht geahnt.«

»Dort drin hängt das Werkzeug.« Er deutete auf die geschlossene Tür. »Dort drinnen.« Dann setzte er sich.

Eine Weile war es wieder still, einzig der Alte stieß einige unzusammenhängende Laute aus.

»Ich bin immer schon aufbrausend gewesen«, fing der Schwarzhaarige mit einem Seufzen an. »Und ich habe einmal, vor vielen Jahren, Ritter Heinrichs Mundschenk bei einem Handgemenge im Dorf getötet, allerdings, nachdem er mich beleidigt hatte. Ich habe ihn jedoch vorsätzlich getötet, das gebe ich zu, wenngleich es im Zorn geschah. Das Schicksal wollte es, daß eben der alte Scharfrichter gestorben war und es keinen Nachfolger für ihn gab. Statt daß man mir den Kopf abhacken ließ, wurde ich von Ritter Heinrich dazu verurteilt, nun selbst andern den Kopf abzuhacken. Und ich mußte mit meiner Familie aus dem Dorf hierherziehen – auf den Henkershof. Weiß Gott, leicht ist das nicht gewesen. Denn der Herr im Himmel weiß wohl, daß in diesen meinen Jahren als Scharfrichter von Falkenburg nicht wenige zum Tod verurteilt worden sind. Und jedesmal, wenn ich das Schwert oder die Axt hebe, um das Leben eines andern zu beenden, fühle ich mich derart krank und von tiefem Ekel erfüllt, daß ich fast nicht weiß, was ich machen soll. Von all dem andern, was mir auferlegt ist, ganz zu schweigen – mit glühenden Eisen zu brennen und auf alle möglichen Arten zu foltern. Besonders schlimm ist es, wenn eine große Menge dabei zusieht, die johlt und schreit und sich um die Richtstätte drängt. Noch schlimmer ist es natürlich, wenn der Verurteilte zerstückelt oder bei lebendigem Leib gekocht oder von vier Pferden zerrissen werden soll. Das alles muß *ich* besorgen, und die Leute meiden mich daher wie die Pest, obwohl ich nur eine mir auferlegte Pflicht tue. Jedesmal aber, wenn ich einem Verurteilten das Leben nehme, bereue ich bitterlich den Totschlag, zu dem ich mich damals habe hinreißen lassen, und wünsche, ich selbst wäre es, dessen Kopf auf dem Block liegt, obwohl das ein gotteslästerlicher Gedanke ist. Aber das ist immer noch nicht das Schlimmste . . .« Er hielt inne und sah Susanne an. »Meine Tochter kann nicht unbehelligt ins Dorf gehen, so wenig wie meine Eltern und Anna hier. Die Leute vergnügen sich damit, sie mit Kot zu bewerfen und zu verhöhnen und vieles andere mehr, was ich hier gar nicht erwähnen mag. Mich wagen sie niemals anzurühren, vor mir haben sie Angst – aber meine Familie – oh, sie nehmen sich die schändlichsten Dinge heraus . . .!« Wolfgang spürte, wie ihm Susanne fest die Hand drückte.

». . . Und in all diesen Jahren, zunehmend von Jahr zu Jahr stärker – habe ich Falkenburg und seinen Herrn gehaßt. Zuerst Euren Vater, der nun nicht mehr im Lande weilt, dann Euren Onkel und Euch, Herr. Stets waren nämlich die

Befehle und das Urteil durch Euer Siegel bekräftigt. Und von Euch erhielt ich mein – Blutgeld.« Er senkte den Blick. »Doch jetzt ist Schluß«, sagte er. »Jetzt habe ich endlich mein eigenes Todesurteil gesprochen. Nur um eines bitte ich: daß Ihr meine Familie nicht zugrunde gehen laßt, Herr. Das haben sie nämlich nicht verdient. Bei Gott, nein, das nicht.« Er schüttelte den Kopf und starrte in seine Handflächen.

»Ja«, sagte er. »Meine Hände sind mit Blut gefärbt, nicht nur mit meinem eigenen. Doch es ist der Wille der Burg, den ich ausgeführt habe, ich bin das Werkzeug Eures Willens gewesen, Herr. Die Hand nur bin ich gewesen, die ausführte, worum der Wille sie ersuchte. Jetzt kann ich nicht mehr. Zu Sankt Nikolaus soll im Dorf eine Hinrichtung stattfinden. Jetzt muß ein Kopf mehr rollen.« Der deutete mit der Hand die Durchtrennung seines eigenen Halses an. Darauf sah er Wolfgang an.

Das Gesicht des Jungen war bleich, und der Scharfrichter konnte nicht erkennen, was hinter den grünen geheimnisvollen Augen vorgehen mochte. Sein Blick glitt an dem Jungen hinunter, und er bemerkte, daß Susanne ihn bei der Hand hielt. Der Gedanke erschien ihm zu schwierig, und er schloß die Augen.

»Rupert Schwarz«, sagte der Junge zu ihm. »Vergeben sei Euch, was Ihr mir angetan habt. Und auch der Totschlag, den Ihr begangen, sei Euch verziehen; Ihr habt genug gesühnt. Ich sage dies um Euretwillen, Meister Rupert, aber auch um Eurer Familie willen. Und ich befreie Euch von Eurem Amt als Scharfrichter auf den Heiligen Dreikönigstag. Nach jenem Tag seid Ihr frei und könnt tun, was Euch beliebt.«

Wolfgang fühlte sich seltsam benommen, nachdem er diese Worte gesprochen hatte. Es war das erstemal, daß er irgendwelche Anordnungen erließ, die nicht nur die

Bediensteten auf der Burg betrafen, und er wunderte sich darüber, daß die Worte derart sicher über seine Lippen gekommen waren. Der Heilige Dreikönigstag war sein Geburtstag, und er fand den Tag der Mündigkeit passend für eine solche Begnadigung.

Es wurde noch stiller im Zimmer. Niemand lächelte, niemand sprach ein Wort. Der Alte hörte auf zu weinen.

Wie ein großes Tier erhob sich der Scharfrichter, kniete vor Wolfgang hin und küßte ihm die rechte Hand.

Die ganze Zeit über blieb es vollkommen still, als ob niemand richtig faßte, was geschehen war. Wolfgang faßte es selbst nicht recht. Aber das Gefühl, mit einem Wort Leben und Schicksale verändern zu können, war ihm neu und berauschte ihn. Die Hitze stieg ihm in die Wangen, er sagte jedoch nichts mehr. Er gab bloß ein Zeichen, daß der vor ihm kniende Mann aufstehen solle. Statt dessen begann nun aber auch seine Frau sich zu verbeugen, und einer nach dem andern fielen sie vor ihm auf die Knie, zuletzt Susanne. Wolfgang atmete schwer, während er die gebeugten Gestalten betrachtete. Doch dann nahm er sich zusammen und bat sie alle aufzustehen.

Danach begaben sich alle zur Ruhe. Es war ein sonderbarer Abend gewesen, und niemand war dazu aufgelegt, zu reden, zu feiern oder Freude zu zeigen; sie waren bloß erschöpft nach dem Schrecken und den gewaltsamen Ereignissen.

Wolfgang schickte die Falken im Stall nach oben auf einen Dachbalken und kroch selbst ins Heu. Er stopfte es gut rings um sich und schlief sofort ein.

Wolfgang erwachte davon, daß ihn jemand an der Wange berührte, und er wußte, wer es war.

Der Schein der Kerze, die sie in der Hand hielt, verlieh ihrem Gesicht und ihren Armen einen goldenen Schimmer.

Sie war barfuß, trug bloß ein Nachthemd. Sie blies die Kerze aus und stellte sie auf einen Balken. Die ganze Zeit konnte er ihre Umrisse vor dem schwachen Licht von draußen erkennen. Es hatte nun aufgehört zu schneien, und durch die Stalltür konnte er zwischen zerrissenen, schweren Wolken die Sterne ausmachen.

Wortlos kroch sie zu ihm ins Heu und schmiegte sich an ihn.

»Kalt ist es«, flüsterte sie, und er spürte ihre Hände an seinem Hals. Sie waren wirklich sehr kalt, und er nahm sie zwischen seine eigenen und hauchte in sie.

»Du darfst nicht krank werden« sagte er leise.

»Nein«, sagte sie, »jetzt werde ich nicht krank.« Eine Weile lagen sie so, Seite an Seite, und nach und nach wurde es ihnen ganz behaglich.

Sie umarmte ihn und küßte ihn auf den Mund. Wiederum erfüllte ihn dieses sonderbar nachgiebige Gefühl, das ihn verwirrt, und er hielt sich an ihr fest. War der Onkel stark und feurig gewesen, so war sie sanft und leicht wie der Tau.

Ein Pferd schnaubte im Stall. Sie lagen ruhig nebeneinander, und er spürte, daß sie durch all dies zu ihm sprach, und er gab ihr Antwort. Ihre Augen ließen sich als kleine Sternschimmer irgendwo in der Dunkelheit, dicht bei seinem Gesicht, ausmachen.

»Reitest du morgen fort?« fragte sie.

»Ja.«

Sie sagte nichts mehr, doch er merkte, daß sie traurig wurde, und in Wirklichkeit war auch ihm bei dem Gedanken traurig zumute.

»Ich komme aber zurück«, sagte er. Sie strich ihm durchs Haar, immer wieder, als wäre er etwas Liebes, das ihr gehörte.

»Kannst du mich nicht mitnehmen?« fragte sie.

»Nein«, sagte er. »Das kann ich leider nicht.«

»Weshalb nicht?«

»Weil . . .« Es war schwierig zu erklären, und er mußte nachdenken. Dann brachte er es irgendwie hervor; vom Vater und vom Tod der Mutter, von Onkel und Tante, vom Sterndeuter aus Schottland und was dieser berichtet hatte. Und er erzählte, daß er Angst habe vor dem Onkel, ohne jedoch genau zu sagen, weshalb.

»Wie seltsam«, sagte sie, als er ausgeredet hatte. – »Ich habe geglaubt, du seist wirklich Herr auf der Burg.«

»Nein«, sagte er. »Nicht vor dem Heiligen Dreikönigstag.«

Sie nickte in die Dunkelheit hinaus und dachte an jenen Tag. Dann faßte sie ihn bei den Schultern:

»Erzähl mir mehr vom Falkenturm!« bat sie, und Wolfgang lächelte über den Namen, den sie dem Turm gegeben hatte. »Erzähl! Ich habe mich so oft gefragt, wenn ich den Turm von weitem erblickte, wie es dort drinnen wohl aussehen und was für ein Mensch sein Bewohner sein mochte.« Und Wolfgang erzählte von den Tagen und Nächten, die er ganz allein mit den Falken dort oben verbrachte. Daß einzig und allein der Himmel und sonst nichts in den Maueröffnungen zu sehen war. Manchmal war er mattrot, manchmal weiß, und ab und zu (besonders im Sommer) wies er einen grünen Schimmer auf, der auf eine unerklärliche Weise einen stärkeren Sog ausübte als die anderen Farben.

»Ist es möglich, daß ich einmal dort hinauf kommen kann?« fragte sie, und er nickte. Sie lagen eine Weile still. Dann sagte sie:

»Weißt du – du bist mir ähnlich!« Er verstand, was sie meinte, und sie strich ihm wieder über das Haar, und Wolfgang fühlte sich ganz klein.

»Es war gut, daß mich der Hunger hierher geführt hat«, sagte er. »Und daß ich mich nicht draußen im Wald hingesetzt und rohes Fleisch gegessen habe.«

»Und ich bin so wütend auf dich gewesen wegen der Taube. Oh, so wütend! Ich habe diese Wut von meinem Vater«, sagte sie, und ihre Stimme wurde ernst.

»Könntest du nicht ein wenig von – von deinem Vater erzählen und davon . . .«

». . . wie es ist, die Tochter eines Scharfrichters zu sein?«

»Ja«, sagte Wolfgang dankbar – er hätte es nicht fertiggebracht, das Wort auszusprechen.

»Also hör genau zu«, sagte sie und beugte sich über ihn. Und dann glitten sie gemeinsam hinein in die lautlose Sprache desselben Traumes.

Als erstes sah Wolfgang eine Straße. Es war die Landstraße, kurz bevor sie das Stadttor erreichte, und dort hatten sich einige Menschen in einer Reihe am Straßenrand hingestellt. Er ging mit ihr zusammen auf der Straße. Einzelne Leute warfen etwas nach ihnen und riefen ihnen Schimpfworte nach. Sie weinten.

Dann war er plötzlich zusammen mit ihr im Städtchen und sah eine große Menschenmenge. Mitten in der Menge stand Schwarz mit bleichem Gesicht. Zu seinen Füßen befand sich ein Block, und ein Mann lag dort auf den Knien, dessen Kopf auf dem Block lag. Dann schlug Schwarz dem Mann den Kopf ab, nahm den unförmigen Klumpen und hielt ihn für die Menge in die Höhe. Alle brüllten. Sie weinten, weil niemand kam und sie vom Anblick des geköpften Mannes und des weißen Halses wegführte, aus dem Blut und nochmals Blut auf die Pflastersteine heruntertropfte. Jemand kam und führte sie weg, aber es war zu spät, sie hatten alles gesehen. Sie waren wieder kleine Kinder, sie weinten. Alles brüllte.

Das Bild verschwand, während ein neues hervortrat, aber es blieb trotzdem die ganze Zeit darunter gegenwärtig, wie eine dunkle, gewaltige Woge.

Sie standen zusammen in einer Gasse. Ein großer Junge hob Susanne hoch und trug die Zappelnde durch eine

Toreinfahrt. Und Wolfgang weinte zum drittenmal darüber, daß er seine Taube verlor, die doch die einzige war unter allen Menschen, mit der er sprechen konnte.

Dann verschwand alles, und er klammerte sich an sie.

»Genug!« keuchte er. Aber auch ihr Gesicht war feucht geworden.

Lange lagen sie in der Dunkelheit da und wurden zusammen ruhiger, ohne daß ein Wort fiel.

Wolfgang wußte, daß er aus diesem Tag und dieser Nacht verändert hervorgehen würde, denn er war bei den Menschen gewesen und hatte etwas über sie gelernt, etwas, das ihn zugleich erschreckte und in Verwunderung versetzte. Er hatte gesehen, was es heißt, die Tochter des Scharfrichters, aber eigentlich eine Taube zu sein, und daß es qualvoll war. Einen Augenblick war er mit seinen Gedanken bei Michael Sterndeuter. Wie merkwürdig das alles war.

Er streichelte ihr den Rücken.

Er erwachte davon, daß sie aufstand.

»Ich muß nun gehen«, sagte sie. »Die andern stehen bald auf.«

Ihm kam ein Gedanke.

»Weißt du was?« sagte er und legte seine Hand auf ihre: »Komm mit deinem Vater an Sankt Nikolaus nach Falkenburg, er soll ja dort einen – Auftrag auszuführen haben. Kannst du das machen?« Sie biß sich auf die Lippe und schluckte. Dann nickte sie.

»Du bist eine Taube«, sagte Wolfgang und lächelte.

Dann war sie verschwunden, und es war kalt und finster im Stall.

Rupert Schwarz lag immer noch wach, als er die leisen Schritte zurückkommen und die Tür knarren hörte. Susanne schlich über die Dielen und hinauf auf den Schlafboden.

Seit dem vergangenen Abend hatte er wach gelegen. Ganz, ganz still hatte er gelegen und nur seine Gedanken schweifen lassen – es war so vieles geschehen. Auch die Wunden hielten ihn wach. Und die ganze Zeit dachte er an seine Tochter, das kleine Mädchen, das so weiß und hell war und so schön lachte. Er vergötterte seine Tochter, er hatte sich bemüht, ihr soviel wie möglich zu ersparen von all dem Bösen, das im Laufe der Jahre geschehen war. Trotz seiner Bemühungen aber war sie ein ernstes, in sich gekehrtes Kind geworden. Rupert Schwarz entsann sich mit Grauen jenes entsetzlichen Tages vor vielen Jahren – sie mußte da acht Jahre alt gewesen sein –, an dem sie durch einen unglücklichen Zufall Zeugin einer Hinrichtung geworden war. Danach war sie verstummt, über ein Jahr. Sie hatte nicht gelacht, nicht gesprochen, nicht gesungen. Keinen anderen Laut als nächtliches Weinen hatte sie von sich gegeben. Tagsüber hielt sie sich draußen auf dem Hof und im Wald auf; damals hatte sie auch begonnen, die Tauben zu füttern und sich mit ihnen abzugeben. Eigentlich konnten sie es sich nicht leisten, Brot an die Vögel zu verschwenden, aber weil es ihr offensichtlich Freude bereitete, ließen sie sie gewähren. Nachdem sie wieder angefangen hatte zu sprechen, behielt sie die Gewohnheit bei.

Ganz plötzlich, ohne Ankündigung war das geschehen, und die Freude darüber war groß gewesen auf dem Hof des Scharfrichters. Allmählich lebte sie auf und wurde der alten Susanne wieder ähnlicher. Wenn sie ihr auch nie mehr ganz glich.

Rupert Schwarz hatte sehr wohl bemerkt, wie ihr Gesicht verschlossen und bleich wurde, wenn sie allein war und die Tauben fütterte oder sich um ihre Tiere kümmerte. Als hätte ihr das Jahr des Schweigens etwas zugefügt, was ihm nicht gefiel.

Später war ja dann hinzugekommen, daß sie nicht mehr unbelästigt ins Dorf oder auch nur die Straße entlang gehen konnte, nachdem die Burschen herausgefunden hatten, wessen Tochter sie war. Sie errichtete gleichsam eine Mauer gegen sie, eine Mauer aus Gleichgültigkeit und Tapferkeit. Sie konnte die Hände in die Seiten stemmen und das Spiel scheinbar mitspielen, nur um ihren Quälgeistern bei der erstbesten Gelegenheit zu entrinnen. In ihren Augen fand sich in solchen Momenten nichts als Kälte, wenn man aufmerksam hinschaute. Eine große rachdürstige Kälte. Er erkannte etwas von seiner eigenen Kampflust wieder in ihr, nur war ihre weit ausdauernder und zäher.

Einzig wenn er sie hier auf dem Hof mit ihren Tauben sah, wirkte sie glücklich, obgleich sie ernst blieb. Wüßte er es nicht besser, hätte er glauben können, sie rede mit den Vögeln.

Nein, er kannte sich in ihr nicht aus. Aber sie war das Liebste, was er hatte. Nun hatte er dagelegen und gehört, wie sie hinausschlich. Ein Geschäftchen zu erledigen, hatte er versucht, sich einzubilden. Doch er wußte ganz genau, warum sie rausgegangen war. Er erinnerte sich an ihre Hand in der Hand des Rittersohnes an diesem erschütternden Abend, und daran, daß sie dem Kleinen über die Haare gestrichen hatte. Normalerweise wäre er in eine Teufelswut ausgebrochen.

Und trotzdem ließ er es zu, mit halbem Auge hatte er nämlich ihr Gesicht gesehen, als sie hinausging und als sie wieder zurückkam.

Und es war schöner, als er es seit langem gesehen hatte.

Darum drehte er sich nur lautlos zu seiner Frau, als die Tochter zurückgekommen war. Ließ alles geschehen, wie es war, ließ das Schicksal walten.

Wolfgang ritt am Vormittag fort, und die kleine Familie verabschiedete sich draußen auf dem Vorplatz von ihm. Es war ein seltsamer Abschied, viele unausgesprochene Worte standen in ihren Gesichtern geschrieben. Die Alte reichte ihm etwas Brot als Wegzehrung, und er dankte ihr.

Der Henker Schwarz trat zu ihm und drückte ihm die Hand, ebenso der Alte und Susannes Mutter. Zuletzt schüttelte ihm das Mädchen die Hand. Er drückte sie fest.

Dann ritt er davon. Er wandte sich nicht um, aber er wußte, daß sie hinter ihm standen und ihm nachsahen, bis er ganz im Unterholz des Waldes verschwunden war.

Er ritt weiter, zwischen den Bäumen hindurch, auf das kleine Lager zu.

Die Falken flogen ihm voran. Die schwebenden Körper erschienen als dunkle Schatten vor dem weißen Wald und dem Himmel, der nun ebenso weiß wie der Schnee war.

Bernhard und Wolfgang zogen auf Wolfgangs Anordnung hin sofort zurück nach Falkenburg. Bernhard fragte nicht, warum, sondern gehorchte. Keiner von ihnen hatte Beute gemacht.

Der Unschuldige

I

Kurz vor Sankt Nikolaus starb der alte Mönch Sebastian. Er hatte einige Tage hustend und bleich, aber ohne hohes Fieber, im Bett gelegen. Anfangs war er zwischendurch noch aufgewesen, hatte auch ein wenig gegessen – meistens aber hatte er ruhig im Bett gelegen.

Wolfgang hatte daher keinen Unterricht mehr, aber mit einer merkwürdigen Anhänglichkeit, die der Mönch von ihm nicht erwartet hatte, besuchte er den Alten täglich.

Vater Sebastian glaubte, eine Veränderung an Wolfgang zu bemerken, wenn der Junge vormittags bei ihm saß. Nicht, daß er plötzlich redselig geworden wäre oder begonnen hätte, sich in nennenswerter Weise anders zu benehmen; die Besuchsstunden waren vielmehr beidseits von schweigsamer Nachdenklichkeit geprägt. Wolfgang pflegte in die Kammer des Mönchs zu treten und das Kreuz zu schlagen, bevor er sich auf einen Stuhl an der Bettkante setzte. Dort konnte er in vollkommenem Schweigen sitzen, so lange, wie der Unterricht gewöhnlich gedauert hätte; Vater Sebastian war davon ganz gerührt. Wolfgang saß schweigend da. Dann und wann streifte sein Blick den Mönch, die meiste Zeit aber richtete er ihn auf ein Buch im Schoß oder zum Fenster hinaus. Scheinbar war er wie früher.

Trotzdem aber meinte der Mönch durch sein leichtes Fieber hindurch zu bemerken, daß sich an dem Jungen nach dem letzten Jagdausflug eine Veränderung vollzogen hatte. Etwas an der Nasenwurzel; ein Zug um die Augen vielleicht und um den Mund – etwas war anders geworden und verlieh seinem Gesicht einen Ausdruck von Stärke und Willen, in höherem Grad als es bei dem Jungen der Fall gewesen war, mit dem der Mönch vor Wintereinbruch zu tun gehabt hatte.

Sie wechselten nicht viele Worte, doch kam es vor, daß der Mönch Wolfgang bat, aus der Offenbarung oder den Psalmen zu lesen. Er hatte nicht mehr die Kraft, selber zu lesen, aber zuzuhören erquickte ihn. Zwischen den Abschnitten saßen sie beide da und schauten in den weißen, bedeckten Himmel hinaus.

Die Wirklichkeit hatte sich in den letzten Tagen überhaupt verändert, fand der Mönch. Nachdem der Schnee gekommen war, war alles viel leichter und lichter geworden, fast durchsichtig – und manchmal schien ihm gar, er könne runde, goldene Formen vor der fast schneeweißen Wolkendecke ahnen. Wenn er blinzelte oder versuchte, genauer hinzuschauen, verschwand der Anblick immer sofort; was er aber zu sehen vermeinte, versetzte ihn in große Verwunderung und Freude. Auch das Licht, schien ihm, war jetzt anders geworden. Viel intensiver und weißer, selbst wenn die Wolken den ganzen Tag vor der Sonne standen. In den Nächten träumte er oft und lange von den Feldern und Bergen bei Assisi, wo er in den heiligen Tagen zusammen mit dem Meister selbst gegangen war. Das lag Jahre zurück. Damals war er jung und stark gewesen, und mit einer gewissen Verwunderung hatte er in der letzten Zeit festgestellt, daß er es nicht mehr war. Seine Hände lagen unbegreiflich verbraucht, ihm beinahe unbekannt, auf der Bettdecke gefaltet. Auch die Stimme war nicht mehr so, wie er sie noch in Erinnerung hatte: klar und kräftig wie eine Posaune! Jetzt war sie heiser und brüchig, und dennoch konnte er sie noch immer so hören, wie sie eigentlich, für sein inneres Ohr, klang.

Oh, wie hatte er damals erzählt und gelacht und vor allem gesungen – damals, in den heiligen Tagen! Er konnte sich noch an einen besonderen Abend mit dem Meister und den Brüdern erinnern. Damals war die Schar noch ganz klein gewesen. Ein entsetzliches Unwetter herrschte an jenem Abend, und sie waren alle starr vor Frost und trübsinnig. Es donnerte und blitzte, und die Bäche stürzten reißend und hoch aufgeschwollen von den Bergen herab. Die Stimmung war, gelinde gesagt, bedrückt. Er aber, Sebastian, hatte angefangen, eine muntere Melodie zu singen, wie er es von zu Hause gewohnt war, wenn die Stimmung allzu düster wurde. Er hatte das erstbeste Lied angestimmt, das ihm im Augenblick einfiel; es war eine Weise aus den Studententagen in Padua. Der Text war ziemlich respektlos und handelte von einem gewissen Kardinal, es enthielt dieselben Ausdrücke, die man sonst für eine alte Mähre verwendete. Die anderen Brüder hatten ihn zuerst etwas befremdet angeschaut, vielleicht sogar etwas entrüstet – doch, siehe da: Der Meister selbst hatte darauf mit seiner schon erschöpften, aber immer noch schönen Stimme eingestimmt. Auch er kannte das Lied, obgleich mit einem etwas anderen Text. Und offenbar handelte es sich um eine damals beliebte Melodie, denn einer nach dem anderen fiel in den Gesang ein, und mit Sebastian als Vorsänger hatten sie sämtliche Lieder gesungen, die sie kannten, bis sich Unwetter und Mißmut verzogen hatten.

Später im selben Jahr war er hierher nach Deutschland gekommen.

Er sah die Brüder erst am Sterbelager des Meisters wieder, viele Jahre später. Das war vor drei Jahren, während Sebastian erster und letzter Reise zurück nach Italien. Und auch daran erinnerte er sich ganz deutlich. Er hatte ins Gebet versunken vor der kleinen Hütte auf der Wiese gestanden, als sich etwas Außergewöhnliches ereignete. Jemand kam mit gesenktem Kopf und tränenfeuchten Wangen aus der Hütte heraus. Und alle, die draußen standen, wußten, daß nun der Meister gestorben war. Und ganz langsam begannen sie alle, den Gesang vom Bruder Tod zu singen.

Während sie so um die Hütte herumstanden und sangen, vernahmen sie ein mächtiges Brausen, wie von tausend kleinen Flügeln. Und auf einmal war die Luft erfüllt von Singvögeln! Eine zahllose Lerchenschar ließ sich auf dem Hüttendach, in den Bäumen und Büschen ringsum nieder und sang, daß man das eigene Wort nicht mehr verstand. Und er selbst, Sebastian, hatte einst an einem regengrauen Abend mit dem heiligen Mann zusammen gesungen.

Vater Sebastian fand Freude daran, sich all diese Ereignisse zu vergegenwärtigen, und ihm schien, daß die Erinnerungsbilder leuchtender und klarer als je zuvor hervortraten. Er brauchte nur die Augen zu schließen, sofort schwamm er in einem mächtigen Strom von Bildern aus jener glücklichen Zeit. Schlug er die Augen wieder auf, war die Welt ganz still und gefroren und erfüllt von diesem überwältigenden weißen Schneelicht des Himmels. Und an der Bettkante saß oftmals der Junge und stützte den Kopf in die Hände, während er aus dem Fenster sah. Ob nicht auch er sich darüber wunderte, daß der Himmel weiß und rein wie eine Engelsschwinge leuchtete; oder über die goldenen Formen vor der Wolkendecke?

Hin und wieder versuchte Sebastian, von Assisi, vom Meister und dessen Leben zu erzählen. Er hatte nun das Gefühl, im Grunde weder Wolfgang noch dessen Vater oder Onkel genug davon erzählt zu haben. Zwischen Latein und Mathematik war nie wirklich Zeit dazu geblieben, und er hatte etwas versäumt, was er nun wiedergutmachen wollte. Aber wie die Stimme versagten ihm auch die Gedanken, wenn er versuchte, lange Sätze zu bilden, und mehr und mehr wuchs sein Staunen darüber, wie sehr sich die brüchigen Töne von der *inneren* Stimme unterschieden, die er als seine eigene kannte und die er benutzte, während er dalag und Dinge, die er gesagt hatte, und Dinge, die geschehen waren, wiedererlebte. Er unterhielt sich in seinem Innern lange mit seinen alten Studienkameraden aus Padua. Was wohl aus ihnen allen geworden war! Carlo mit der langen Nase; Luigi, der sich niemals wusch. Luigi hatte davon geträumt, ein Meister der Redekunst zu werden; und Carlo hatte ihm gesagt, er wäre schon ganz schwarz vor Dreck, bevor er es so weit gebracht haben würde. Luigi hatte damit pariert, daß man gar nicht erst Zugang zur *eloquentia* bekäme, wenn man eine solche Nase besäße wie Carlo. Und Giovanni – der nie Geld hatte – ob er seine Studien wohl jemals abgeschlossen hatte? Sebastian führte lange Gespräche mit ihnen, wie er so dalag, ohne daß ein Wort über seine Lippen kam. Zuletzt verstummte er ganz; er zeigte bloß noch auf die Bibel, wenn er wünschte, daß der Junge etwas vorlas. Und stets fand der Junge eine Stelle, die dem Mönch lieb war, und die Worte ließen erneut dieses wunderbar Goldene am Himmel erscheinen – Campanile, Spitzbogen! –, und Sebastians innere Stimme begleitete die dunkle, singende Knabenstimme beim Vorlesen. Dann fühlte er, daß es überhaupt nicht schlimm stand um ihn oder um seine Stimme, um seine *eigentliche.*

So lag der Mönch während mehrerer Tage, das Fieber stieg und sank, es war jedoch nie hoch. Er aß warme Fleischsuppe aus der Küche – und das war das einzige, was ihm Beschwerden verursachte, denn es schmerzte in der Kehle, wenn er schluckte, und das warme Essen bewirkte, daß er schlotterte und fror. Im übrigen blieb er mehr und mehr liegend oder sitzend im Bett und stand nicht mehr auf. Zum Schluß lag er nur noch.

Manchmal versuchte er zu beten, doch die Gebete vergingen wie Rauch, lösten sich in Luft auf. Es hatte im Grunde keinen Sinn mehr, seine Ave Maria und Vaterunser noch weiterhin zu beten, denn Vater Sebastian fühlte, daß er bereits auf eine eigentümliche Art von seinen Sünden befreit war und die Worte für ihn keine rechte Bedeutung mehr besaßen.

Während er so dalag, dachte er auch viel über die ersten Jahre auf Falkenburg nach, wie er als junger Mann hier ins düstere und kalte Deutschland heraufgekommen war, um auf einem Berg zu wohnen und zwei Jungen, zwei Rittersöhne, zu unterrichten. Er mußte insgeheim lächeln. Sie waren als Brüder so ungleich gewesen, Heinrich und Friedrich, und in vielerlei Hinsicht selbstverständlich einander auch ähnlich. Heinrich hatte dunkelblondes Haar gehabt, so wie dann auch sein Sohn, Wolfgang; Friedrich dagegen war ganz hellblond. Schön waren sie anzuschauen gewesen, aber auch recht boshafte Schelme hatten sie sein können, und zwar beide.

Heinrich, dem Erben, etwas Verstand in seinen Schädel einzuhämmern, war dem Mönch nie gelungen. Lesen und Schreiben hatte er gelernt, er kannte seine Bibel, dabei blieb es dann aber praktisch auch. Der Mönch fragte sich, ob er damals nicht ein ziemlich schlechter Lehrer gewesen sei.

»Dein Fehler, Bruder Sebastian«, vernahm er eine Stimme, und zwischen sich und dem Fenster konnte er Bruder Petrus ahnen, der dort über einen Topf Zwiebelsuppe hinweg schelmisch mit dem Finger drohte. »Dein Fehler liegt darin, daß du allzuviel *Humor* hast!« Und einige andere Brüder lachten, und Sebastian wurde sehr jung, wie er dalag, und schämte sich, weil sie über ihn lachten. Nur weil er sich als Kaufmann verkleidet hatte und in die Stadt gezogen war, um Gemüse zum Marktpreis feilzubieten, gegen dringend benötigtes Geld.

Ja, sie lachten herzlich über ihn, denn niemals würde er ein ordentlicher Bettelmönch werden, jedenfalls nicht so, wie es sich gehörte; und er fühlte, daß er ihnen ihr Lachen nun gönnte, er lachte selbst mit. So war er statt dessen Lehrer und Beichtvater geworden. Und vielleicht war er auch als solcher schlecht gewesen, als er nun jung war, und hätte eigentlich selber noch zur Schule gehen müssen. Die Rittersöhne hatten nämlich rasch herausgefunden, daß er etwas besaß, das ganz unpassend für einen Lehrer war: *Humor.* Und sie spielten ihm manche komische Streiche, auf die er schließlich immer wieder reinfiel.

Später war er vielleicht etwas mürrisch und wortkarg geworden, doch da war der alte Ritter bereits gestorben, und Heinrich und Friedrich waren erwachsene Männer geworden und hatten sich Ehefrauen genommen, und noch viel mehr war geschehen.

Der Jüngere, Friedrich, war im Gegensatz zu seinem Bruder ein heller Kopf. Er hatte Verständnis für Arithmetik und Schreibkunst und manches mehr gezeigt, was ihm bei der Verwaltung von Lehen und Burg zugute kam. Vielleicht war er im Grunde sogar besser zum Regieren geeignet, praktisch und geistesgegenwärtig, wie er sich in den täglichen Geschäften zeigte. Ritter Heinrich war groß und angeberisch und ein ziemlicher Lebemann. Er liebte Musik und Turniere, Lachen und Tanz – er war ganz einfach *der Ritter.* Friedrich war stets in gewissem Sinne vorsichtig, fast *zart* gewesen, sogar in seinen Ausschweifungen. Wolfgang glich ihnen beiden – auf unbegreifliche Weise jedoch vielleicht eher Friedrich – als Kind, natürlich.

Wenn er jetzt an Herrn Friedrich dachte, kam es ihm lächerlich vor, sich jemals vor ihm gefürchtet und Angst vor seinem Blick und seinen seltsamen Lachanfällen empfunden zu haben. Friedrich war ja bloß ein kleiner Junge – genau wie sein Bruder und Wolfgang. Und zudem hatte Friedrich die schönste Sopranstimme, die Sebastian je gehört hatte. Wie er so dalag, war Sebastian wieder völlig jung geworden, glücklich darüber, Lehrer mit langen, kräftigen Händen zu sein, die gebräunt und nicht grau und verwelkt waren und Bücher tragen und die Rute anwenden konnten. – Naja, so oft auch wieder nicht, wenn er es sich recht überlegte.

So lag Sebastian manche Tage; und niemand begriff eigentlich, daß es mit ihm zu Ende ging, denn auch früher hatte er zur Winterzeit und bei Herbstbeginn oft Fieber gehabt, wie es bei Menschen aus den südlichen Gegenden im rauhen Klima häufig passierte. Und er war hier während so vieler Jahre umhergegangen, zäh und unveränderlich, daß es schlechterdings unnatürlich gewesen wäre, wenn er sich aufgrund eines leichten Fiebers zum Sterben ins Bett gelegt hätte.

Daher ahnte außer Wolfgang niemand, wo es enden würde, und es tat Wolfgang weh, daran zu denken, denn er wußte nicht recht, was er tun sollte. Er hatte aber in Sebastian den Tod erblickt und ihn deutlich wiedererkannt. Daher besuchte er den Alten jeweils vormittags, zur Zeit, die er sonst dazu verwendet hatte, mit dem Mönch zu lesen.

Im Grunde hatte Wolfgang den runzligen alten Mann nämlich liebgewonnen, ohne daß er hätte sagen können, weshalb. Sie hatten nie viel miteinander gesprochen, und Wolfgang hatte den Mönch oft als eine Pest, als Plagegeist empfunden, besonders an den langen Sommervormittagen, wenn er spürte, daß es ihn hinaus auf die Jagd drängte, und er statt dessen über den Büchern sitzen mußte.

Aber gerade daß er damit nun nicht mehr länger geplagt werden sollte, stimmte ihn traurig, machte ihn fast verzweifelt. Einer mehr also, der ihn verließ. Und es bewegte ihn, daß er den Mönch nie mehr glücklich etwas murmeln hören sollte, italienische Dankesworte, wie Wolfgang wußte, vermischt mit kurzen Flüchen, wenn Vater Sebastian versunken vor einem Gericht aus Eiern, Mehl und Wasser saß: Nudeln. Nie mehr.

Er wußte auch, daß sein Vater und der Onkel ihn als Lehrer gehabt hatten. Und es gab vieles, was er ihn über seinen Vater und Herrn Friedrich hätte fragen wollen – vieles, sehr vieles, worüber er früher nie richtig nachgedacht hatte –, aber der Mönch konnte seine Stimme fast nicht mehr benutzen, und Wolfgang begriff, daß er etwas versäumt hatte.

Tagsüber, wenn er dort saß, drehten sich seine Gedanken viel um Susanne; allmählich aber begann er mehr und mehr an seinen Vater zu denken, der fort war, und an den Onkel und das, was der Burg in diesem seinem vierzehnten Winter widerfahren sollte. Bald dachte er nur noch daran.

Und die langen Vormittage dort drinnen beim Mönch waren gewissermaßen eine Zeit des ruhigen Wartens, eine stille Vorbereitung und ein Ausruhen vor dem, was kommen würde. Aber auch der Mönch wartete.

Während er dort saß und der Mönch schlief, las er auch ein bißchen für sich in den Briefen des Vaters, die er in einem Buch mit Heldengesängen verborgen bei sich trug.

Die Briefe enthielten keinen Hinweis, wie es dem Kreuzzug ergangen war. Sie waren zum Teil an den Onkel, zum Teil an die Mutter gerichtet und auf deutsch und lateinisch geschrieben. Es bereitete Wolfgang etwas Schwierigkeiten, das vom Vater Geschriebene zu verstehen, besonders wenn es lateinisch war; und er meinte zuerst, seine eigenen Kenntnisse wären nicht ausreichend, bis er offensichtliche orthographische Fehler und Wortbeugungen entdeckte und begriff, daß der Vater kein guter Briefeschreiber war. Danach ging es besser.

Die Briefe an die Mutter waren alle auf deutsch geschrieben und fast ausnahmslos heftige Liebeserklärungen – so heftig, daß Wolfgang gelegentlich zwei- oder dreimal lesen mußte, um sich zu vergewissern, daß dabei nicht auch Rechtschreibefehler im Spiel waren. Im übrigen war jeder Brief mit Ermahnungen zum geduldigen Warten versehen –

die Sache ziehe sich in die Länge. Auch nachdem die Mutter gestorben war, schrieb ihr der Vater wie zuvor, und Wolfgang begriff, daß die Nachricht das wirre Lager der Kreuzfahrer nie erreicht hatte.

Nach den Briefen zu schließen, hatte sich die Abreise mehrmals verzögert, zuerst infolge der Pest. Viele im Lager waren angesteckt worden, auch der Kaiser selbst, und zu Wolfgangs Entsetzen erzählte der Vater, daß auch er vom schwarzen Flügel der Pest berührt worden, aber wieder genesen sei. Infolge der Seuche zogen viele Kreuzfahrer frühzeitig nach Syrien oder kehrten im Schrecken nach Hause zurück. Der Vater schrieb jedoch, daß dies kein Grund für ihn sei, seinem Ruf zum Kreuzfahrer untreu zu werden. Danach schleuderte der Heilige Vater, Gregor, seinen Bannstrahl gegen den Kaiser, indem er ihn für die Pest und die Verzögerung verantwortlich machte. »Doch weiß ein jeder«, schrieb der Vater, »daß unser guter Kaiser selbst krank lag und auch seinen Freund, Seine Hoheit, den Landgrafen von Thüringen – möge seine Seele in Frieden ruhen –, durch die Seuche verloren hat. Daß der Heilige Vater mit seinem Behauptungen recht hätte, mag hier niemand glauben.«

Dies war die zweite Prüfung, die der Kreuzzug zu bestehen hatte.

Nun folgte eine lange Unterbrechung in den Briefen des Vaters, vielleicht waren einer oder zwei unterwegs verlorengegangen – im nächsten Brief erwähnte er nämlich plötzlich, der Heilige Vater sei durch die Volksmenge aus seinem Palast in Rom vertrieben worden und habe an einen Ort flüchten müssen, der Perugia hieß. Dies stand völlig zusammenhanglos in den Briefen, und es verwirrte Wolfgang. Darauf berichteten die Briefe von einer dritten Prüfung.

Die Kaiserin, Isabella von Brienne, hatte dem Kaiser einen Sohn geboren, Konrad. Zehn Tage nach der Geburt starb sie jedoch, und auch dadurch verzögerte sich der

Aufbruch ein weiteres Mal. Endlich aber, im Monat Juni des Jahres 1228, schrieb der Vater, die Einschiffung habe begonnen, und zwar an einem Ort, der Brindissi oder Brindussi hieß – der Vater schrieb gerade an dieser Stelle etwas undeutlich.

In den Briefen an den Onkel stand auch viel darüber, wie mit dem Lehen und den Bauern zu verfahren sei – und Wolfgang, der sich weder für das Lehen noch die Leute je sehr interessiert hatte, las zu seinem eigenen Erstaunen begierig jedes Wort.

Gleichzeitig berichtete der Vater auch von einigen sehr merkwürdigen Geschichten aus dem Lager der Kreuzfahrer, unter anderem auch vom Kaiser selbst. Er erzählte zum Beispiel, daß sich der Kaiser viele Jagdfalken halte und ein großer Kenner in der Kunst der Beizjagd sei. Nach dem Urteil des Vater mußte der Kaiser der bemerkenswerteste Mann auf Erden sein; der Vater erzählte, man zittere vor dem Monarchen und seinem außerordentlich großen und klaren Verstand, seinem unermeßlichen Wissen und vor allem vor seiner Schlauheit und Klugheit. Stets befanden sich im Gefolge des Kaisers viele weise Männer, und es wurde gesagt, er kenne den Stein der Weisen. Schon jetzt, schrieb der Vater, nenne man den Kaiser *Immutator Mundi* – Veränderer der Welt –, und unter den Johannitern murmele man halblaut das Wort *Antichrist*. Auch die Leute des Papstes stünden da nicht zurück.

Wolfgang hielt während des Lesens inne und dachte an den Schotten Michael. Dann dachte er an diesen merkwürdigen Menschen auf der großen Insel im Mittelmeer, der die ganze Welt in seine Hand nehmen konnte und sie nach seinem eigenen Willen lenkte. Wo er jetzt wohl sein mochte, der Kaiser? Ja, wo war der ganze Kreuzzug?

In einem Brief schlug der Vater vor, der Onkel möge für »Klein Wolfgang« die Anschaffung eines Jagdfalken ins

Auge fassen, wenn die Zeit reif sei. Sonst stand nichts weiter über Wolfgang in den Briefen als »Grüß mir meinen kleinen Sohn herzlich!« oder vielleicht: »Wie geht es meinem geliebten Sohn? Wie schreitet seine Entwicklung und seine Ausbildung voran? Drückt er sich noch immer vor den ritterlichen Übungen?« und dergleichen. Aber Wolfgang hatte ja die Antworten des Onkels nicht vor sich, er konnte sie nur einigermaßen erraten.

Im Monat Juni des Jahres 1228 begannen die Briefe aus Brindissi oder Brindussi auszubleiben, und Wolfgang nahm an, daß die Kreuzfahrer zu diesem Zeitpunkt tatsächlich aufgebrochen waren.

Und erneut fühlte er die alte Verwirrung: Warum hielt sich der Onkel nicht besser auf dem laufenden? So, wie die Dinge jetzt lagen, verstrich meist viel Zeit zwischen den Nachrichten aus der Außenwelt, und oftmals erreichten sie bloß unbestimmte Gerüchte.

Und wenn er in solche Gedanken versunken dasaß, überkam ihn die kaum bezwingbare Sehnsucht, aus dem Krankenzimmer hinauszulaufen, die Wendeltreppe empor, auf die Mauer hinauf zum Turm und zu den Falken; wo es keine Welt gab und alles nur Luft war, Licht und Tiefe.

Doch er bezwang sich und blieb sitzen. Er sah oft das Gesicht des Onkels vor sich, in dessen Augen es wie in einem Herd glomm: es war ein entsetzliches Feuer, das fort drinnen brannte. Er versuchte, diesen Anblick von sich zu weisen, wenn er ihn überfiel, aber das war schwierig. Und in Wolfgang erwachte eine unbestimmte und unaussprechliche Ahnung, und ihm schien, er sehe Zusammenhänge zwischen der Gefahr, die auf ihn wartete, der erdrückenden Umarmung des Onkels und Falkenburg selbst. Desweiteren verwunderte es ihn, daß sich der Onkel derart gleichgültig zeigte, wenn es darum ging, ihm von den Dingen zu erzählen, die ihn nach dem Tag seiner Mündigkeit erwarteten.

Was würde dieser eigentlich mit sich bringen? Daß ihm jemand den Schlüssel an seinen Gürtel und das Siegel von Falkenburg an einer Silberkette um den Hals hängte, so wie jetzt der Onkel Schlüssel und Siegel trug? Würde er dann plötzlich gezwungen sein, alle Entscheidungen selbst zu treffen, würde ihm der Onkel auf einen Schlag alle Verantwortung in die Hände legen? Er spürte, wie sich in ihm etwas gegen diesen Gedanken wehrte, und erneut sehnte er sich nach den Falken. Aber er zwang sich, weiter zu denken. Es ging ihm auf, wie schlecht er für dies alles vorbereitet war, und er erkannte nun auch, wie falsch es vom Onkel gewesen war, ihn derart leichtfertig von den ritterlichen Übungen zu befreien. Und niemals hatte er auch nur ein Wort über die Leitung der Burg und des Lehens gehört. Nicht, daß er sich früher darum gekümmert hätte, aber . . .

Immer wieder sah er das Gesicht des Onkels vor sich.

So saß er da, und die Vorahnungen und Unruhe wuchsen in ihm und die Gedanken schweiften immer mehr von den Briefen ab und in etwas hinein, das wie Furcht aussah. Er hätte gerne mit einem anderen Menschen darüber gesprochen, aber wer konnte ihm eine Antwort geben? Dem Onkel gegenüber empfand er Abneigung. Er hätte natürlich den Mönch zu Rate ziehen können, aber dazu war es jetzt zu spät. An einem der Vormittage in der Kammer des Mönchs spielte er mit dem Gedanken, dem Schotten Michael zu schreiben, um sich nach dem Kreuzzug zu erkundigen und ihn vielleicht um Rat zu bitten – doch er gab den Gedanken rasch auf. Darüber, wie solche Dinge anzupacken waren, wußte er ebensowenig wie über alles andere, was zur Welt gehörte. Er wußte auch, daß der Onkel unterrichtet werden und es genehmigen müßte, wenn ein Bote abgesandt würde. Und mit einer Gewißheit, die ihn beinahe erschreckte, war ihm klar, daß der Onkel nichts von all diesen Gedanken erfahren durfte, die ihn beschäftigten.

Wenn er im Turm bei den Falken war, spürten sie seine Unruhe, denn Wolfgang war weder imstande, diese Dinge mit ihnen zu teilen, noch ihnen alles zu verheimlichen, und er fühlte sich unzulänglich und hilflos. Er erreichte keinen von ihnen, glitt an ihnen vorbei, in Vorahnungen hinein, in die Ohnmacht. Aber er hatte keine bösen Nächte, keine Alpträume, und er weinte nicht. Trotzdem sah es der Furcht ähnlich.

Früh an einem Vormittag, kurz bevor Wolfgang jeweils zu kommen pflegte, setzte sich der Mönch mit einem Ruck im Bett auf und spürte, daß er bereit war.

Er hatte den ganzen Morgen über in einem verschwommenen und etwas unangenehmen Halbschlaf gelegen, das Fieber war in der Nacht angestiegen, und qualvolle Alpträume hatten ihn im Halbschlaf heimgesucht. Etwas in den Traumbildern hatte ihn geweckt und ihm bedeutet, daß es nun soweit war.

Klar, kühl und entschieden klingelte er mit dem Glöckchen und bat die Dienstmagd, Wolfgang und einen Priester zu holen. Erschrocken starrte sie ihn an, gehorchte aber wortlos und verschwand mit zusammengepreßten Lippen draußen in der Stille, die das kleine Zimmer umgab. Der Mönch konnte sich kaum vorstellen, wo sie nun blieb, weil es für ihn jetzt nur noch dieses Zimmerchen gab und was er vom Gang vor der Tür erkennen konnte, wenn diese offenstand. Und natürlich die Fenster auf die schneebedeckten Felder und den Himmel hinaus, der sich weiß und klar wie zuvor über der Erde wölbte. Alles übrige – Burg, Mauern, Gänge, Säle, die Dienerschaft und die Tiere – all dies war nun verschwunden und existierte nicht mehr.

Plötzlich war Wolfgang an seinem Platz beim Bett, und alles erschien fast wie sonst. Doch man hatte nach dem Priester aus dem Dorf geschickt, und Wolfgang begriff, daß es mit dem Mönch bald zu Ende war. Er saß da und faltete die Hände, der Priester ließ auf sich warten, und Wolfgang wußte nicht, was er tun sollte, während sie warteten. Plötzlich überfiel ihn der Gedanke, daß der Mönch vielleicht sterben würde, während er allein mit ihm war, und er bemerkte plötzlich, wie still es draußen vor der Tür war. Keine Schritte, die sich näherten.

Der Mönch war nun wieder fiebrig, aber dann und wann lächelte er dem Jungen zu, als ob es ihn erleichterte, daß er da war, und zeigte mit der Hand auf die Bibel. Wolfgang wurde für einen kurzen Augenblick von der Angst – der wirklichen Angst – ergriffen. Seine Finger wurden kalt und klamm, und er fühlte, wie sein Oberkörper allmählich zu zitternd begann. Er war allein mit dem Sterbenden, und noch immer waren keine Schritte von draußen in der Stille zu hören, weder der Priester noch die Dienstleute tauchten auf und verscheuchten die Angst. Es war, als hätte man sie beide hier drinnen vergessen. Gleichzeitig aber wagte er sich nicht zu rühren, weder um mit dem Glöckchen zu läuten, noch um zur Tür zu gehen und jemanden zu rufen. Er verlor den Halt und stürzte in sich selbst hinein. »*Ich schaffe das nicht*«, dachte er, »*es muß jemand kommen!*«

Doch dann deutete der Mönch zum zweitenmal auf die Bibel, und Wolfgang schlug sie mit schwachen Händen auf und las einen kleinen Abschnitt aus den Psalmen Davids, und er spürte, wie seine Augenwinkel dabei feucht wurden. Doch dann fühlte er, daß der Mönch nun ganz kurz davor sein mußte, und halb flüsternd begann er die wohlbekannten Worte aus dem Glaubensbekenntnis zu sprechen, während er langsam und fassungslos zu weinen anfing.

»*Credo in unum Deum, Patrem omnipotentem, factorem coeli et terrae, visibilium omnium et invisibilium . . .*«

Befremdet lauschte er seiner eigenen Stimme, die so weit weg und tot klang zwischen den Steinmauern, und er hörte zum erstenmal, wie unheimlich düster seine Stimme zu werden drohte. Er schaute den Mönch an, und ein neuer Hauch des Entsetzens schlug ihm entgegen, nun saß nämlich auch der Tod an der Bettkante und hörte ihm beim Lesen zu.

Der Alte lauschte den Worten und versuchte, ihnen aus großer Entfernung zu folgen. Doch er war wiederum von einem solch unbändigen Drang erfüllt, sich aufs neue an Assisi zu erinnern, wo die Wiesen so grün waren und auch ihn ein Hauch des Glücks berührt hatte . . . Nie mehr hatte er nach jenen Jahren wirklich unglücklich werden können.

»Et incarnatus est de Spiritu sancto ex Maria virgine, et homo factus est . . .«

Der Mönch schlug die Augen auf und sah den Jungen dort sitzen und lesen. Sein Gesicht und der Kopf zeichneten sich scharf gegen den Himmel vor dem Fenster ab. Und endlich konnte er nicht mehr nur aus den Augenwinkeln heraus die goldenen Formen sehen. Übernatürliche Bauwerke waren das! Und welch ein Strahlen! Kuppeln und Turmspitzen, Portale! Spitzbogen! Gewiß nicht so schön wie die goldenen Häuser und Hütten in Assisi – aber trotzdem sehr, sehr schön!

»Crucifixus etiam pro nobis sub Pontio Pilato, passus et sepultus est. Et resurrexit tertia die secundum scripturas; et ascendit in coelum . . .«

Wie merkwürdig das war! Nun stand er wieder zusammen mit Meister Franziskus und sang wie damals im Regenwetter. Diesmal aber regnete es nicht, die Frühlingssonne strahlte, und die Vögel auf den Wiesen, in den Wäldchen, auf den Felsen und in den Schluchten sangen, und es waren *Worte,* die aus ihren Kehlen drangen, *Worte,* die so deutlich waren, daß er sie vernehmen konnte!

Wieder schaute er den Jungen an, diesmal aus noch größerer Entfernung, und ein schwaches Erstaunen erfüllte ihn, weil das Kind derartig traurig wirkte und Tränen auf seinen

Wangen glitzerten. Sah er denn dies alles nicht, sah er nicht, wie hell es war? Sebastian merkte, wie ihn selbst dieses Große, Goldene aus dem Himmel dort draußen durchströmte. – Eigentlich sollte er etwas sagen, etwas Aufmunterndes, er brauchte das, der Ärmste. Der arme Kleine, ohne Mutter, ohne Vater aufgewachsen – öfter vom Unterricht befreit werden müßte er wohl auch . . . Denn es war ja so schön! Er räusperte sich:

»Die Lerchen . . . singen im Frühling, Wolfgang«, sagte er und unterbrach den Jungen im Glaubensbekenntnis. Wolfgang schaute dem Mönch erstaunt ins Gesicht, und er sah, wie die Augen erstarrten und der Blick brach. Da senkte er den Kopf und schloß, fast stimmlos:

». . . Et expecto, resurrectionem mortuorum et vitam venturi saeculi. Amen.«

Es war noch immer ganz still im Zimmer. Der alte Mann war tot, und auch der Fremde war verschwunden. Wolfgang blieb allein zurück. –

Erst nach einer halben Stunde war die Magd wieder da, durchnäßt und frierend, da sie in manchen Schneewehen eingesunken war. Es hatte noch einen zweiten Todesfall gegeben, im Norden des Lehens, und ein Priester war nicht aufzutreiben gewesen.

II.

In den Tagen nach dem Tod des Mönchs war Wolfgang wie ein aufgescheuchtes Wild, das durch die Gänge und über die Burgmauern hastete. Sein Gesicht war bleich und verschlossen.

Es war härter gewesen, als er sich hatte vorstellen können, dem Tod auf eigene Faust zu begegnen. Und der Verlust des Alten war ihm sehr nahegegangen.

Die Trauerfeier in der Dorfkirche war in aller Eile abgehalten worden, sie beide, der Onkel und er, hatten daran teilgenommen, um ihrem alten Lehrer die letzte Ehre zu erweisen. Sie waren jedoch so ziemlich die einzigen in der Kirche, und im übrigen wurde der Mönch auf der Burg erstaunlich rasch vergessen, bald war seine Kammer ausgelüftet und geräumt.

Wolfgang, der während der langen Vormittage im Zimmer des Mönchs Ruhe gefunden hatte, fühlte sich nun aufgestört und rastlos. Er merkte, wie sich das eigentliche Grauen und die Finsternis in ihm ansammelten. Seit langem hatte er sie nicht derart stark kommen spüren wie in diesen Tagen.

Eines Abends brach die Finsternis vollständig über ihn herein, und wie immer mußte er sich niederlegen und ruhig bleiben. Unversehens war alles fern und leicht, und die Wirklichkeit war für Wolfgang weder drückend noch schwierig – bloß einfach und böse.

Er weinte selten, während er solchen Anfällen ausgesetzt war, denn das Finstere verschanzte sich in ihm, und es dauerte lange, bis sich alles wieder hinausgeschlichen hatte. Hinterher fühlte er sich stets erschöpft. Es konnten drei, vielleicht vier, schlimmstenfalls sogar fünf ganze Tage und Nächte dauern, und im allgemeinen verlief es friedlich und ruhig, aber es war ein äußerst qualvolles Erlebnis.

Stets quälte ihn ein seltsamer, anhaltender Brechreiz, der aus dem Zwerchfell emporstieg und ihn ängstigte, denn er verabscheute es, sich zu erbrechen. Es kam selten so weit, aber jedesmal war er trotzdem überzeugt, daß er gerade diesmal sich werde übergeben müssen.

Drei volle Tage lag er im Bett, ohne sich zu rühren, und die Kammerfrau brachte ihm das Essen, wofür er dankbar war, auch wenn er kaum je genug Appetit verspürte, es anzurühren. Einmal täglich zwang er sich selbst dazu aufzustehen, um die Falken zu füttern. Er gab ihnen nun tote Küken zu fressen, der Kälte wegen sollten sie besonders viel bekommen. Die Küken lagen in einem verschlossenen Korb vor der Tür. Es wurde ihm jedesmal schlecht, wenn er mit der Hand hineinlangte und nach den flaumigen, kalten, kleinen Körpern griff. Rasch gab er jedem Falken sein eigenes, gelbes Knäuel und spürte, wie er nahe daran war, sich zu übergeben. Das war seltsam, es machte ihm sonst nämlich nichts aus, tote Tiere zu berühren, nun aber nahm er mit äußerster Deutlichkeit wahr, wie *tot* sie waren; mit ihren kleinen roten, in einem unnatürlichen Winkel abgebogenen Beinchen dicht unter dem Körper und den offenen Schnäbeln. Ohne hinzusehen reichte er sie den Falken und legte sich, ohne mit seinen vier Freunden zu reden, rasch wieder ins Bett, bevor sie begannen, die Küken zu zerreißen.

Sonst lag er die ganze Zeit im Bett und lauschte der Stille, dem Wind und den Bewegungen der Vögel; dem schwachen Klingen der Fußglöckchen, den kurzen Piepslauten und Schreien und dem Flattern ihrer Flügeln. Meist hielt er die Augen geschlossen, denn es kam ihm vor, als ob die feuchten, rohen Turmmauern von kaltem Schweiß bedeckt wären wie eine Leiche.

Er dachte viel an den Mönch und den kurzen Satz, den er vor seinem Tod geflüstert hatte, über die Lerchen, die im Frühling sangen. Und eine neue Angst erfüllte ihn, Angst davor, die Lerchen vielleicht nie mehr zu hören. Er dachte an den Schotten.

Eines Nachts, als es am schlimmsten war, nahm er die Horoskope in die Hand und betrachtete sie zum erstenmal, seit der Sterndeuter bei ihm gewesen war.

Die Ziffern und die Schrift, die Symbole und geometrischen Figuren tanzten vor seinen Augen. Vage ahnte er, daß die Horoskope ein unverrückbares Urteil darstellten – als ob man mit dem Kopf gegen die Wand laufe. Er versuchte ein paarmal, sie wegzulegen, aber jedesmal mußte er die Pergamente doch wieder zu sich ins Bett nehmen und sie betrachten. In jener Nacht weinte er ungewöhnlich viel und redete ein bißchen mit dem Vater und der Mutter und auch mit dem Mönch, doch sie wollten ihm keine Antwort geben, warum sie ihn verlassen hatten und sich nicht mehr um ihn kümmerten und auf ihn aufpaßten. Auch der Sterndeuter erschien in dieser Nacht und redete – aber nur von den Sternen, den Himmelslichtern und dem Schicksal. Davon mochte Wolfgang nichts hören. Schließlich wurde er fast wütend auf den freundlichen Schotten und rief ihm laut zu, er solle gehen.

Er richtete sich im Bett auf und warf die Horoskope mit einer jähen Bewegung ins Feuer. Das tat gut, für einige Augenblicke jedenfalls, und er spürte, daß sich die Welt wieder beruhigte und die Dinge ihre Schärfe verloren, während die Flammen aufloderten und die alten, vergilbten Bogen in Asche verwandelten, die sich kräuselte und verschwand.

Im nächsten Augenblick aber, als Wolfgang aus dem Fenster blickte, ging alles in ihm wieder zunichte, und er blieb reglos auf dem Bett liegen. Er weinte jetzt still vor sich hin und biß sachte in die Bettdecke.

Draußen vor dem Fenster wölbte sich funkelnd der Sternhimmel über der Falkenburg.

Am anderen Morgen weckte ihn die Kammerfrau und sagte, es sei der Tag des heiligen Nikolaus. Er hatte wenig geschlafen, und es dauerte eine Weile, bis sie ihm klargemacht hatte, daß dies Kirchgang und Mittagessen im Rittersaal bedeutete.

Nachdem sie gegangen war, zwang er sich, im Bett aufzusitzen. Er betrachtete seine Hände. Sie waren weiß und dort, wo sein Kopf gelegen hatte, rot gefleckt. Ein wenig zitterten sie. Es tat weh, die Dinge anzuschauen, und er fühlte sich abwesend, weit weg, und die Übelkeit bedrängte ihn. Jetzt mußte er aufstehen.

Er erhob sich mit einer Kraftanstrengung aus dem Bett und trat auf den kalten Steinfußboden. Rasch zog er sich an, versuchte, dabei so wenig wie möglich an das zu denken, was er tat; er konzentrierte sich darauf, klar und ruhig zu bleiben, nicht anzufangen zu zittern. Er nahm keinen Falken mit, hängte sich den Mantel um und ging allein zur Tür hinaus.

Schon als er den blendenden Schnee vor der grauen Steinmasse erblickte, wußte er, daß er diesem Tag nicht gewachsen sein würde. Trotzdem ging er entschlossen über die Mauer und stieg hinunter.

Es war das erste Mal, daß er, während es ihm so schlecht ging, versuchte, etwas anderes zu tun, als ganz still zu liegen. Er verfluchte die Sterne seiner Geburt, daß er sich derart hilflos fühlen mußte. –

Im Hof ging er geradewegs auf den Onkel zu.

Sie hatten seit jenem Vormittag nicht mehr miteinander gesprochen, waren auch nie mehr unter sich gewesen, und Wolfgang begann leicht zu zittern. Er hätte nicht aufstehen sollen, er schaffte es nicht!

»Guten Morgen, lieber Wolfgang!« sagte der Onkel. »Geht es heute ein bißchen besser?« Er sah den Jungen an. Er war blasser, aber auch viel schöner denn je. Der Junge starrte verständnislos und verängstigt zurück, gab keine Antwort.

Herr Friedrich wurde von einer tiefen Verzweiflung und Mutlosigkeit befallen. Er wußte, daß Wolfgang finstere Stunden hatte, und er erinnerte sich an manche davon – jedes Jahr, seit dem Tod der Mutter, kam es ein paarmal vor. Und nun erkannte er zu seinem Leidwesen genau diesen

Blick in den Augen des Jungen wieder: gespannt, angestrengt – als ob die Züge reißen würden, wenn die Spannung noch zunahm. Mitgefühl erfüllte ihn – und im nächsten Moment der entsetzliche Drang zu *lachen*. Er beherrschte sich jedoch und nahm Wolfgang vorsichtig am Arm. Der Junge ließ es geschehen, er wirkte schwach und verwirrt. Und Friedrich dachte: »Es macht nicht den Anschein, als ob er jemals verstehen würde, daß ich ihn gern habe – ich begehre ihn ja! Ich *will* das so, und alles könnte soviel einfacher sein, wenn –«

Er sah dem Jungen in die Augen, brachte aber kein Wort über die Lippen. Erst nach einer Weile gelang es ihm zu sprechen.

»Wolfgang, hör mich an. Morgen findet hier im Dorf eine Hinrichtung statt. Der Scharfrichter Schwarz . . .« Weiter aber kam er nicht. Er wollte noch hinzufügen, Wolfgang solle am nächsten Tag nicht versehentlich ins Dorf gehen. Schwarz sei ein furchteinflößender Kerl, und eine Hinrichtung sei doch – nun ja, eine Hinrichtung. Aber Wolfgang rührte sich. Er sah die braunen Augen des Onkels wie durch eine Rauchschicht hindurch. Er begriff nicht mehr recht – eine Hinrichtung? Schwarz? Schwarz. – Er riß sich los und ging weiter, blickte auf das Pflaster hinunter, es war grau wie zuvor und feucht von Schnee und Matsch. Zwischen den Steinplatten aber bemerkte er etwas Nasses, Dunkles. Zuerst begriff er nicht, was es war, doch dann sah er, daß es Blut war – auf dem ganzen Platz floß zwischen den Steinen Blut. Er zwang sich weiterzugehen, spürte, wie sich ihm die Kehle zuschnürte. Planlos ging er auf die Pferdeställe zu. Da war etwas, das er dem Onkel hätte sagen und etwas, woran er sich nun hätte erinnern müssen – aber was? Bei der Stalltür blieb er stehen, vor Übelkeit und Verwirrung außerstande, einen weiteren Schritt zu tun. Jemand trat aus dem Stall und zog ein Pferd hinter sich her; einen großen schwarzen Hengst.

Dieser wieherte laut und scheute vor Wolfgang. Und im selben Augenblick, als Wolfgang ihn erblickte, fiel er der Länge nach auf das Steinpflaster hin.

Als der Junge vor ihm umsank, begriff der Jägermeister zunächst wenig. Das Pferd schlug aus – es war hitzig und hochfahrend und konnte einen wohl erschrecken. Aber Wolfgang hatte es auf der Jagd selbst geritten, und das ging über Bernhards Verstand. Er trat zu dem Jungen und kniete nieder. Ein anderer kam dazu – Herr Friedrich selbst –, und zusammen hoben sie Wolfgang von dem Matsch auf.

Der Jäger rieb sich das Kinn. Wolfgangs Gesicht war leichenblaß, und Bernhard erschrak. So hatte er den Jungen noch nie gesehen. Die Lippen wirkten wie dunkelrote Tropfen in weißem Schnee, und Augenbrauen und Haar erschienen dadurch ganz dunkel. Ein ähnliches Gefühl wie auf der Jagd überkam ihn, als der Junge in der Nacht zu weinen angefangen hatte, und Bernhard wurde nun kalt und nüchtern. Der Junge mußte ins Haus, er war krank. Er schaute einen Moment auf. Einige Knechte sahen interessiert von der Mauer aus dem Vorfall zu, und unter der Tür standen ein paar Mädchen und glotzten. Wenn das nicht Wasser auf ihren Mühlen war –

»Helft mir«, sagte Herr Friedrich und sah ihn gereizt an. Dann trugen sie ihn hinauf und brachten ihn zu Bett.

Er erwachte im Bett, als die Kammerfrau sagte, es sei jemand auf die Falkenburg gekommen und wünsche ihn zu sehen.

»Unten«, sagte sie, »in der Vorburg steht ein Mädchen, junger Herr. Sie weigert sich fortzugehen, und die Knechte wollen nicht in ihre Nähe kommen, weil . . .« Sie hielt inne und sah Wolfgang an, der sich auf die Ellbogen gestützt hatte und sie wach und erregt anstarrte.

»Laß sie herauf«, sagte er. »Geh und hole sie.«

Die Kammerfrau preßte ihre Lippen zu einem harten, schmalen Strich zusammen, sagte aber nichts und ging zur Tür hinaus.

Durch das Turmfenster konnte Wolfgang sehen, wie sie sich entlang der Mauer durch die Schneewehen mühte und verschwand.

Er legte sich zurück ins Bett und schloß die Augen. Er zitterte wieder, nun, da er erwacht war, und hinter den Augenlidern sah er noch immer den Hengst und das Blut, doch war es nun weniger weg und nicht mehr derart qualvoll deutlich. Er glitt in einen Halbschlaf hinein und erwachte wieder, weil es kalt wurde im Zimmer: Jemand war eingetreten.

Susanne ging es schlecht, auch jetzt, nachdem sie durch die Gänge und über die Mauer bis ganz zum Nordturm, dieser bis in den Himmel aufragenden Spitze, geführt worden war. Er war aus großer Entfernung zu sehen, oft hatte sie hier heraufgeschaut, und es war seltsam nun selbst hier oben zu stehen.

Sie befand sich nun mitten in einem der Turmzimmer, zusammen mit der barschen alten Frau, die sie hier hinauf gebracht hatte, und sie war völlig durchfroren, nachdem sie so lange in der Vorburg gestanden und auf ihrer Forderung beharrt hatte.

Dann erblickte sie Wolfgang, der ausgestreckt und mit geschlossenen Augen auf dem Bett lag. Sie tat einen Schritt auf ihn zu, blieb dann aber plötzlich stehen. Er war leichenblaß und schien sehr viel dünner, als sie ihn in Erinnerung hatte. Es war ganz still hier oben, als ginge diese Stille von dem Jungen selber aus. Und es roch säuerlich scharf nach Raubvögeln.

»Ist er krank?« fragte sie die Kammerfrau. Diese gab keine Antwort, schaute sie nur bedenklich an.

»Herr Wolfgang«, sagte sie dann laut. »Die *Henkerstochter* ist hier!« Sie spuckte die Worte aus. Dann drehte sie sich verächtlich auf dem Absatz um und verließ das Zimmer. Susanne schaute ihr nach. Als sie sich wieder umwandte, sah sie, daß Wolfgang die Augen geöffnet hatte.

Die Kammerfrau war enttäuscht. Nicht, daß so etwas bei Herrn Wolfgang nicht bald zu erwarten gewesen wäre, aber trotzdem. Sie war enttäuscht.

Dieses Mädchen verstimmte sie. Die Tochter des Henkers! Sie verstand nicht, wie Herr Wolfgang imstande sein konnte, ein solches Geschöpf zu umwerben. Und er war jung, Herr Wolfgang, bestimmt jünger als dieses Ding. Das war bedenklich. Sie schauderte bei dem Gedanken, daß er womöglich bereits mit ihr geschlafen hatte. Das gehörte sich nicht. Ein Bauernmädchen, gut. Eine Dienstmagd – um so besser; aber doch nicht die Tochter des Blutrichters. Eines der Burggeheimnisse war auch, daß Herr Friedrich sich hin und wieder an den Jungen heranmachte. Das wußte sie genau. Aber er war sorgfältig in seiner Wahl, Herr Friedrich. Eine Henkersgöre dagegen! Sie fühlte sich im Namen der Falkenburger gedemütigt, als sie mit langen Schritten über den Hof lief und in die Küche eilte. Sie spürte, daß die Knechte sie ansahen, und sie wußte, daß sie nun noch mehr als vorher über den Jungen redeten und tratschten.

Sie witterte Unglück, es gefiel ihr gar nicht.

Immer hatte Wolfgang ihr Kummer bereitet. Vor allem, nachdem die Burgherrin selig gestorben war, und er die Raubvögel bekommen hatte, aber auch schon früher. Er war irgendwie widerstandslos, nahm alles hin, so daß es dann manchmal zuviel wurde. Es hatte eine Zeit gegeben, Wolfgang war da acht oder neun gewesen, in der sie ihm keine Märchen mehr erzählen konnte, weil seltsame, unzusammenhängende Wörter aus ihm gedrungen waren und sie erschreckt hatten.

Und dann diese Anfälle in den Nächten. Andeutungsweise waren sie zum erstenmal aufgetreten, als er klein war und nicht schlafen wollte; und sie mußte mit einem brennenden Licht bei ihm im Zimmer sitzen und einfach bei ihm bleiben. Es schien, als hätte er Angst vor dem Schlaf. Nach dem Tod der Herrin waren diese Nächte viel schlimmer geworden, zum Glück aber auch seltener. Ein paarmal jährlich mochte es nun geschehen, daß er so dalag, aber es tat sehr weh, ihn in dieser Verfassung zu sehen. Nachts wollte er nun niemanden mehr bei sich haben, und es versetzte ihr stets einen Stich, ihn verlassen zu müssen, wenn es ihm am schlimmsten ging. An den Tagen danach war er matt und bleich, nach solchen Nächten magerte er sichtlich ab.

Niemand auf Falkenburg, sie und Herr Friedrich ausgenommen, wußte von diesen Nächten. Der alte Mönch hatte ebenfalls davon gewußt, doch er war ja nun tot. Und sogleich mußte sie daran denken, daß Wolfgang mit dem Alten allein gewesen war, als er starb, und es war nicht auszuschließen, daß dies mit dem letzten Anfall zu tun hatte – die Verfinsterung war so heftig wie seit langem nicht mehr.

Und zu allem Überfluß erschien nun auch noch dieses Mädchen. Sie schüttelte den Kopf. Eigentlich hätte sie zu Herrn Friedrich gehen und ihm alles erzählen müssen, doch er war an diesem Nachmittag fortgeritten und würde erst in einer Woche zurück sein. Bevor er abgereist war, hatte er als letztes den Befehl für die Hinrichtung im Dorf am nächsten Tag bestätigt. Der Henker war am Nachmittag eingetroffen, und man errichtete das Blutgerüst. Ihr schauderte beim Gedanken an Schwarz. Ein abscheulicher Kerl. Und nun befand sich seine Tochter oben im Turm, zu dem praktisch niemand sonst Zugang hatte . . .

Wieder schüttelte sie den Kopf. Sie ging in ihr Zimmer, nachdem sie ein Tablett mit kalt gewordenem Essen in der Küche abgestellt hatte.

In ihrer Kammer blieb sie lange sitzen und stickte an einer Haube. Sie arbeitete an einem Rosenmuster, und sie ließ ihre Gedanken den Zweigen und Blättern folgen, die langsam unter ihren Händen heranwuchsen. Leise summte sie das alte Lied von Maria im Rosenhag. So vergaß sie, daß auch die Gedanken wie Dornen stachen.

Es blieb lange still zwischen den beiden. Hin und wieder lehnte sie sich zu Wolfgang hinüber und streichelte sein Haar. Sie saß auf der Bettkante und betrachtete ihn. Sie merkte, daß es ihm schwer fiel, sie lange auf einmal anzuschauen, daß sein Blick oft auf seine Hände niederglitt, als ob sie ihn anzögen.

Im Kamin brannte ein großes Feuer. Trotzdem war ihr kalt.

»Endlich bist du gekommen«, sagte er langsam. Das Entsetzliche aus der Nacht drohte wieder zu ihm vorzudringen.

»Ja«, sagte sie. »Nun bin ich da.« Etwas später fragte sie: »Bist du krank?«

»Nein«, log Wolfgang. Wieder saßen sie lange, ohne etwas zu sagen, und er wurde noch bleicher und biß sich auf die Lippe. Er fühlte sich ratlos.

»Du«, sagte er plötzlich. »Siehst du die Leiter dort?« Sie nickte. »Sie führt zum Dachboden hinauf. Wenn du – so lieb wärest und dort hinauf gingest, um die Falken zu holen . . .« Er mußte nach Atem ringen – dies war schlimmer als je zuvor. ». . . sie hier herunterzuholen. Und den Beutel mit den Fleischwürfeln . . . auf dem Tisch.« Sie nickte und erhob sich. Wolfgang spürte ihren erschrockenen Blick und sank aufs Kissen zurück. Er biß die Zähne zusammen, um nicht zu weinen. Oh! Warum nur passierte ihm das so oft?

Sie kam mit den Falken. Vorsichtig half sie ihm dabei, sie zu füttern, einen nach dem andern. Dann unterhielt er sich ein wenig mit ihnen und streichelte sie behutsam, und plötzlich redete sie mit. Und es war, als würde sich etwas auftun, alles um sie herum wurde klarer, wärmer. Susanne vergaß, daß die Knechte unten im Hof getuschelt und gegrinst hatten. Nun lächelte sie, und das erinnerte ihn an das allererste Mal, draußen vor dem Gehöft des Scharfrichters.

Wolfgang weinte leise – aus purer Erleichterung. Diesmal war sie es, die mit einem Finger die Tränen von seiner Wange trocknete.

Lange saßen sie so und sprachen miteinander. Ab und zu faßten sie sich behutsam an und lächelten. Sie flogen.

In den folgenden Wochen geschah es oft, daß Susanne zur Burg ging, um Wolfgang zu besuchen. Die Knechte ließen sie ohne eine Bemerkung und ohne Gelächter ein, aber ihre Blicke sagten genug. Und im Lehen wurde geredet.

Der Vater, froh, nach all den schrecklichen Jahren bald von seiner Pflicht befreit zu sein, ließ sie auf die Falkenburg gehen, als kenne er den Grund nicht und obwohl auch ihm nicht verborgen blieb, daß geredet wurde.

Die Mutter aber hatte mehrmals mit Susanne über Wolfgang gesprochen, denn sie hatte gehört, was erzählt wurde und sich die neuen Schimpfworte gemerkt, die man dem Mädchen anhängte. Susanne wollte jedoch nicht hören, und der Scharfrichter ließ sie ziehen. Und während sie in die Kleider schlüpfte, sah sie seltsam verträumt aus, und sie sagte nicht, wo sie hin wollte. Aber natürlich wußten sie es.

Meistens ging Susanne um die Zeit der Abenddämmerung fort. Sie umging leise die Höfe, machte auch einen Umweg um das Dorf.

Denn es gärte übel im Lehen, viel stärker noch als früher. Jetzt wußten nämlich alle, daß die Tochter des Henkers den jungen Schwarzkünstler im Falkenturm besuchte. Daher mied Susanne die Leute.

Falkenturm – mit dunklen Stimmen sprachen die Leute das Wort aus. Niemand im Lehen betrachtete Hexenkünste und Zauberei mit wohlwollenden Augen, und es war oft vorgekommen, daß sich der Henker Schwarz einer Hexe hatte annehmen müssen. Diese Veranstaltungen waren immer beliebt und zogen viele Leute an. Und nun erwies es sich also, daß auch seine Tochter zu denen gehörte, die sich dem Teufel verschrieben hatten.

Den jungen Wolfgang droben im Turm konnte man ja nicht so leicht verbrennen, und ebensowenig konnten sie ihn öffentlich verhöhnen und verspotten. Er zeigte sich ja auch nie im Dorf, und überdies konnte es gefährlich sein, zu viele Verleumdungen über ihn zu verbreiten; bald würde er ja ihr Herr sein. Die Henkerstochter dagegen konnten sie nach Herzenslust beschimpfen und verfluchen – im übrigen hatten sie das stets getan. Und Susanne wurde allmählich äußerst geschickt darin, den Weg zur Burg zu finden, ohne daß jemand sie bemerkte.

Auch Wolfgang hatte feststellen müssen, daß es unter den Bauern und im Dorf gärte. Einmal, als er zur Jagd ausritt, hatte jemand einen Stein nach Phönix geworfen, ohne aber zu treffen. Und die Leute wandten sich ab und unterhielten sich leise und unheilverkündend, während sie argwöhnisch nach ihm schielten.

Er kümmerte sich nicht mehr darum als früher. Doch er hatte es sich gemerkt und ritt nicht mehr durch das Dorf.

Wenn Susanne ihn am Morgen, bevor es richtig hell wurde, verließ, fühlte er sich nicht allein, sondern gleichsam über sich selbst hinausgewachsen – als ob sie, auch wenn sie gegangen war, anwesend bliebe. Und er sprach mit den Falken und dressierte sie von der Mauer aus, während er darauf wartete, daß sie wiederkäme.

Wiederum war die Außenwelt in die Ferne gerückt, er schaute von oben auf sie hinunter, und es tat ihm gut, zu dieser Haltung zurückgefunden zu haben. Nur gelegentlich dachte er noch an die Weissagung des Sterndeuters und an die Gefahr. Die Gedanken verschwanden jedoch immer sogleich wieder. Er fühlte sich wie einer der Falken, und er war zufrieden und ruhig.

Und daß die Nächte lang und dunkel und die Tage kalt und grau waren, machte ihm nun nichts aus.

III

Herr Friedrich kehrte einige Tage nach Sankt Nikolaus auf die Burg zurück. Er hatte etwas nördlicher im Land an einem Gastmahl teilgenommen und dort einen neuen Lehrer für Wolfgang gefunden.

Während des Aufenthalts in der kleinen Stadt hatte er diese Angelegenheit hinausgeschoben, so lang er konnte. Es tat gut, die Gedanken an die Burg und den Jungen für einige Tage los zu sein. Schließlich aber hatte es sich nicht länger hinauszögern lassen, und er hatte einen Dominikaner im dortigen Kloster gefunden. Der Mönch hieß Innozenz – der Unschuldige –, und er hatte sich bereit erklärt, den Jungen vorläufig ein Jahr lang zu unterrichten.

Herr Friedrich war sehr zufrieden mit seiner Wahl. Innozenz war in den Dreißigern, sehr dünn; fast mager erschien er Herrn Friedrich. Er machte einen besonnenen und belesenen Eindruck, wirkte jedoch ganz anders als Vater Sebastian; viel strenger und prinzipientreu, mit einem festen Zug um den Mund. Der Alte war zerstreut und nachgiebig gewesen; etwas zu weich, fand Herr Friedrich. Innozenz dagegen schien mit beiden Beinen auf der Erde zu stehen.

Der Dominikaner hatte kohlrabenschwarzes Haar und scharfe Gesichtszüge. Seine Augen waren grau.

Herr Friedrich hatte sich bereits etwas mit dem Mönch über den Jungen unterhalten. Er hatte erzählt, daß er im Grunde etwas eigen sei und daß er in mancherlei Hinsicht schwierig erscheinen könne. Aber was ihn genau an dem Jungen bekümmerte, hatte er nicht vorgebracht, obwohl seine Ausführungen durchblicken ließen, daß da etwas war. Später, um ein nicht völlig abschreckendes Bild von dem Jungen zu zeichnen, hatte er hinzugefügt, der alte Sebastian habe stets hervorgehoben, Wolfgang sei ein kluger Kopf.

Und Innozenz schien nicht nur gebildet, sondern auch tatkräftig zu sein, denn er hatte geantwortet, daß er auch früher schon schwierige Schüler gehabt habe. Nun war Herr Friedrich vollauf befriedigt und konnte beruhigt wieder südwärts ziehen.

Während sie ritten, dachte er an seinen Bruder. Sankt Nikolaus war jetzt schon vorbei, und nach diesem Tag würde kein Schiff mehr in See stechen, denn nun setzten die Winterstürme ein. Herr Friedrich hatte nichts Neues vom Kreuzzug vernommen. In Ulm, vor einem Jahr, hatte er einmal von einem zerlumpten Knecht gehört, der Bruder sei tot oder schwer verwundet. Der Knecht war jedoch betrunken und möglicherweise nicht einmal ein richtiger Söldner gewesen, sondern bloß einer, der mit dem Kreuzfahrerzug mitgelaufen war.

Herr Friedrich hatte während seines Aufenthalts in der etwas nördlicher gelegenen Stadt versucht, so wenig wie möglich an seinen Bruder und Wolfgang zu denken, und es war ihm gelungen. Es gab soviel anderes zu tun, so viele fleischliche Freuden zu genießen. Gut, daß seine Frau nicht dabeigewesen war. Nun aber, als sie sich allmählich Falkenburg näherten, spürte Herr Friedrich, daß die Gedanken an den Jungen allmählich wiederkehrten und mit ihnen die Gedanken an den Bruder.

Es war in jeder Hinsicht gut gewesen, sein eigener Herr zu sein, ohne Ritter Heinrich. Wenn man von dem Jungen absah. Aber am Dreikönigstag . . .

Nun wußte Herr Friedrich zwar ganz genau, daß er auch weiterhin im Lehen regieren und tun und lassen würde, wie es ihm behagte, ohne daß sich der Junge einmischte. Ganz wie bisher. Ihm mißfiel jedoch der Gedanke, daß er gezwungen sein würde, jedesmal Wolfgang aufzusuchen, wenn das Siegel auf ein Dokument gesetzt werden mußte, ihn zu Rate zu ziehen, bei allem zuerst ihn fragen und damit rechnen zu müssen, gelegentlich ein Nein zu bekommen. Und nach und nach würde der Junge anfangen, immer mehr Entscheidungen selbst zu treffen.

Da bekäme er einfach einen neuen Ritter Heinrich ins Haus. Und wieder kam Herrn Friedrich die Ähnlichkeit zwischen Wolfgang und dessen Vater in den Sinn – die Bilder der beiden verschwammen beinahe zu einem einzigen.

An den Gedanken an die Faust hatte er sich nun, während seiner Abwesenheit, fast gewöhnt. Er hatte ihre Bedrohlichkeit beinahe vergessen, so wie alle böse Erinnerungen mit der Zeit verschüttet werden. Je näher sie aber Falkenburg kamen, desto stärker mußte er daran denken, daß sie über ihm schwebte und ihn jederzeit packen konnte.

Und allmählich ging ihm auf, daß die *Faust* eine Wahl darstellte: Folgte er dem Weg, den sie ihm gewiesen hatte, mußte Wolfgang sterben. Er würde den Mord bei der erstbesten Gelegenheit ohne Schwierigkeiten ausführen können. Das wäre einfach. Nicht nur, um für sich selbst Lehen und Burg zu sichern, sondern ebenso sehr, um die *Faust* in seinem Innern loszuwerden. Dies war die eine Möglichkeit.

Aber da war auch noch etwas anderes: Der Junge war schön, und er begehrte ihn. Und gerade dies erschreckte Herrn Friedrich mehr als alles andere. Denn der Junge schien vom Turm aus Macht über ihn zu erlangen, ohne selbst anwesend zu sein. Alles drehte sich mehr und mehr um den Jungen und die Falken dort oben, sogar seine eigenen Gefühle und Begierden, Gedanken und Träume. Besonders die bösen Träume.

Eines Nachts hatte er geträumt, daß er Wolfgang liebte. Und im Traum hatte sich der Junge genauso benommen wie an jenem Vormittag in der Schreibstube. Nach einer Weile veränderte sich jedoch Wolfgangs Aussehen. Im Traum hatte sich Herr Friedrich über ihn gebeugt, um ihn zu küssen, und im selben Augenblick bemerkte er, daß der Junge ganz blondes Haar und blaue Augen bekommen hatte. Es war nicht mehr Wolfgang – und doch war er es. Alles an diesem fremden Jungen war Wolfgang, einzig das Gesicht war anders. Und Herr Friedrich hatte dieses Gesicht schon früher gesehen. Aber er wußte nicht, wo. Und er war voller Angst erwacht. –

Es war eine Wahl. Und wußte Herr Friedrich in einem Augenblick mit Sicherheit, daß er dem Jungen das Leben nehmen würde, so war ihm im nächsten Moment ebenso klar, daß er es niemals tun würde. So schwankte seine Gedanken und sein Wille, während sie südwärts ritten, und der Mönch Innozenz mußte ihn wohl für einen äußerst wortkargen Mann halten.

Vielleicht würde dieser neue Lehrer einen neuen Aspekt in die Sache bringen, etwas lösen. Es lag etwas im Wesen des Mönchs, was Friedrich zu dieser Hoffnung veranlaßte.

Den Jungen zu ermorden – das wäre eine wahre Sünde wider Gott. Aber in den vergangenen Tagen war Herrn Friedrich der Gedanke gekommen, daß jemand auch die bösen Handlungen ausführen mußte, um dadurch das Gleichgewicht in der Welt irgendwie aufrechtzuerhalten. Sein besseres Ich wies derartige Gedanken sofort von sich – mit solcherlei Dingen verscherzte man sich nicht seine ewige Seligkeit.

Aber trotzdem. Trotzdem . . .

Jedesmal, wenn er sich entschlossen hatte, Wolfgang umzubringen, wurde Herr Friedrich von dem eigenartigen Gelächter erfüllt. Er beherrschte sich, einige Male aber konnte der Mönch Innozenz bemerken, wie ein sonderbares, steifes Lächeln über sein Gesicht huschte.

Gleich danach aber – wenn er sich dies alles aus dem Kopf schlug – verdüsterte sich seine Stimmung. Nicht zu töten würde sehr viel schwerer sein als zu töten.

So schwankte er Tag und Nacht. In den Träumen und während sie ritten. Es war nicht auszuhalten.

Sogleich nach seiner Rückkehr rief Herr Friedrich Wolfgang zu sich. Er kam nach einer Weile in die Schreibstube, und der Onkel empfing ihn allein.

»Grüß Gott, mein Junge«, sagte der Onkel.

»Grüß Gott, Onkel. Und willkommen zu Hause.« Er sagte dies freundlich, aber ohne jede Spur von Herzlichkeit.

»Ich habe dir einen neuen Lehrer mitgebracht, Wolfgang, und ich möchte gerne, daß du ihn so bald wie möglich kennenlernst. Er heißt Vater Innozenz, ist ein Dominikaner und äußerst gelehrt. Wie mir berichtet worden ist, muß er ein tüchtiger Mathematiker sein. Und die Mathematik kann sich als hilfreich erweisen, wenn du über Falkenburg und das Lehen herrschen willst«, sagte der Onkel wohlwollend. Wolfgang bemerkte dennoch, daß er bleich wurde und sein Blick einen etwas gehetzten Ausdruck annahm.

»Onkel«, begann Wolfgang, weil ihm plötzlich etwas eingefallen war. »Ich habe übrigens den Scharfrichter Schwarz vom Heiligen Dreikönigstag an von seinen Pflichten befreit. Du mußt dich nach einem andern umsehen, der sein Amt übernehmen kann.«

Herr Friedrich traute seinen Ohren nicht.

»*Was* hast du getan?« fragte er laut und ärgerlich.

»Ich habe den Scharfrichter Schwarz vom Tag meiner Mündigkeit an von seinem Joch befreit.«

Der Onkel sah Wolfgang ungläubig an. So war das! Der soll also weltfremd und leicht verschroben sein und sich nicht um das Leben außerhalb des Turms kümmern!

»Frag nicht warum«, sagte Wolfgang. »Ich will es so.«

Herr Friedrich machte den Mund zu, bevor er die Worte, die er bereits geformt hatte, über die Lippen brachte. Das war mehr, als er ertragen konnte. Wolfgangs Blick war ebenso fern und unberührt wie sonst. Es war unmöglich zu erraten, was in dem Jungen vorging.

»Na . . .«, ließ sich Herr Friedrich schließlich vernehmen. »Na gut. Na gut. Er hat wohl lange genug gebüßt . . .« Das war allerliebst. Noch war der Junge nicht mündig, und schon hatte er begonnen, Entscheidungen zu treffen, ohne überhaupt seinen Vormund zu Rate zu ziehen. Herr Friedrich wurde heftig an seinen Bruder gemahnt, und er fühlte sich äußerst gekränkt.

Er war dem Jungen gut gesonnen gewesen, als er nach ihm geschickt hatte. Auch in den Gedanken hatte die sanftmütige und gute Seite überwogen. Nun aber war die Verfinsterung und die *Faust* mit einem Schlag über ihm, und er verspürte den kaum bezwingbaren Drang, Wolfgang sofort die Hände um den Hals zu legen und das Leben aus ihm herauszupressen. Doch er besann sich, sagte ein paar Worte über die Reise, die weder er noch Wolfgang wirklich aufnahmen, wie er bemerkte – dann trennten sie sich.

Als Wolfgang gegangen war, blieb Herr Friedrich lange sitzen und dachte über das Vorgefallene nach. Es schien unmöglich zu sein, aus den Irrgängen herauszufinden, die ihn umgaben. Schließlich versuchte er, niederzuknien und zu beten, aber ihm kamen nur einige unzusammenhängende Laute über die Lippen. Verzweiflung und Verwirrung waren zu groß, als daß er klar hätte denken können.

»Aufhören«, wisperte er. »Wann wird das endlich aufhören?« Er mußte kräftig schlucken. Er ballte die Hände zu Fäusten und hob sie in die Höhe. Dann ließ er sie sinken.

Wolfgang war gerade vom Dachboden des Turms herunter und ins Bett gekrochen, als es an der Tür klopfte. Überrascht stand er auf, warf den Umhang um und ging zur Tür. Für einen winzigen Augenblick tauchte in ihm der Gedanke auf, es sei der Sterndeuter, weil dieser damals genau so unvermittelt gekommen war. Oder vielleicht war es der Vater . . .

Er öffnete die Tür. Es war der Onkel.

Wolfgang spürte dessen flackernden Blick auf sich, dann trat der Onkel herein und bat ihn, die Tür zu schließen. Wolfgang zündete Licht an und hieß ihn Platz nehmen. Doch der Onkel blieb stehen und sah sich im Zimmer um.

Das flackernde Licht der Öllampe warf mächtige, wogende Schatten auf die weißgekalkten Wände. Herr Friedrich merkte plötzlich, wie still es hier oben war, wie auf einem hohen Berg.

Er wandte sich dem Jungen zu, der ihm fragend gegenüberstand.

Eigentlich war er hier heraufgekommen, um – na, weshalb eigentlich? Um mit Wolfgang zu reden? Damit sich die schweren Gedanken etwas lichteten? Nein, wenn er es sich genau überlegte, wußte er nur zu gut, warum er eigentlich hier heraufgekommen war. Er trat auf Wolfgang zu. Der Junge schaute ihn verwundert an. Behutsam legte ihm der Onkel die Hand auf den nackten Arm, ließ sie zum Handgelenk hinuntergleiten.

Wolfgang schluckte. Nun geschah wieder das, was er nicht verstand. Es war sehr groß, und es erschreckte ihn, erfüllte ihn aber zugleich mit einer Art von Grauen durchzogener Wonne.

Plötzlich beugte sich der Onkel zur Öllampe und blies das Licht aus. Dann stellte er sich wieder dicht vor Wolfgang.

Wolfgang fühlte, wie er gleichsam in der Dunkelheit zerfloß, es wurde ihm schwindlig, und noch bevor der Onkel ihn umarmte, wurde er schwach und willenlos. Es war, als ob die Dunkelheit selbst ihre Hände über seinen Körper gleiten ließ. Und alles, Genuß, Leben, Tod – alles lag in der Dunkelheit Händen.

Einige Tage nach diesem Ereignis betrat der Mönch Innozenz den Nordturm, um mit dem Unterricht zu beginnen.

Innozenz war ein Mann, der es verstand, sorgfältig Erkundigungen und Untersuchungen über eine Sache anzustellen, bevor er sich darauf einließ. In den Tagen, die er nun schon auf der Burg weilte, hatte er äußerst aufmerksam alles verfolgt, was über Wolfgang und dessen Falken erzählt wurde. Und was ihm da zu Ohren gekommen war, hatte ihn in Alarm versetzt.

Er war daher ziemlich argwöhnisch, als er das erstemal in den Turm hinaufstieg. Und wirklich: Der Junge saß in einem Sessel mitten im Zimmer und war von den Raubvögeln umgeben; zwei hockten auf den Armlehnen, einer auf dem Schrank, und den vierten hielt er in der Hand. Dieser hatte seinen Schnabel Wolfgangs Gesicht zugewandt, und es sah fast aus, als würden sie in einem Gespräch unterbrochen, als er eintrat. Er sah mit offensichtlicher Verblüffung den Jungen und den Vogel einen Moment an, dann verschloß sich sein Gesicht.

Es war gar nicht unrichtig, was der Mönch geglaubt hatte. Wolfgang war die letzten Tage, nach dem nächtlichen Besuch des Onkels, außer sich gewesen. Am Tage danach war er im Bett erwacht, ohne recht zu begreifen, wo der Onkel geblieben war. Und im zarten Morgenlicht war ihm sonderbar zumute. Die Worte des Sterndeuters, daß sein eigenes und das Schicksal des Onkels in diesem Winter zusammenfallen würden, kamen ihm erneut in den Sinn. Er verspürte jetzt ein schwaches, anhaltendes Entsetzen und sprach häufig mit den Falken, um sich nicht allzu einsam zu fühlen.

Er sah auf, als der Mönch mit den Büchern unter dem Arm eintrat.

»Guten Tag, Vater«, grüßte er und schickte die Falken auf andere Plätze. Neugierig musterte er den neuen Lehrer, fragte sich, was für ein Mensch er wohl sei – und worin er sich von Vater Sebastian unterscheide.

»Guten Tag, Herr Wolfgang«, erwiderte der Mönch seinen Gruß, und ohne Umschweife fingen sie mit dem Unterricht an. Dieser war ganz anders, als Wolfgang sich vorgestellt hatte.

Vor allem zwei Dinge, zeigte sich nach und nach, hatte der Mönch im Kopf. Das eine war die Theologie – denn kein rechtgläubiger Mann durfte sich in diesem Punkt einer Unkenntnis zeihen lassen. Das andere war die Arithmetik, und der Mönch drillte Wolfgang in der Rechnerei, bis sich diesem der Kopf drehte.

Zur Bibelkunde gehörte selbstverständlich das Latein; auf die älteren lateinischen und griechischen Dichter verwandte der Mönch jedoch ebensowenig Mühe wie auf das Schreiben.

Was den Neuen ebenso noch von Vater Sebastian unterschied, war sein weit häufigerer Gebrauch des Stocks. In den ersten Tagen erwähnte der die Prügel mit keinem Wort, danach aber trat der Stock immer häufiger in Aktion.

Vater Innozenz hatte eine besondere Gewohnheit, die Wolfgang anzeigte, daß es nicht mehr lange dauerte, bis er die Geduld verlor. Wenn der Mönch gereizt wurde, begann er die Finger der einen Hand gegen die andere Handfläche zu reiben. Danach zog er den Stock hervor.

Nun hatte Wolfgang keine Angst davor, einen Schlag oder zwei zu bekommen, wenn er seinen Gedanken freien Lauf ließ – aber Vater Innozenz schlug härter und häufiger, als er es gewohnt war. Machte er einen kleinen, aber vielleicht unnötigen Fehler, schlug der Mönch mit den Fingern der einen Hand langsam und verhalten in die andere Handfläche. Kam der nächste Fehler vor, hatte er schon den Stock zur Hand, und Wolfgang mußte sich bücken. Oft geschah es auch, daß ihn Innozenz in die Hände oder auf den Handrücken schlagen wollte, aber Wolfgang sah rasch ein, daß es schwierig sein würde, mit geschwollenen oder wunden Händen die Falken zu halten. Daher untersagte er nach ein paar Malen dem Lehrer ganz einfach, ihn in Zukunft auf die Hände zu schlagen.

Dies führte zu Innozenz' erstem Wutausbruch. Zuerst drohte er mit dem Onkel, aber Wolfgang war seiner Sache sicher und verbot ihm kraft seiner selbst, ihn auf die Hände zu schlagen. Der Mönch zischte etwas von Frechheit und Aufmüpfigkeit und erwähnte erneut den Onkel, aber Wolfgang war taub auf diesem Ohr. Er wußte, daß der Lehrer so neu auf der Burg war, daß er es nicht wagen würde, zum Onkel zu gehen. Vater Sebastian hatte, soweit Wolfgang bekannt war, sich niemals ernsthaft zu beklagen gehabt, was den Unterricht betraf, und der Onkel würde es gewiß seltsam finden, wenn ihn der Neue nach knapp einer Woche aufsuchte, um das Benehmen des Neffen zu beanstanden. Und es gab keine weiteren Stockschläge auf die Hände.

Der Mönch fing jedoch nach diesem Vorfall an, Wolfgang gegenüber einen Groll zu hegen, und er züchtigte ihn nun noch mehr als zuvor, was sich Wolfgang ohne weiteres gefallen ließ; er begehrte nicht auf. Zwar war er ziemlich schmerzempfindlich, aber er hatte gelernt, sich gegen Kälte und Schmerzen abzuhärten, und er konnte die Hiebe entgegennehmen, ohne sich anmerken zu lassen, daß es ihm etwas ausmachte – sofern es nicht zu lange dauerte.

Daß aber der Junge weder winselte noch um Gnade flehte, wenn er geschlagen wurde, ärgerte den Lehrer ebenso wie Wolfgangs Schweigen und Gleichgültigkeit ihm gegenüber. Wenn Innozenz kam, um mit dem täglichen Unterricht anzufangen, tat Wolfgang, was nötig war; er las seine Lektion laut, machte seine Aufgaben und beantwortete die Fragen, die ihm in den verschiedenen Fächern gestellt wurden, höflich, aber kühl. Wollte der Mönch dagegen von etwas anderem, reden, zum Beispiel von den Falken – was ihm besonders am Herzen lag –, wurde der Junge stumm wie die Luft, die sie umgab. Und gleichwohl sollte er, Innozenz, sein Beichtvater sein! Nein – hier stimmte etwas nicht.

Und je stummer und abweisender Wolfgang wurde, desto heftiger wurde Innozenz' Abneigung gegen ihn – und natürlich gegen die Vögel. Und er war zu dem Schluß gekommen, daß die Leute recht hatten: Es *lag* etwas äußerst Unnatürliches und Finsteres in der Art, wie Wolfgang mit den Raubvögeln umging. Allmählich beschäftigte sich Innozenz einen großen Teil des Tages mit dieser Angelegenheit, denn er war ein gewissenhafter und eifriger Mann, der seine Aufgabe ernst nahm. Innozenz fing an, sich um die ewige Seligkeit des Jungen Sorgen zu machen. Und es lag ihm sehr am Herzen, über all das mit Herrn Friedrich sprechen zu können – aber es war noch zu früh. Zudem war Herr Friedrich sehr verschlossen, und eine Gelegenheit zu einem Gespräch zu finden, war nicht einfach.

Statt dessen züchtigte er den Jungen, so gut er konnte, um zumindest einen Versuch zu machen, ihm den Teufel aus dem Leib zu prügeln.

Das Gefühl der Abneigung war gegenseitig. Wolfgang mochte Innozenz gar nicht, und er war etwas besorgt, worauf der Mönch wohl verfallen würde, wenn ihm die regelmäßigen Besuche von Susanne im Turm zu Ohren kamen.

Es dauerte indessen eine Weile, bevor dies geschah, denn Weihnachten stand vor der Tür, und auf der Burg und im Lehen gab es mancherlei Vorbereitungen zu treffen, so daß die Leute alle Hände voll zu tun hatten und nicht so viel tratschten.

Zum Abendgottesdienst am Weihnachtsabend war das ganze Kirchspiel in der Kirche versammelt. Die Leute standen dichtgedrängt an den Wänden und auf den Treppen – es war sehr voll.

Und obwohl Heiliger Abend war und sich bald der Frieden herabsenken würde, ging vor und nach der Messe ein Getuschel durch die Volksmenge, die Worte verbreiteten sich wie ein Lauffeuer von einem zum anderen: Man redete über Wolfgang und Susanne.

Der Grund war der. Zum einen war der Menge irgendwie zu Ohren gekommen, daß Wolfgang seinen Onkel angewiesen hatte, den Scharfrichter Schwarz von seinem Amt zu befreien. Gerade übermäßig beliebt war Herr Friedrich bei den Bewohnern des Lehens zwar nicht, verglich man ihn aber mit Wolfgang und dem Ruf, den dieser allmählich erlangt hatte, erschien Herr Friedrich als der reinste, schneeweiße Engel. Daher fand es das Volk unerhört, daß so etwas hatte geschehen können – ja, ganz und gar unerhört war das.

Auf seinem Weg von Mund zu Mund nahm das Gerücht solche Dimensionen an, daß schließlich getuschelt wurde, Wolfgang hätte damit gedroht, seine Künste gegen den Onkel anzuwenden und ihm die Falken auf den Hals zu schicken, wenn sein Wille nicht erfüllt werden sollte.

Zum anderen waren sich Wolfgang und Susanne völlig unbeabsichtigt vor der Kirche begegnet, plötzlich standen sie voreinander – und das vor den Augen der ganzen Menge. Und alle hatten gesehen, daß sie beide ganz still geworden waren und sich lange angeschaut hatten, bevor sie sich fröhliche Weihnachten wünschten – mitten auf dem Kirchplatz!

Es gab welche in der Menge, die aufgeregt flüsterten, so ein Unseliger wie Wolfgang dürfe seine Füße nicht über die Schwelle des Gotteshauses setzen. Von dem Mädchen gar nicht zu reden! Alle wußten, daß sie eine Kurpfuscherin war, genau wie ihre Mutter und ihre Großmutter.

Es brodelte regelrecht in der Menge hinter Wolfgang, als er die Kirche betrat, und hätte er die geringste Ahnung davon gehabt, was hinter seinem Rücken gesagt oder gedacht wurde, so hätte er große Angst bekommen. Doch er spürte nichts, denn für ihn waren die vielen Menschen bloß eine unnötige Plage, und er gab sich große Mühe, sie zu ignorieren. Daher ritt er nach der Mitternachtsmesse sorglos mit dem Burggefolge nach Hause.

Für Susanne hätte das Ganze viel schlimmer ausgehen können; die Volksmenge verhielt sich ihr und der Familie gegenüber bedrohlich, als sie die Kirche verließen. Niemand wagte es jedoch, etwas zu tun, der kräftige Schwarz war ja dabei, und zudem war es die Heilige Nacht. Daher gaben sie sich für diesmal damit zufrieden, sie und ihre Familie äußerst scharf anzusehen, bevor sie sich alle fröhlich und frisch gesegnet auf den Heimweg machten.

Meister Schwarz spürte jedoch den Haß, der ihnen entgegenschlug, als sie die Menge durchschritten. Und ihre Blicke verfolgten ihn fast, bis sie zu Hause waren, er war nämlich wegen Susanne in großer Unruhe.

Susanne; sein einziges, schönes, weißes Kind.

Über Weihnachten wurden auf Falkenburg mehrere Festessen veranstaltet, aber weder Herr Friedrich noch Wolfgang ließen sich oft dabei blicken.

Meist mußte Frau Elanor die Gäste aus nah und fern allein empfangen, und es entging ihr nicht, daß diese sich das ihrige dachten, wenn sie sie allein dasitzen sahen.

Sie selbst hatte die Veränderung, die mit ihrem Mann in den letzten Monaten vorgegangen war, ziemlich deutlich bemerkt. Schon immer war es von Zeit zu Zeit etwas schwierig gewesen, mit Friedrich umzugehen, aber Frau Elanor konnte sich nicht erinnern, ihn jemals derart finster gestimmt und allem – ihr, der Burg und dem Lehen – gegenüber so gleichgültig erlebt zu haben.

Und sie hatte begriffen, daß es etwas mit Wolfgang zu tun hatte. Sie verfluchte den Jungen innerlich, ohne es jedoch auszusprechen. Sie wußte nämlich, daß Friedrich der Gedanke quälte, die volle Herrschaft über Lehen und Burg abtreten zu müssen, wenn der Junge nun demnächst mündig würde. Und der Gedanke daran behagte ihr auch nicht.

Sie war sehr zufrieden mit ihrer Würde als Burgherrin und Freundin und Helferin ihres Mannes – und es hatte ihr stets gefallen, daß alle kamen, um ihr die Ehre zu erweisen; wie jetzt, bei den Weihnachtsmahlen.

In ein paar Jahren aber, wenn der Junge alt genug war, seine eigene Familie zu gründen, war es mit der Würde vorbei. Dann war ihr Platz wieder weiter unten am Tisch, nicht mehr neben dem Burgherrensessel wie jetzt.

Früh schon war ihr der Gedanke durch den Kopf gegangen, daß sie wünschte, der Junge wäre tot. Nicht, daß sie irgendwelche Schritte dahingehend unternehmen würde; aber als die Mutter des Jungen starb, hatte sie ziemlich rasch die Vorteile gesehen, die ihr entstehen würden, wenn der Junge vom Pferd stürzte und sich den Hals bräche oder einer Krankheit erläge. Nie hatte sie Wolfgang früher direkt gehaßt – so wie jetzt –, aber sie hatte sich selbst dabei ertappt, ihn wegzuwünschen; daß er ganz einfach nicht mehr existierte. Nun aber nahm der Haß mit jedem Male zu, wenn sie Friedrich anschaute und bemerkte, wie müde und verlebt er aussah.

Die Gerüchte, die über den Jungen im Umlauf waren, machten die Sache auch nicht gerade besser. Sie wollte ja nichts gesagt haben, aber sie fand es niederträchtig – ja, unverschämt –, daß Wolfgang über den guten Namen von Falkenburg Schande brachte und ihn in schauerliche Gerüchte hineinzog. Möglicherweise waren deshalb auch weniger Gäste zu den diesjährigen Weihnachtsmahlen gekommen; es waren ja fast ausschließlich Leute aus dem Lehen da. Sie selbst war nur ein paar wenige Male oben im Turm gewesen, und sie konnte nicht behaupten, irgendwelche Anzeichen bemerkt zu haben, daß dort oben Übernatürliches vorging. Sie fand jedoch die Art, wie Wolfgang mit den Falken umging, beängstigend, und es hätte sie nicht erstaunt, wenn da irgendwelche Künste mit im Spiel wären. Sie spürte auch eine Furcht vor dem Jungen und den Falken, sie saß wie ein Stachel tief in ihr drin.

Und auch diese Furcht trug dazu bei, daß sie den Jungen wegwünschte, fort, für immer.

Solche Gedanken gingen ihr durch den Kopf, während sie dasaß und hohe und niedere Leute zum Weihnachtsmahl auf Falkenburg empfing.

Der Rittersaal war voll, und es wurde geschwatzt, gesungen und getanzt. Alle erwiesen ihr die gebührende Ehre, auch wenn sie allein dasaß. So gefiel es ihr und erinnerte sie daran, wie alles noch vor ganz wenigen Jahren gewesen war, gerade nach dem Tod der ritterlichen Burgherrin. Und sie wünschte, es wäre noch immer so: daß sie und Friedrich hier zufrieden und glücklich zusammensitzen könnten und daß der Junge im Bett oder anderswo gut untergebracht wäre – nur nicht hier, wo er die Stimmung verpestete.

Und plötzlich, während sie nachdachte, ging die Tür auf, und Herr Friedrich betrat den Saal.

Ein Knecht schlug mit einer Lanze gegen den Fußboden, es wurde still; die Leute verneigten sich und knicksten, während er zu ihr ans obere Ende der Tafel schritt.

Das hatte sie nicht erwartet. Früher am Tag hatte er ihr gesagt, er sei nicht imstande, teilzunehmen – er fühle sich krank.

Doch nun trat er zu ihr, mit finsteren, gehetzten Augen, aber er trug den roten Umhang und an der Seite das Schwert. Sie erhob sich und machte einen Knicks vor ihm, küßte ihn dann leicht auf die Wange und flüsterte:

»Ich bin froh, daß du trotzdem hast kommen können. Setz dich nun. Wir wollen es uns ausnahmsweise einmal wohl sein lassen.«

Aber er antwortete ihr mit müder, kalter Stimme:

»Ich bin ganz und gar nicht hier herunter gekommen, um es mir wohl ergehen zu lassen. Ich fühle jedoch, daß ich gewisse Pflichten habe, und alles bedrückt mich nun sehr in diesen Tagen. Die Zimmer sind groß und einsam, und ich gehe immerzu herum und finde keine Ruhe.« Er brauchte nicht weiter zu reden.

Sie sah ihn an. Er sah ziemlich verzweifelt aus, wie er so dastand, und eine Stimme sagte ihr, daß er geweint hatte – aber vielleicht war es auch bloß der Wein. Er setzte sich, und das Festmahl ging weiter. Die Gäste gerieten langsam in Stimmung, nun, da Herr Friedrich gekommen war.

Herr Friedrich hatte etwas früher am Abend versucht zu schlafen. Und nachdem er eine Weile gelegen hatte, fiel er in einen unruhigen Schlaf. Darauf kehrte der Traum wieder. Er sah Wolfgangs Gesicht, es veränderte sich, und das Haar wurde blond. Herr Friedrich versuchte, dem Traum zu entrinnen, doch er kam nicht davon los. Er fühlte sich krank vor Angst. Er hatte diesen Traum in der letzten Zeit schon einige Male geträumt. Hier im Saal fühlte er sich jedoch etwas besser.

Zum Erstaunen aller trat nun auch Wolfgang plötzlich durch dieselbe Tür herein, durch die der Onkel vor ein paar Minuten früher den Saal betreten hatte. Und wiederum gab es Verbeugungen und Knickse, und die bewaffneten Männer grüßten Wolfgang auf höfische Art; es quälte den Onkel, dies mitanzusehen.

Wolfgang sah zuerst ziemlich überrascht aus, als hätte er nicht gewußt, daß im Rittersaal überhaupt etwas im Gange war. Doch dann begab er sich mit raschen, leichten Schritten zum Sitz des Burgherrn. Auf seiner Schulter saß der Namenlose und starrte unergründlich über all die festlich gekleideten Menschen hinweg, und Wolfgang hatte etwas ähnliches an sich; sein Blick, fand Herr Friedrich, glich stärker denn je zuvor dem eines Falken. Seine Augen waren dunkelgrün; wie wunderbare, leicht beschlagene Edelsteine schimmerten sie unter den dunklen Augenbrauen hervor.

Als Wolfgang bei seinem Sessel angelangt war, verspürte der Onkel einen Stich; ihm fiel ein, daß ja auch er aufstehen und sich wie die anderen verbeugen mußte. Und dies zu tun, war qualvoll. Er sah seine Frau an und bemerkte, daß sie genauso empfand. Dann setzte sich Wolfgang, und der Onkel fühlte plötzlich die schwarze *Faust* ganz deutlich.

Das Fest kam langsam wieder in Gang, doch er konnte genau sehen, daß allerhand geflüstert wurde.

Was erwarten sie von mir? dachte er. Was erwarten alle diese Menschen, was soll ich tun? Es machte wirklich den Anschein, als erwarteten sie, daß sich am Platz des Burgherrn etwas ereignen würde. Oder bildete er sich das bloß ein? Oh! Warum war er bloß hierher gekommen! Es war wie verhext!

Aber nun mußte er wohl sitzenbleiben, und so starrte er lange finster vor sich hin. Er fing einen kurzen Blick des Mönches Innozenz auf. Der Mönch saß an einer Ecke des Tisches, ohne sich mit jemandem zu unterhalten. Er blickte

scharf und wach in die Runde, und erneut beschlich Herrn
Friedrich das Gefühl, daß der Mönch mit dem Ganzen etwas
zu tun hatte. Mit einem Mal erschien ihm das ganz sicher. Er
schlug den Blick nieder. Denn es war die *Faust*, die ihm das
eingab. Und der Drang zu lachen wurde immer stärker. Er
wollte lachen, unbeherrscht und grausam. Aber er bezwang
sich.

Nach einer Weile trat ein junger Spielmann aus dem Dorf
hervor und stellte sich vor den Burgherrensessel.

Herr Friedrich seufzte heimlich. Was waren dies nun wieder für Possen. Er war jetzt nicht in der richtigen Laune für
derlei. Sonst pflegte er gute Sänger reichlich zu belohnen.
Doch nicht jetzt.

Der junge Mann verbeugte sich vor ihnen und begann
ohne Umschweife zu singen. Seine Augen hatten einen
Ausdruck, der Herrn Friedrich auf der Hut sein hieß:

> »Ins Morgenland Herr Heinrich ritt
> – Singt lei lala lei lala leida
> Mit dem Kaiser selbst er ritt und stritt
> – Singt jucheirassa ihr Freunde!
>
> Im Morgenland Herr Heinrich blieb
> – Singt lei lala lei lala leida
> Dem Bruder war das ganz lieb
> – Singt juchheirassa ihr Freunde!

Unter den Gästen war plötzlich eine nervöse Stille eingetreten. Alle blickten verstohlen zu Herrn Friedrich. Sein Gesicht war nicht gut zu erkennen.

> »Doch eins-zwei-drei, schaut doch nur her
> – Singt lei lala lei lala leida

Ein Ritter sein ist reichlich schwer
– Singt jucheirassa ihr Freunde!

Der Spielmann machte eine Pause und schaute aufmerksam in die Runde. Dann richtete er den Blick auf den Burgherrn-sessel.

»Ein kluger Mann Herr Friedrich war
– Singt lei lala lei lala leida
Nur etwas, ach! vergaß er gar
– Singt juchheirassa ihr Freunde!

Denn auf dem Turm gen Mitternacht
– Singt lei lala lei lala leida
Hat Wohnung sich ein Kauz gemacht
– Singt juchheirassa ihr Freunde!«

Einige lachten. Friedrich und Wolfgang fuhren gleichzeitig auf, als wären sie plötzlich wach geworden, lehnten sich dann aber mit wachsamem Gesichtsausdruck wie verabre-det zurück.

»Ein Falkner hatte dort Revier
– Singt lei lala lei lala leida
Der Herr war dieser Burg allhier
– Singt juchheirassa ihr Freunde!«

Friedrich wurde schwarz vor Augen. Nein, dies . . .!

»Ein Falkenprinz, schön anzuschauen
– Singt lei lala lei lala leida
Vergessen wird ihn Friedrich kaum
– Singt juchheirassa ihr Freunde!

Und jeder von dem Turm erzählt
– Singt lei lala lei lala leida
Daß ein Geheimnis er verhehlt
– Singt juchheirassa ihr Freunde!

Im Lehen wissen alle Leut
– Singt lei lala lei lala leida
Im *Falkenturm* da spukt es heut
– Singt juchheirassa ihr Freunde!«

Wolfgang zuckte wieder zusammen. Dies erinnerte ihn
stark an jenen Abend in der Vorburg, als er gehört hatte,
was sich die Leute über ihn erzählten.

»Und niemand läßt sein Kind hinaus
– Singt lei lala lei lala leida
Denn Falkenfedern künden Graus!
– Singt juchheirassa ihr Freunde!

Herr Friedrich brütet trüben Sinns
– Singt lei lala lei lala leida
Denn selbst ist er kein Falkenprinz
– Singt juchheirassa ihr Freunde!

Und Sterne tanzen Ringelreihn
– Singt lei lala lei lala leida
Herr Friedrich läßt das Handeln sein
– Singt juchheirassa ihr Freunde!«

Unter den Gästen ließ sich ein erregtes Zischen vernehmen.
Wer wagte es, derart offen zu reden – wenn auch in einem
Narrenlied? Ein kühner Mann mußte der sein, der dort
stand.

»Man sollte meinen, 'sei genug
– Singt lei lala lei lala leida
Doch hört, was sich zuletzt zutrug
– Singt juchheirassa ihr Freunde!

Es ahnt kein Mensch in Dorf und Stadt
– Singt lei lala lei lala leida
Daß Friedrich *selbst* ein – Geheimnis hat!
– Singt juchheirassa ihr Freunde!

Zum Turm ging eines Abends hier
– Singt lei lala lei lala leida
Herr Friedrich . . .«

»Ruhe!« Herr Friedrich hatte es so laut gerufen, daß es von den Mauergewölben widerhallte. Der Sänger erstummte, nur die Töne klangen noch schwach nach.

»Ruhe!« schrie er abermals.

Totenstille herrschte im Saal. Alle Bewegung war auf Herrn Friedrichs Ruf hin erstarrt. Aber schwer hing die Verwirrung in der Luft: Was hatte eigentlich Herrn Friedrich gekränkt? Der Spielmann hatte begonnen, irgend etwas zu singen von . . . Aber dann . . . Herr Friedrich war derart wütend, daß er seine Hände nicht ruhig zu halten vermochte. Er ergriff eine Schüssel und warf sie nach dem Sänger, der sich elegant verbeugte und so dem schweren Gegenstand auswich. Die Schüssel landete auf der anderen Seite der Tische, es klang laut wie von einer Glocke.

Alle saßen wie gelähmt. Das war unbegreiflich – war denn nicht Wolfgang am stärksten von dem Lied betroffen?

Der Spielmann richtete sich wieder auf und sah Herrn Friedrich mit festem Blick und leise lächelnd lange an. Dann glitten seine Augen über den Mann hinweg zum Sessel des Burgherrn, und alle Blicke folgten dem seinen.

Wolfgang saß scheinbar unberührt da, niemand vermochte an seinem Gesicht abzulesen, was er von dem Lied hielt. In Wirklichkeit hatte es ihn ziemlich durcheinander gebracht. Jemand hatte – entweder im Turm, in der Schreibstube oder im Treppenaufgang – gehört oder gesehen, was sich zugetragen hatte.

Schließlich erhob er sich zögernd, stellte sich etwas hinter den Onkel, der noch immer die Arme erhoben hatte.

Ihm schien, er müsse etwas zu dem jungen Spielmann sagen, er meinte, gehört zu haben, es sei Pflicht des Ritters oder Fürsten, die Scherze der Spielleute und Narren zu loben. Auch – oder vielleicht gerade dann – wenn sie gegen einen selbst gerichtet waren.

Daher steckte er die Hand in die Tasche, suchte ein paar Münzen hervor und sprach zu dem Spielmann – so leise, daß es sich nach dem Ruf des Onkels in dem großen Raum wie ein Flüstern ausnahm.

»Wie ist dein Name, Sänger?« fragte er.

»Jürgen, junger Herr«, antwortete der Spielmann und lächelte spöttisch. Er erinnerte Wolfgang an einen Fuchs. Einen richtigen schlauen Fuchs. Nicht zuletzt das rote Kostüm verlieh ihm etwas Fuchsartiges.

»Jürgen – nimm dies zum Dank für dein Lied.« Er warf dem Sänger aufs Geratewohl einige Münzen zu. Jürgen bückte sich galant und furchtlos ein weiteres Mal und begann, die Münzen aufzusammeln. Noch immer verharrten alle reglos. Was tat der Junge eigentlich?

Jürgen Spielmann verneigte sich vor dem Publikum, das wie angewurzelt dastand, und Wolfgang begann, in die Hände zu klatschen.

»Applaudiert!« rief er. »Wollt ihr nicht applaudieren und dem Sänger Beifall spenden, ihr braven Leute? Meine Herrschaften – Spielleute haben bekanntlich Narrenfreiheit!« Wolfgang klatschte in die Hände, und allmählich fielen die anderen ein. Doch die Gesichter blieben dabei ernst und verständnislos. Das Schweigen wurde jedoch durchbrochen, und die Leute ließen ihren Worten wieder freien Lauf. Zuerst als Geflüster, dann lauter und lauter. Die Leute redeten und redeten und hörten nicht auf mit dem Applaudieren, bis Jürgen den Saal verließ. Herr Friedrich hatte sich wieder gesetzt, und Wolfgang hatte die Arme gesenkt.

Doch dann erhob sich ein Stimmengewirr sondergleichen. Jemand war geistesgegenwärtig genug, nach Musik zu rufen, und in einer Ecke spielten Flöten und Schalmeien auf. Aus der Küche wurde mehr Wein und Essen aufgefahren, um den Skandal möglichst etwas zu übertünchen.

Das Gespräch schlug hohe Wellen. Die Ansichten über das, was sich soeben zugetragen hatte, gingen auseinander. Herr Friedrich war gekränkt worden, ja, man war ihm aus irgendeinem Grund gründlich auf die Füße getreten. Und trotzdem hätte das Lied doch Wolfgang am meisten verletzen müssen. Aber vielleicht doch nicht. Der junge Herr hatte den Sänger ja direkt vor den Augen des Onkels gelobt und dem Flegel sogar noch Geld gegeben.

War das nun falsch oder richtig? Warum war Herr Friedrich derart heftig aufgebraust? Die Diskussion schlug hohe Wellen, und keine Seele unten im Saal blieb still, keiner gab sich mehr die Mühe zu flüstern.

Oben, beim Burgherrnsitz, saßen indessen drei unbewegliche, stumme Gestalten.

Der Onkel fühlte sich wie zu Boden niedergeschlagen. Hier war sein und auch des Jungen Geheimnis um ein Haar in einem Lied ausgeplaudert worden – vor dem ganzen Hofstaat, mit dem Falkenburg aufwarten konnte. Und dann hatte der Junge den Sänger gelobt, ihm Geld gegeben . . .

Noch nie hatte sich Herr Friedrich derart verunglimpft gefühlt. Das ging nicht. Damit mußte nun Schluß sein! Er erhob sich und ging mit starrem, ausdruckslosem Gesicht durch den Saal und verschwand durch eine Seitentür, fast ohne daß es jemand bemerkt hatte.

Mit Ausnahme von Vater Innozenz.

Der Mönch fing für einen winzigen Augenblick Herrn Friedrichs Blick auf. Und der Blick, den der Mönch seinerseits Herrn Friedrich zuwarf, war eindringlich und vielsagend. Von allen Gästen im Saal war nämlich der Mönch vielleicht der einzige, der irgendwie ahnte, wovon der Text der letzten Strophe gehandelt hatte.

Auch Frau Elanor saß wie erstarrt da. Sie wußte weder ein noch aus. Nur soviel erfaßte sie, daß Friedrich schrecklich beleidigt worden war, und daß Wolfgang auf irgendeine Weise dazu beigetragen hatte. Sie kam erst zur Besinnung, als Wolfgang sich plötzlich erhob, austrank und durch den Mittelgang schritt. Die Wache klopfte erneut gegen den Boden, die Gäste knicksten und verneigten sich wieder, ohne im Gespräch innezuhalten, und verfolgten den Jungen mit skeptischen Blicken.

Wolfgangs Gesicht war ebenso bleich und abwesend wie bei seinem Eintritt. Und noch immer saß der Raubvogel auf seiner Schulter, unbeweglich, beinahe wie ein Schmuckstück auf dem Umhang. Während des ganzen Auftritts war er erstaunlich ruhig geblieben, seine Augen waren nachtschwarz und blank.

Kurz danach begannen die Gäste allmählich aufzubrechen.

Der Mönch Innozenz fand Herrn Friedrich in der Schreibstube, den Kopf in die Hände gestützt.

Die Tür stand offen, und im Zimmer brannte kein Licht. Der Mann saß im Schein der Kaminglut auf einem Stuhl und verbarg seinen Kopf in den Armen, so daß es unmöglich war, sein Gesicht zu erkennen.

Der Mönch trat ins Zimmer, ohne daß Herr Friedrich dabei aufschaute.

»Ich muß mit dir reden, mein Sohn«, sagte Innozenz ruhig. Langsam wandte Herr Friedrich den Kopf und sah den Mönch an.

»Ja«, sagte er nur. Er sah Innozenz an, und erneut stieg die Gewißheit in ihm auf. Es war jedoch eine gute Gewißheit, Herr Friedrich wußte nämlich jetzt, was kommen würde, und der Gedanke daran erquickte ihn.

»Ich bin bereit zu beichten, Vater«, sagte er.

Der Mönch zog einen Stuhl zum Kamin und setzte sich neben Herrn Friedrich.

Der Name

I

Am ersten Tag des neuen Jahres, früh am Morgen, klopfte es im Falkenturm an die Tür. Wolfgang stand auf, zog sich etwas über und öffnete. Draußen standen Vater Innozenz und zwei weitere Mönche, deren Namen er zwar nicht kannte, die er aber im Dorf und in der Kirche schon gesehen hatte.

Schlaftrunken fragte er sie, was sie wollten – es war Feiertag, Unterricht fand keiner statt, und er ahnte, daß sich etwas zusammenbraute.

»Herr Wolfgang«, sagte Innozenz süßlich, »wollt Ihr uns nicht eintreten lassen?«

Ohne ein Wort trat er zur Seite. Die drei Geistlichen kamen vorsichtig ins Zimmer; die beiden unbekannten Mönche etwas nervös und unsicher, mit flackerndem Blick.

»Wollt Ihr Euch nicht setzen?« fragte Wolfgang. Die drei blieben stehen und gaben keine Antwort, ihre Blicke schweiften im Zimmer zwischen Möbeln und Büchern umher, von einem Gegenstand zum andern.

»Wo sind die Falken?« fragte einer der Unbekannten. Wolfgang sah ihn argwöhnisch an – irgend etwas bahnte sich an. Er gab keine Antwort.

»Oben auf dem Dachboden«, sagte Innozenz bereitwillig. Wolfgang warf ihm einen wütenden Blick zu.

»Diese Bücher . . .«, einer der beiden Neuen trat zum alten Bücherschrank. »Was sind das für Bücher?«

»Warum fragt Ihr danach, Vater?« sagte Wolfgang. »Sie befanden sich bereits hier, als ich einzog. Sie gehören zum Turm, ich habe sie mir nie genauer angeschaut; ich glaube, sie haben meinem Großonkel, dem bekannten Weisen, gehört. Und nun würde ich gerne wissen, was Ihr im Sinn habt, zwei unbekannte Menschen so früh am Morgen in mein Zimmer hereinzuschleppen?«

»Aber Herr Wolfgang! Ich kann es kaum glauben, daß Ihr Vater Paulus und Vater Theodorus nicht kennt – sie sind beide in der Gemeinde Unserer Lieben Frau hier im Dorf . . .«

»Nein«, sagte Wolfgang, »ich kenne sie nicht. Jedenfalls nicht mit Namen.« Er verneigte sich leicht vor den beiden. »Doch habt Ihr noch immer kein Wort gesagt über Sinn und Absicht Eures Eindringens. Es ist früh«, fügte er hinzu, und seine Stimme klang mit einem Mal sehr angespannt. Er hatte in der vergangenen Nacht lange auf dem Dachboden des Turms gesessen und war noch müde. Den beiden Mönchen aus dem Dorf war der Tonfall vertraut, und sie strafften ihre Rücken; sie waren beide aus dem Ort und wußten seit ihrer Kindheit, wie die Falkenburger redeten, wenn sie schlechter Laune waren.

»Wir –«, fing Vater Paulus entschuldigend an, verstummte jedoch auf ein Zeichen von Innozenz, der offensichtlich nicht im geringsten nervös war.

»Wir sind gekommen, um mit Euch zu reden, Herr Wolfgang. Ernstlich zu reden«, sagte Innozenz und schaute dem Jungen gerade in die Augen.

Wolfgang sah sie verwirrt an. Sie machten ein feierliches Gesicht, als schritten sie in einer heiligen Prozession. In seinem Innern spürte Wolfgang, wie das Entsetzen zupackte.

»Wir sind aus Besorgnis um Eure ewige Seligkeit gekommen, Herr Wolfgang«, fuhr Innozenz fort und sah ihn sanft an. Er lächelte freundlich. Ein gewisser Ausdruck in den Augen und der freundliche Klang der Worte bewirkten aber, daß Wolfgang sich betäubt fühlte. Dies war die Gefahr.

»Hinaus«, sagte er kurz. »Macht, daß Ihr hinaus kommt.«

Er zeigte, ohne mit der Hand zu zittern, auf die Tür. Die Priester sahen sich verblüfft an, und Innozenz warf seinen Mitbrüdern einen beredten Blick zu.

»Hinaus, bevor ich die Knechte rufe«, sagte Wolfgang, ebenso ruhig wie zuvor. »Verschwindet!« Er begriff nicht viel von dem, was hier vorging, auf jeden Fall aber wollte er hier oben in Ruhe gelassen werden. Dazu, fand er, habe er ein Recht.

Vater Paulus und Vater Theodorus schauten sich, Innozenz und den Jungen etwas ängstlich und unschlüssig an. Sie wußten nicht recht, wem sie nun gehorchen sollten, Ritter Heinrichs Sohn oder ihrem geistlichen Vorgesetzten. Und Vater Innozenz machte vorerst keinerlei Anstalten, sich zu bewegen. Er überlegte lange und gut, bevor er sagte:

»Na gut, Brüder, wir gehen. Aber wir kommen wieder, Herr Wolfgang. Ihr habt fürchterliche Sünden zu bereuen.«

Sie gingen und ließen die Tür offen. Sie blieb angelehnt, und durch den Türspalt blies ein kalter Wind; kleine Schneeflocken tanzten über die Steinfliesen ins Turmzimmer.

Erst nach einer Weile ging Wolfgang und schloß die Tür.

Herr Friedrich hatte an jenem Abend im Dunkeln vor Vater Innozenz die Beichte abgelegt, während im Saal nebenan das Festgelage ausklang. Und der Priester war wie gelähmt und aufs höchste befremdet gewesen von dem, was der Burgverwalter erzählt hatte.

Herr Friedrich hatte zu Beginn nur leicht angedeutet, daß der Junge ihn plage und seine Gedanken anstachle – wie ein Teufel, fügte er vorsichtig hinzu. Und Innozenz mußte daran denken, was die Leute erzählen: daß im Turm Teufelskünste betrieben würden.

Herr Friedrich hatte seine Beichte fortgesetzt, und nach und nach zugegeben, daß er den Jungen begehrte, und was zwischen ihnen vorgefallen war. Und Vater Innozenz hatte sich ihm gegenüber sanft und verzeihend gezeigt. Daß er nicht schon bei früheren Gelegenheiten dem Jungen erlegen sei, hänge damit zusammen, daß er ein starker Mann sei, erklärte Innozenz. Es sei ihm gelungen, Wolfgangs Zauberei so lange zu widerstehen, wie er unten im Licht geblieben sei und sich nicht auf die Mauer hinauf, in den nachtumfangenen Turm, begeben habe. Etwas habe ihn jedoch zum Turm hingezogen, immer wieder, bis schließlich ... »Ja«, flüsterte Friedrich zerknirscht. Doch der Mönch versicherte ihm, daß er selbst überhaupt nichts dafür könne. Daß er im Zauberbann des Jungen stehe. Denn daß der Junge derart böse Fähigkeiten besitze, könne ein jeder sehen – und er, Innozenz, sei mit solchen Dingen vertraut. Und ob er nicht noch ein weiteres zu berichten habe?

Doch – oftmals habe er sich bei dem Wunsch ertappt, sein Neffe wäre tot, und dies seien gotteslästerliche Gedanken. Aber der Mönch hatte auch hier eine Antwort zur Hand: Es sei nicht verwunderlich, daß man sich in seinem Innersten den Tod des Menschen wünsche, der dabei war, einem die eigene ewige Seligkeit zu rauben und der einen auf eine derart schreckliche Weise lockte und dazu verführte, eine solch abscheuliche Sünde zu begehen. Soviel sei nämlich erwiesen, sagte der Mönch, daß in Wirklichkeit der Junge all diese Vorfälle bewirkt habe. Herr Friedrich pflichtete ihm nach einer Weile bei – es habe während der Vorfälle Dinge gegeben, die ihn in Verwunderung gestürzt hätten, sagte er. Der Mönch fragte nicht weiter, sondern fuhr fort. Ob da noch mehr sei?

Leider – der Junge habe ja dieses Mädchen, diese Henkerstochter nachts manchmal bei sich. Der Priester bekreuzigte sich, und Herr Friedrich beeilte sich, es ihm gleichzutun.

tun. Die Tochter eines Henkers! Auf diese Weise also brin-
ge der Junge derart starke Verhexungen zustande: Er benutzte für seine Künste Leichenteile. Der Mönch bekreuzigte sich abermals. Körperteile toter Sünder! Und Herr
Friedrich fühlte mit einem Mal: Jetzt war es geschehen, jetzt
war alles entschieden. Und wieder überkam ihn der Drang,
schallend zu lachen, aber es gelang ihm, sich still zu verhalten, als der Priester sagte:

»Deine Sünden sind dir vergeben.« Er legte ihm sieben
Pater Noster und sieben Ave Maria auf und ermahnte ihn
im übrigen, treu dem Herrn zu dienen und ihm reichlich
Gaben zufließen zu lassen.

Herr Friedrich nickte und küßte dankbar die Hand des
Mönchs. Sie waren aber noch nicht fertig.

Innozenz fragte, ob er nun freie Hand haben könne, um
dem Jungen den Teufel auszutreiben und ihn dazu zu bringen, seine unzüchtigen Handlungen zu gestehen. Etwas
müsse nämlich getan werden, und zwar sehr rasch, soviel
sei sicher, andernfalls könne sehr viel auf dem Spiel stehen.
Herr Friedrich nickte nur. Einen Augenblick lang spürte er
indessen einen wehmütigen Stich im Herzen, wenn er an
das schöne, schmale Gesicht mit der sanft geschwungenen
Nase und den grünen Augen dachte. Ihm war, als spüre er
zwei schmale Hände um seinen Nacken greifen, und er erschauderte und schüttelte das Ganze von sich. Dann fragte
er Innozenz, was er zu unternehmen gedenke.

»Das wird die Zeit bringen«, sagte Innozenz zuversicht-
lich. »Vorerst will ich mich mit einigen Dienern Gottes aus
dem Ort hier zusammentun, damit wir mehrere sind, die
die Sache in die Hand nehmen können, und das wird einige
Tage in Anspruch nehmen. So rasch wie möglich aber müssen wir den Gedanken Taten folgen lassen und das Haus
der Falkenburger von der Finsternis befreien, die auf ihm
lastet. Solche Dinge erfordern Eile.«

»Und wie wollt Ihr vorgehen?«

»Ich bin mit allem vertraut, was in einer solchen Angelegenheit von einem Diener des Herrn verlangt wird, und ich bin bereit zu tun, was ich auch früher schon getan habe.« Er nickte entschlossen. Mehr brauchte er kaum zu sagen. Wiederum küßte Herr Friedrich die Hand des Mönchs, während er in seinem Innern das Gelächter vernahm und durch seinen Körper kalte Schauer der Freude und des Schreckens liefen. Jetzt ging es in Erfüllung. Und auf eine weit raffiniertere Art und Weise, als er zu träumen gewagt hätte.

Nur ganz in der Ferne konnte er Wolfgangs Gesicht sehen, und er ließ es in der Finsternis versinken, die es umgab.

Nachdem die drei Priester unverrichteter Dinge aus dem Falkenturm abgezogen waren, berieten sie sich, bevor sich Innozenz zu Herrn Friedrich begab.

Es war klar, daß der Junge Widerstand leistete und nichts mit ihnen zu schaffen haben wollte. Es würde schwierig sein, sich ihm gutwillig zu nähern. Die Priester entschieden daher nach längerer Beratung, daß sie völlig freie Hand haben müßten, sowohl von seiten Herrn Friedrichs als auch des Bischofs zu Augsburg.

Innozenz teilte Herrn Friedrich ihren Entschluß mit. Herr Friedrich war einverstanden und sagte, was ihn betreffe, so könnten sie unternehmen, was sie für nötig hielten. Nach Augsburg wurde ein Bote gesandt, und in der Zwischenzeit ließ der Onkel Wolfgang im Falkenturm einsperren. Er durfte sich auf der Mauer nur bis zu einem bestimmten Punkt bewegen, im übrigen war er gefangen. An beiden Treppen standen Knechte und paßten auf, daß er nicht zu weit ging.

So kam es, daß sich Wolfgang am anderen Morgen beim Erwachen als Gefangener wiederfand. Dies bereitete ihm große Angst.

Zwar konnte er wochenlang allein sein, ohne daß es ihm etwas ausmachte, trotzdem aber fühlte er die Unfreiheit wie einen Druck, der auf ihm lastete und ihm den Atem nahm.

Für die Falken war das anders, sie konnten wie früher fliegen, wohin sie wollten; wenn Wolfgang in den Nächten mit ihnen sprach, war auch er wieder frei, und er flog mit ihnen über Felder, Berge und Wälder.

In Dorf und Lehen verbreiteten sich die Gerüchte in Windeseile.

Der junge Schwarzkünstler war eingesperrt! Endlich! Auch die Bauern hatten nämlich vom Gastmahl im Rittersaal der Falkenburg gehört, bei dem Herr Friedrich von seinem Neffen schändlichst beleidigt worden war.

Und befriedigt lief die Nachricht von Haus zu Haus: Endlich ist er gefangen.

Nun wandte sich der Haß gegen das Gehöft des Scharfrichters und die Familie dort und natürlich besonders gegen das Henkersmädchen, diese Susanne. Sie, die mit dem Jungen zusammen Hexerei getrieben und ihm allerlei unzüchtige Körperteile für die Schwarzkünste beschafft hatte. Einer der beiden Mönche aus dem Dorf hatte das ausgeplaudert, und es hatte sich rasch im Lehen verbreitet. Alle wußten nun, es war der Kirche feste Überzeugung, daß die Tochter des Scharfrichters Herrn Wolfgang zur Hand gegangen war. Und die Leute ließen ihrem Haß freien Lauf.

Den Hof des Scharfrichters erreichte die Nachricht von der neuen Wende zu spät. Entgegen dem Rat ihrer Eltern war Susanne durch den Wald zur Falkenburg gegangen, um Wolfgang wiederzusehen. Fröhlich und vergnügt war sie weggegangen – sie machte sich nichts aus dem Gerede.

Kaum eine Stunde nach ihrem Weggang kam der Jäger Bernhard auf den Hof des Scharfrichters geritten und berichtete, was geschehen war und was für eine Stimmung auf den Höfen und im Dorf herrschte.

Zu seiner Überraschung hatte Bernhard erfahren, daß Wolfgang an diesem Morgen eingesperrt worden war. Und da er den Jungen gern hatte, war er auf eigene Faust weggeritten, um den Scharfrichter und seine Familie zu warnen. Aber es war zu spät. Susanne war bereits fort. Niedergeschlagen wollte Bernhard versuchen, sie einzuholen, nachdem er die Familie inständig dazu aufgefordert hatte, noch am selben Abend zu fliehen. Der Scharfrichter meinte jedoch, dies sei unmöglich, sein Vater läge krank, und so ohne weiteres könnten sie nicht weggehen, obwohl sie eigentlich geplant hätten, weit fort zu ziehen, wenn nur erst der Heilige Dreikönigstag überstanden war.

Der Jäger Bernhard verschwendete keine weiteren Worte mehr, sondern jagte der Kleinen nach. Aber es war vergeblich.

Susanne war schon eine Weile nicht mehr auf der Burg gewesen, und sie hatte sich in den letzten Tagen stark danach gesehnt, Wolfgang wiederzusehen.

Der vergangene Monat war wie ein einziger langer und schöner Traum gewesen. Und sie hatte vor sich hingesungen und gelacht. Leichten Herzens und ohne auf die Eltern zu hören, hatte sie das Haus verlassen.

Nachdem sie ziemlich lange gegangen war, kam sie in die Nähe von Leuten, und rasch schlich sie sich an einem Hof nach dem andern vorbei, ohne entdeckt zu werden. Beim Flüßchen aber mußte sie eine Brücke überqueren, um zur Burg zu gelangen. Und bei der Brücke waren Leute, sie bildeten diesseits des Flüßchens einen Haufen, fast, als hätten sie auf sie gewartet. Und sogleich begannen sie, Susanne zu verwünschen, als sie ihrer ansichtig wurden. Einen Augenblick zögerte sie, bevor sie weiterging.

Während sie allmählich näherkam, wurde es vollkommen still – und sie tat, als ob nichts wäre, obwohl ihr Herz heftig klopfte. Sie schritt einfach erhobenen Hauptes an ihnen vorbei und betrat die Brücke. Die Gesichter der Leute waren finster und böse. Weit weg.

Sie war es gewöhnt, daß sich die Menschen so benahmen, und als ein Mann rief, sie solle stehenbleiben, erfaßte sie daher nicht, was sich anbahnte. Einen Augenblick hielt sie inne, auf der anderen Seite standen ebenfalls ein paar Leute, so daß es unmöglich war, davonzurennen.

Statt dessen blieb sie stehen und stemmte die Hände in die Seiten. Herausfordernd sah sie ihnen entgegen. Als sie jedoch die Augen der Männer sah, die auf sie zukamen, erschrak sie und setzte sich mit raschen Schritten wieder in Bewegung.

Jemand packte sie von hinten an den Haaren, zerrte daran und hielt sie zurück. Dann wurde sie von kräftigen Händen auf den Bauch niedergezwungen und ihr Gesicht in den kalten Schnee gepreßt. Erst jetzt schrie sie. Über ihr rief jemand irgend etwas laut und unverständlich – von Hexenzauber, Hurerei und Teufelswerk –, darauf stieß ihr einer das Knie in den Rücken, so daß es ihr den Atem verschlug.

Die ganze Zeit blieb sie kalt und ruhig. Derartiges war ihr früher ja auch schon widerfahren. Und sie würde es überstehen.

Ihr Gesicht wurde fester in den Schnee gedrückt, und sie glaubte schon, die ekelhaften Hände zu spüren, wie sie sich unter dem Rock ihre Schenkel entlang hochtasteten. Aber nichts dergleichen geschah. Statt dessen wurde ihr Gesicht nur noch härter und tiefer in den Schnee hineingepreßt. Die Kälte brannte auf den Wangen, und sie geriet in Atemnot.

Die ganze Zeit dachte sie fieberhaft, wie gut, daß das Ganze nun bald vorbei war; so etwas dauerte nicht lang, und wenn sie sich genug amüsiert hatten, würde sie wie vorgesehen zu Wolfgang gehen können – wenn sie bloß noch hinkam, bevor man das Burgtor schloß. Wenn sie doch bloß endlich zur Sache kämen.

Aber ihr Kopf wurde immerzu in das Kalte, Weiße hineingepreßt, und voller Panik merkte sie, daß sie keine Luft mehr bekam und daß der Griff um ihren Nacken unverändert hart blieb. Erst jetzt versuchte sie sich loszuwinden, aber nun war es zu spät. Jemand war dabei, noch mehr Schnee um ihren Kopf herum anzuhäufen, und alles um sie wurde dunkel.

Durch den Schnee hindurch vernahm sie erregte Rufe, aber es war unmöglich, die Worte zu unterscheiden. Noch einmal setzte sie alle Kraft daran freizukommen, aber sie vermochte sich nicht zu rühren. Sie konnte nun nicht mehr klar denken, fühlte nur, wie ihr das Entsetzen in den Kopf stieg und sie lähmte und wie ihr dabei heiß und kalt zugleich wurde. Um sie herum riefen sie etwas von einer Hacke, einem spitzen Stock, sie nahm vage einen jähen Laut und eine plötzliche Bewegung wahr . . . Was mochten sie damit meinen? Was meinten Sie?! Laßt mich los, dachte sie und fühlte, daß ihr die Tränen in die Augen schossen. Und viel länger konnte sie den Atem nicht mehr anhalten. Sie wand sich. Laßt mich los!

Und plötzlich begriff sie, daß sie getötet wurde. Das Gesicht brannte vom Schnee, es war irgendwie nicht mehr ihr eigenes, alles war nur noch Schmerz und Kälte.

Dann spürte sie, wie etwas Scharfes in ihre linke Seite gepreßt wurde, aber weiter erfaßte sie nichts mehr. Ihr Atem stand still, und es geschah etwas Merkwürdiges: Sie flog wie eine Taube.

Sie spürte nicht, daß ihr ein spitzer Stock durch das Herz gebohrt wurde.

Der Jäger Bernhard fand sie eine knappe Stunde später. Die Brücke lag verlassen da, aber gut sichtbare dunkelrote Fußspuren deuteten darauf hin, daß viele hier gewesen sein mußten, sieben oder acht vielleicht.

Ihr Kopf war ganz mit Schnee bedeckt, und der Jäger sah nur einige weißgelbe Haarsträhnen aus dem Schneehaufen hervorragen, dort, wo der Kopf sein sollte.

Durch die Bauchhöhle war ein dicker Stock wie ein Siegeszeichen gepflanzt. Leicht schräg zeigte er in die Luft. Die Hexe war getötet und ihr Herz an den Boden genagelt.

Bernhard erschauderte bei dem Anblick. Noch immer rann etwas Blut aus der Öffnung in der Seite. Es war jedoch um ihren Oberkörper herum fast gänzlich zu einer steinharten, dunklen Masse gefroren.

Durch das Blut und die zerrissenen Kleider hindurch schimmerte ihre Haut blaß, beinah blau in der Dunkelheit. Die Farbe erinnerte ihn an eine der blaßblauen Blumen, die man im Sommer in den Bergen finden konnte.

Ohne Umschweife schaufelte er ihr Gesicht frei. Dessen Haut war ebenso weiß wie der Schnee, und die Augen waren zu schwarzen Strichen geschlossen. Der Kopf lag verdreht in unnatürlicher Stellung, und die Nasenlöcher und der Mund steckten voller Schnee, der zu einem seltsamen, weißgelben Eis gefroren war.

Bernhard dachte lange nach, während er auf der Brücke auf und ab ging und sich die Arme um den Leib schlug. Dann entschied er sich, zog den spitzen Stock mit einem Ruck aus ihr heraus und schleuderte ihn unter die Brücke. Er löste den Leichnam, so vorsichtig er konnte, vom gefrorenen Blut los und legte ihn über den Pferderücken. Der Leichnam war klein und leicht, und es war nicht schwer für Bernhard, den Körper so zu biegen, daß er nicht hinunterfiel.

Mit einem unguten Gefühl in der Brust ritt er darauf zu dem kleinen Hof des Scharfrichters zurück. Er war jedoch ein Jäger und weinte nicht.

Als er das Gehöft wieder erreichte, war es schon fast gänzlich niedergebrannt. Auch hier war nichts von den Tätern zu sehen, aber es gab viele Fußspuren, und er begriff, daß diejenigen, die die Kleine getötet hatten, noch andere angestachelt hatten. Im Stall und in den Nebengebäuden brannte es noch munter, das kleine Haus dagegen war schon beinahe eingeäschert.

Es bereitete ihm ein seltsames Gefühl, vor nur wenigen Stunden noch mit dem Scharfrichter und seiner Frau in dem Haus gesprochen zu haben, das nun bloß noch schwelende Glut war, und daß sie trotz ihrer Unruhe alle höchst lebendig und guten Muts gewesen waren. Nun lebte von der kleinen Familie niemand mehr.

Aus seiner Jugendzeit erinnerte sich der Jägermeister an Schwarz als an einen großen Kerl, einen Schalk und Zechbruder. Und Bernhard hatte ihn gern gemocht. Nachdem die unglückseligen Dinge geschehen waren, hatte er sich natürlich wie alle anderen auch etwas von ihm zurückgezogen. – Man verkehrte ja nicht mit einem Henker wie mit anderen Leuten.

Der kleine Funken Verstand und Sympathie hatte sich aber in Bernhard erhalten, auch wenn er wußte, daß die meisten Schwarz seiner Tat wegen oder ganz einfach deshalb verachtet hatten, weil seine Arbeit nun darin bestand, Menschen zu töten.

Bernhard war jedoch der Ansicht, daß zwischen dem Töten eines Tiers auf der Jagd und eines Menschen auf dem Schafott eine merkwürdige Ähnlichkeit bestand. Und obwohl er als der beste Jäger geachtet und der Scharfrichter geschmäht und verabscheut wurde, weil er der beste

Scharfrichter war, bestand dennoch eine Ähnlichkeit zwischen ihnen. Bernhard wußte nämlich, was es hieß zu töten, sei es Tier oder Mensch. Kam es vor, daß er einem verwundeten Hirsch die Kehle durchschneiden mußte, war dies ein furchtbares Gefühl. Es hatte sich auch mit den Jahren nicht gegeben, eher im Gegenteil. Es war ein gewaltiges Ziehen, über ihn selbst hinaus und hinauf – in etwas anderes. Nicht allen Jägern erging es so. Bernhard glaubte jedoch im stillen, daß er gerade aus diesem Grund ein derart tüchtiger Jäger war.

Zudem hatte Bernhard im Krieg Menschen getötet. Und er wußte, wie dem Scharfrichter zumute sein mußte, wenn er oben auf dem Schafott stand.

Und nun war er tot und mit ihm seine ganze Familie. Bernhard bekreuzigte sich bei dem Gedanken daran, eingesperrt bei lebendigem Leibe verbrennen zu müssen.

Dann mußte er an Wolfgang denken. – Herrgott, was würde der Junge tun, wenn er davon hörte? Erneut bekreuzigte sich Bernhard, denn er wußte, Wolfgang würde sich die Seele aus dem Leib weinen. Zweimal hatte er ihn weinen hören. Das erstemal während eines Jagdausflugs, kurz nachdem der Junge Phönix bekommen hatte. Durch ein Mißgeschick hatte sich der Vogel eine Steuerfeder gebrochen und war zu Boden getaumelt. Wolfgang war völlig außer sich gewesen. Aber Bernhard hatte ihm gezeigt, wie sich die abgebrochene Feder mit Hilfe einer Eisennadel, die zwei spitze Enden hatte, wieder zusammenstücken ließ. Man steckte die Nadelspitzen in die beiden Bruchstellen, mußte sie aber zuerst in Essig tunken, weil dann der Rost bewirkte, daß die Feder wieder wie neu wurde. Und Wolfgang war wieder froh geworden. – Das andere Mal war jene Nacht im Zelt, als der Junge im Schlaf geweint und sich aufgerichtet hatte. Es waren sonderbare, bitterliche Schluchzer gewesen. Und Bernhard hatte gedacht, es müsse noch etwas anderes in dem Jungen stecken als die Kraft, die er auf der Jagd bewies.

Er war von Schmerz erfüllt. Aus harmlosem Geschwätz hatte sich das Ganze in erstaunlich kurzer Zeit dazu entwikkelt, fünf Menschenleben zu fordern; und der Junge war eingesperrt ... Es war ernst.

Er nahm die Mütze ab und schaute in die Flammen. Er spürte das Böse. In seinem Herzen erklang ein Ruf danach, wegzukommen von der Burg und dem Dorf und dem, was, wie Bernhard mit entsetzlicher Gewißheit ahnte, geschehen würde. Dieser Abend war zuviel für ihn gewesen.

Er ritt daher westwärts in den Wald hinein und begrub das Mädchen unter einer großen Espe, wo die Grasnarbe lose war unter dem Schnee. Dann ritt er weiter nach Westen, weg von der Burg mit dem Falkenturm.

Er jagte unterwegs nicht.

II

Wolfgang hörte erst viel später von Susannes Tod.

In der Nacht, nachdem sie getötet worden war, hatte er wunderschön von ihr geträumt, irgend etwas mit Heugeruch und Taubengurren. Er dachte lange an sie, als er erwachte, ohne zu wissen, was mit ihr passiert war.

Dann dachte er an die Burg und fragte sich, was nun geschehen würde. Wie sollte er sich Innozenz' Benehmen am Neujahrstag erklären? Stand es im Zusammenhang mit der Prophezeiung des Sterndeuters? Er witterte Gefahr.

In seinem Innern war er weit entfernt von der Burg und dem Turm, an einem fremden, unbekannten Ort, wo es gut war. Und Susanne und die Falken waren dort bei ihm.

Wenn er in den Nächten träumte, befand er sich stets in diesem fremden Land, wo es keine Burgen gab, und das waren gute Träume.

Von den Mönchen hatte er seit dem Neujahrstag nichts mehr gesehen, aber er wußte, daß sie zurückkommen würden. Er konnte nicht recht begreifen, daß sie ernst nahmen, was über ihn erzählt wurde. Er konnte es wirklich nicht glauben. Und er verstand den Onkel nicht, der die Mönche zu ihm hinaufgelassen und ihn eingesperrt hatte.

Er grübelte lange über diese Dinge nach, fand jedoch keine Erklärung für das, was im Gange war. Er wünschte bloß, es wäre alles wie früher und er hätte hier oben seine Ruhe – das heißt: Vorläufig hatte er sie ja auch, aber es war ihm klar, daß sie nicht mehr lange anhalten würde. Und er verstand auch, daß sie darauf aus waren, ihm und vielleicht besonders den Falken zu schaden. Daher ließ er sie eines Abends frei und bat sie, tagsüber, wenn er auf der Mauer war, oder abends zum Turmfenster zurückzukommen. Er wußte, daß die Falken ebensowenig wie andere Vögel etwas mit Bestimmtheit versprechen konnten – irgend etwas sagte ihm jedoch, daß sie kommen würden.

Bevor sie in die Nacht hinausflogen, um allein zu jagen, sprachen sie ein letztes Mal lange miteinander, und Wolfgang erklärte, er habe Angst.

»*Angst bedeutet stets Gefahr*«, sagte der Namenlose. Ach – der Name! Nun würde er davonfliegen, ohne einen Namen bekommen zu haben.

»*Angst ist stets Gefahr*«, sagte Phönix. Sie sahen sich lange an, der Junge und die Falken, träumten sich ineinander hinein, bevor Wolfgang das Turmfenster öffnete.

Einem nach dem anderen strich er über den Rücken und küßte ihn behutsam. Er flüsterte den Namen jedes einzelnen, ehe er die Falken fliegen ließ. Schließlich blieb er mit dem Namenlosen auf seiner Hand allein.

»Dir fehlt der Name«, sagte er betrübt. »Ich habe für dich noch immer keinen gefunden.« Der Namenlose schlug leicht mit den Flügeln.

»Warte!« sagte Wolfgang. »Nicht so hastig. Auch du sollst deinen Namen bekommen, ehe du davonziehst . . .« Er war einen Moment still und dachte nach, dann lächelte er dem Falken glücklich zu.

»*Wolfgang* sollst du heißen«, flüsterte er, und der Vogel zeigte sich einverstanden. Er flog in die Dunkelheit hinaus, den andern nach, und Wolfgang hörte die Schreie im Westen verwehen.

Dann schloß er das Fenster und war im Zimmer allein. Nun mochten sie ruhig kommen.

Sie kamen am andern Morgen.

Für Wolfgang wurden die nun folgenden Tage äußerst lang und qualvoll. Zum einen waren die Priester darüber aufgebracht, daß die Falken nicht mehr da waren, aber sie sagten nichts, suchten nur stumm im ganzen Turm nach ihnen. Wolfgang machte sie darauf aufmerksam, daß Falken fliegen konnten; daran hatten die Geistlichen offenbar nicht gedacht.

Zum anderen plagten ihn die Mönche mit sonderbaren Fragen zu den unglaublichsten Dingen. Sie wollten wissen, ob er häufig in den Büchern gelesen habe, die im Bücherschrank standen. Er sagte, der Wahrheit entsprechend, das habe er nicht. Aber er konnte ihnen ansehen, daß sie ihm nicht glaubten. Das Seltsamste an dem Ganzen war die ihm langsam aufgehende Erkenntnis, daß sie ihm, egal was er ihnen für Antworten gab – wahre oder unwahre –, so oder so nicht glaubten. Als gingen sie davon aus, daß er in jedem Fall log. Daher gab er es schließlich völlig auf, die Fragen zu beantworten; es hatte ja doch keinen Zweck.

»Mit welchen Mitteln bringst du die Tiere dazu, deinen Befehlen zu gehorchen?«

»Hast du nie bedacht, daß das, wozu du deinen Onkel verführt hast, eine große Sünde ist? Ein *peccatum mortale?*«

»Wie oft hast du in diesen schwarzen Büchern gelesen?«

»Hast du unzüchtigen Verkehr mit dem Teufel?«

»Hast du für deine Hexereien Eingeweide verwendet?«

Sie waren völlig davon abgekommen, ihn mit *Herr* oder mit dem Pluralis majestatis anzureden. Auch wurden die Fragen zunehmend unfreundlicher gestellt. Das Ganze war wie ein Tanz, der sich langsam aus stiller Höflichkeit in schreiende Ekstase steigerte.

Jeden Abend, wenn Wolfgang nur noch den Wunsch hatte, ins Bett zu gehen, beteten die Mönche für ihn und mit ihm, drückten ihm ein Kruzifix in die Hände und trugen lange Litaneien vor, die Wolfgang durch seine Müdigkeit hindurch kaum verstehen konnte. Daß er auf die Fragen keine Antworten mehr geben wollte, brachte die Mönche in einen Zustand äußerster Erregung. Sie schrien ihn an, riefen, psalmodierten – und Wolfgang sah und hörte ihnen zu, zutiefst erschrocken und angstvoller, als er es jemals für möglich gehalten hätte. Aber auch wenn ihr Anblick ihn mit Abscheu und Entsetzen erfüllte, strengte er sich doch die ganze Zeit über an, stets einen ruhigen und kühlen Blick und Gesichtsausdruck zu wahren.

Sie nahmen ihm seine eigenen Kleider weg und legten ihm eine rauhe, unangenehm kratzende Kutte an, die er auf der bloßen Haut tragen mußte. Sie war viel zu dünn bei der Kälte oben im Turm, und Wolfgang, der an Pelzwerk und wollene Kleidung gewöhnt war, fror sehr und bekam rasch einen schlimmen Husten und leichtes Fieber.

Nachts über wurde er mit einem kleinen Halsband, an dem sich ein Schloß befand, fest ans Bett gekettet. Es trieb ihn fast zum Wahnsinn, und er verstand nicht, wozu das gut sein sollte. Er konnte ja nicht davonfliegen? Oder – vielleicht doch?

Manchmal ertappte er sich dabei, wie er sich fragte, wer denn eigentlich recht habe. *War* er vom Bösen besessen? Er schlug sich diese Gedanken stets aus dem Kopf, aber nachts quälten sie ihn, denn er lag oft wach. Zum einen wegen des Fiebers und der Angst, zum anderen wegen des Halsbands, das ihm das Gefühl gab zu ersticken.

Vormittags durfte er einige Stunden allein auf der Mauer herumgehen, bevor die Mönche wieder über ihn herfielen, dabei wurde er stets aufmerksam von den Knechten bei den Treppenabgängen bewacht.

Diese Stunden waren nun Wolfgangs glücklichste. Er war nicht gefesselt, und er war allein, fast wie früher, und mitunter besuchten ihn die Falken. Meist kamen sie einer nach dem andern und wollten landen, aber er gestattete es ihnen nur selten. Sie riefen sich jedoch in der lautlosen Sprache Worte zu, und es versetzte ihm Stiche qualvollen Glücks, die schönen Körper am Himmel zu sehen.

Er fror sehr dort draußen in der dünnen Kutte, aber er zwang sich trotzdem, jeden Vormittag die Nordmauer entlang zu gehen, um womöglich einen Blick auf die Vögel zu erhaschen. Die Kälte war jedoch grimmig, und besonders Hände und Füße wurden im Schneetreiben ganz rot und durchfroren.

Während er so ging, dachte er auch oft an Susanne und wie es ihr gehen mochte. Von dem, was im Dorf stattgefunden hatte, vom Haß und den Gerüchten, ahnte er nichts. Er genoß wie früher den Ausblick auf den Himmel und den Frieden.

Und ein paar Stunden später waren die Mönche wieder da, rasender und hemmungsloser mit jedem Tag. Sie redeten laut und leise, schnell und langsam; manchmal verbissen und manchmal glühend vor Wut. Sie redeten und redeten, psalmodierten und psalmodierten und fragten so vieles, daß Wolfgang ganz erschöpft wurde. Er war es überhaupt nicht gewohnt, den ganzen Tag über so viele Worte zu hören, und er weigerte sich, an den Gebeten teilzunehmen, die sie für ihn aufsagten. Die Bücher des Großonkels wurden weggeschafft, und Wolfgang bekam sie nicht wieder zu Gesicht. Wahrscheinlich wurden sie verbrannt. Er kam sich vor wie ein Vogel mit gestutzten Flügeln.

Ein paar Tage, nachdem er sich endgültig aufs Schweigen verlegt hatte, fingen sie plötzlich an, Gewalt anzuwenden. Sie begannen mit kleinen Schlägen, Ohrfeigen und zogen ihm an den Haaren. Es wurde mit der Zeit viel schlimmer.

Wolfgang war äußerst schmerzempfindlich, und er weinte viel bei allem, was sie mit ihm anstellten. Dafür fiel er auch sehr leicht in Ohnmacht, so daß er meistens bewußtlos war, bevor sie richtig in Gang kamen.

Er hatte davon gehört, daß Ketzer und Heiden, Verbrecher, Teufelsanbeter und Hexen hochnotpeinlichen Verhören ausgesetzt wurden. Und er wußte auch, daß dies ein Teil der Aufgabe von Scharfrichter Schwarz gewesen war. Angesichts der Umstände besorgten die Mönche die Arbeit selbst, und auf diese Weise erfuhr Wolfgang am eigenen Leib die Früchte der Arbeit und die Methoden in der Verhörschule. Der Mönch Innozenz hatte es besonders auf seine Hände abgesehen, die es ihm schon angetan hatten, als er Wolfgangs Lehrer und nicht obendrein sein Richter und Inquisitor gewesen war. Sie trieben ihm glühende Nadeln unter die Nägel, hielten ihm die Hände stundenlang in Eimer mit Schnee und Eis, während sie ihm immerzu Fragen stellten. Sie zwangen ihn, glühende Holzstücke zu halten und vieles andere mehr. Es endete stets damit, daß Wolfgang, nachdem er eine Weile geweint und geschrien hatte, bewußtlos wurde.

Nachts lag er mit stechend schmerzenden, geschwollenen Händen und Füßen da, allein mit der Angst und den

Sternen draußen. Er wußte nicht, daß sich die Mönche bis dahin nur einfacher und leichter Methoden bedient hatten, und wenn er es gewußt hätte, so hätte er es nicht ausgehalten, daran zu denken.

Manchmal war ihm, als könne er die Falken vor dem Turmfenster hören, aber mit dem eisernen Band um den Hals konnte er nicht aufstehen und das Fenster öffnen.

Oh, wie er sich danach sehnte, einen der armen, zitternden Körper an der Wange zu spüren, die Hände über das Federkleid gleiten zu lassen und das ungestüme Pochen des Falkenherzens zu fühlen.

Er hätte jetzt auch ein Falkenherz brauchen können. Er versuchte, so gut es ihm gelang, sich allem gegenüber gleichmütig zu verhalten, was auch immer die Quälgeister mit ihm anstellen oder zu ihm sagen würden. Gelegentlich aber war er nahe daran, zusammenzubrechen und ihnen zu sagen, was sie offensichtlich am meisten wünschten: daß er den Onkel zu unnatürlichem Verkehr mit ihm verführt und ihn verhext habe; da er Zauberkraft über die Vögel besitze, über ihre Sprache, ihr Tun; daß er schwarze Magie betriebe, um sich in einen Falken zu verwandeln und unschuldige Kinder ihren Familien zu entreißen; daß er dazu von einer Hexe im Lehen Hilfe bekommen habe und daß er unzüchtigen Verkehr mit dem Satan selbst gehabt habe.

Aber Wolfgang war zäh.

Während all dies im Falkenturm vor sich ging, wurde Herr Friedrich allmählich ruhiger. Der Junge befand sich in den richtigen Händen und erhielt nun seine gerechte Strafe dafür, daß er Gedanken und Willen der Menschen verdreht hatte. Besonders Friedrichs eigene. Er fühlte sich nun viel sicherer und weniger gehetzt. Und er dachte kaum an den Bruder und an den Neffen. Nun ging es um das Lehen – mit frischen Kräften stürzte er sich in die Arbeit. Es war wirklich so, als würden der Zauberbann und die Hexerei in dem Maße, wie der Junge schwächer wurde und während man die Dämonen aus ihm austrieb, die Macht über ihn verlieren. Herr Friedrich bemerkte dies einmal Vater Innozenz gegenüber. Sie hatten nun gelegentlich solche vertrauliche Gespräche, der Mönch und er. Auf Herrn Friedrichs Bemerkung gab der Mönch zur Antwort, diese Beobachtung des Burgherrn sei gewiß richtig. Die Zauberkräfte des Jungen würden nun immer schwächer. Es bestehe jedoch Grund anzunehmen, daß die Schwächung nur vorübergehend sei. Denn der Junge sei hartnäckig und zäh, und nicht einmal die stärksten Methoden hätten ihn bis jetzt dazu gebracht, sich zu ergeben. Er verstehe es, den Teufel um Hilfe anzurufen und sich auf diese Weise hart zu machen. Und wüßten sie es nicht besser, so hätte er sie fast glauben machen können, daß er in Ohnmacht falle. Er, der Mönch, habe sich tatsächlich zu fragen begonnen, ob der Junge nicht auf ewig verloren sei. Es sehe jedenfalls nicht so aus, als ob er bald ein Geständnis ablegen oder etwas zugeben würde.

Ob sie drei – das Kollegium, wie sie sich nannten – sich nicht noch stärkerer Methoden bedienen könnten? Einen Versuch sei es wahrscheinlich wert.

Herr Friedrich gab seine Einwilligung – es sei einen Versuch wert –, und Innozenz verließ ihn befriedigt, um mit seinen Brüdern zu sprechen.

An diesem Nachmittag speiste Herr Friedrich zusammen mit seiner Frau ausgiebig und gut. Sie waren beide vergnügt, irgendwie erleichtert, und das Leben hatte etwas vom früheren Glanz zurückbekommen, den es noch hatte, bevor der Junge groß geworden war. Und er fühlte sich froh und erfüllt von einem kleinen Lachen. Doch diesmal war es ein gutes Lachen, denn man hatte das Schicksal walten lassen, und obendrein war ihm Gottes Segen zuteil geworden. Alles hatte sich auf das beste gefügt. Schon bald würden

Burg und Lehen ihm ganz allein gehören. Der Kreuzzug war längst gescheitert, Innozenz hatte es erzählt.

Nein, Herr Friedrich war gar nicht unzufrieden mit dem Leben. Der Junge würde diese Dinge, denen er in diesen Tagen ausgesetzt war, nämlich nicht überstehen. Er würde sterben. Und somit wurde der Gerechtigkeit Gottes Genüge getan.

Hin und wieder verspürte er zwar in sich ein leises Ziehen. Er dachte daran, wie sich der Junge, der schöne, wunderschöne Junge, den er noch diesen Herbst so leidenschaftlich geküßt hatte – wie er sich nun fühlten mußte dort oben. Aber das waren kurze, ganz kurze Stiche des Zweifels und der Reue – dann war wiederum die Gewißheit da und verließ ihn nicht.

In drei Tagen war der Junge mündig. Doch jetzt spielte das ja keine Rolle mehr.

Für Wolfgang wurden die folgenden Tage sehr viel schrecklicher als alle vorhergehenden zusammen. Die Mönche hatten nun zwei Knechte bei sich, und die Zeremonien wurden nach draußen auf die Mauer, in den Windschatten des Turms verlegt. Drinnen wie draußen wurde Weihwasser versprengt und Weihrauch verbrannt. Und Wolfgang bekam genug Gelegenheit, seine Sünden zu bedenken.

Am ersten Tag begnügten sie sich damit, ihm den linken Daumen zu zertrümmern. Danach hielt es Wolfgang nicht mehr aus, und es war aussichtslos, ihn wieder aufzuwecken.

Am nächsten Tag brannten sie ihn mit glühenden Eisen. Auch das war furchtbar schmerzhaft, aber Wolfgang fiel rasch in Ohnmacht.

Am dritten Tag schnitten sie ihm das linke Ohr ab, und dabei blieb er seltsamerweise bei vollem Bewußtsein. Er blieb einfach liegen und betrachtete verblüfft sein eigenes Ohr auf den Steinfliesen neben der Bank, auf der er lag. Es war klein und rot, und Blut und ein paar Haare klebten daran. Am Kopf, dort wo das Ohr gesessen hatte, fühlte er vorerst nichts. Doch dann begriff er, wie in einem volltrunkenen Rausch, daß es sein eigenes Blut war, was da in Strömen auf die Fliesen hinunterfloß. Und im selben Augenblick setzten die Schmerzen ein. Er begann zu schreien. Ein wilder, fast tierischer Schrei, der in der ganzen Burg widerhallte und alle innehalten und einander ansehen ließ. Er schrie und schrie, bis sie ihm etwas in den Mund steckten. Da fiel er wieder in Ohnmacht, und die Leute, die von ihrer Arbeit aufgeschaut hatten, gingen wieder ihren täglichen Beschäftigungen nach. Die Knechte und die Brüder Paulus und Theodorus waren gewillt, am nächsten Tag weiterzumachen, Innozenz wollte jedoch warten und die Dinge vorläufig ruhen lassen. Der Junge war nicht kräftig, und man riskierte, daß er ihnen unter den Händen starb, ohne vorher ein Geständnis irgendwelcher Art abgelegt zu haben.

Innozenz hatte schon früher hochnotpeinliche Verhöre geleitet, und er betrachtete das Ganze als einen gerechten Racheakt an den Sündern der Welt, als ein notwendiges Übel. Und Sünder konnten alle sein, hohe und niedrige. Was sie verband, war der unversöhnliche Haß, den Innozenz ihnen gegenüber hegte. Es wäre also falsch zu behaupten, daß er an Wolfgang persönliche Rache nahm. Das Ganze war eine Angelegenheit zwischen ihm und Gott und drehte sich um Treue und Eifer. Natürlich kam ihm der Umstand zu Hilfe, daß er den Jungen von Anfang an nicht gemocht hatte – Innozenz faßte dies jedoch als ein Zeichen dafür auf, daß er den Teufel in all seinen Verkleidungen mühelos zu durchschauen verstand und daher unbewußt mit Abscheu und Unbehagen reagierte.

Aber der Junge durfte noch nicht sterben. Es war riskant, die Tortur unbegrenzt fortzusetzen, da sie der Zustimmung des Bischofs in einer solchen Angelegenheit nicht gewiß sein konnten. Wenn jemand wegen seiner magischen Kräfte zu sterben hatte, müßte dies durch eine höhere geistliche Autorität gutgeheißen werden, und die Dinge wurden dadurch, daß der Junge de facto Herr über Falkenburg war oder es am nächsten Tag werden würde, auch nicht gerade einfacher.

Daher ließ Innozenz die Sache vorläufig ruhen, während ein neuer Kurier nach Augsburg ritt.

Wolfgang lag inzwischen mit hohem Fieber im Bett und wurde von der Kammerfrau gepflegt. Das Halsband durfte ihm vorerst nicht abgenommen werden, obwohl er schwer krank war. Aber die Kammerfrau, die schon lange auf der Burg war, ging zu Herrn Friedrich und sagte, da sei denn nun doch die Höhe. Und Wolfgang wurde vom Halseisen erlöst, solange er im Fieber lag.

Seinen Geburtstag verbrachte er in einem einzigen langen Dämmerschlaf, und es kam ihm nicht in den Sinn, daß er von diesem Tag an rechtmäßiger Herr der Falkenburg war. Erst am Abend des folgenden Tages kam er einigermaßen zu sich, so daß er zusammenhängend zu sprechen vermochte, und er fragte nach Susanne, dankbar, daß jemand bei ihm war, mit dem er reden konnte. Das Fieber war zurückgegangen, und er lag erschöpft da und atmete ruhig. Der Verlust des Ohrs quälte ihn stark – es waren nicht nur die Schmerzen, sondern auch die eigentümliche Angst, die sich beim Verlust eines Körperteils einstellt.

»Susanne«, fragte er die Kammerfrau, »weißt du, wie es Susanne geht?«

Und so mußte sie erzählen, obwohl sie der Frage zunächst auswich. Wolfgang war jedoch mit einem Mal ganz klar und fragte sie immer weiter aus, so daß sie schließlich alles erzählte, bis ins kleinste Detail.

Diese Nacht, glaubte die Kammerfrau, würde Wolfgang nicht überleben. Nicht nur stieg das Fieber heftig an, auch die Verfinsterung war mit stärkerer Kraft über ihm als je zuvor. Er wand sich und erbrach sich die ganze Nacht, während er abwechselnd schrie und weinte. Die Laute, die er von sich gab, waren nicht mehr ganz menschlich.

Die Kammerfrau saß die ganze Nacht und den ganzen nächsten Tag bei ihm und wachte; Wolfgang kam nicht zu Bewußtsein. Sie befeuchtete seine Lippen, kühlte seine Stirn und trocknete ihm den kalten Schweiß ab, aber Wolfgang war nicht aus der Besinnungslosigkeit herauszuholen.

Gelegentlich weinte die Kammerfrau selbst, wenn sie sah, wie das liebe Gesicht grau und hohlwangig wurde wie das einer Leiche. Wie lange war es her, daß sie ihn gehalten und die weiche Säuglingshaut auf ihrer eigenen Haut gespürt hatte? Es schien, als ob es am gestrigen Tag gewesen wäre. Und trotzdem wirkte es so, als hätte es niemals stattgefunden.

Erst spät am Abend des darauffolgenden Tages kam Wolfgang so weit zu sich, daß sie selbst fortgehen und sich ausruhen konnte.

An diesem Nachmittag traf Nachricht vom Bischof in Augsburg ein. Gemäß den Aufzeichnungen und Annalen sei der Junge vom heutigen Datum an mündig und die Angelegenheit somit heikel. In den Augen des Bischofs handelte es sich hier nicht um einen gewöhnlichen Zauberer oder Hexer, mit dem man verfahren konnte, wie er es verdient hatte, sondern um den rechtmäßigen Herrn des Lehen Falkenburg. Deutlich stand zwischen den Zeilen zu lesen, Innozenz solle zusehen und den Gang der Ereignisse und näheren Bescheid abwarten. Innozenz verstand das nicht ganz, gehorchte jedoch. Der Bischof fand es am klügsten zu warten.

Herr Friedrich nahm diese Nachricht mit einer fast erschreckenden Ruhe zur Kenntnis.

»Jaja«, sagte er nur, als ginge es um ein krankes Kalb oder ein lahmendes Pferd. In seinem Innern aber murrte es: Nun mußte endlich bald Schluß sein!

Er ermahnte sich indessen selbst zur Geduld – lange konnte es nun ja nicht mehr dauern. Und er ließ dem Mönch gegenüber durchblicken, daß er es gerne sähe, wenn sie weitermachten.

Trotzdem dauerte es mehrere Tage, bevor Innozenz die geringsten Anstalten machte, die Verhöre wieder aufzunehmen. Und in diesen Tagen verlor Herr Friedrich erneut die Ruhe, wurde ratlos und ungeduldig. Ihm kam der Gedanke, er müßte vielleicht selbst dort hinaufgehen und der Sache ein Ende bereiten, aber er stieß oben auf die Kammerfrau und ließ es bleiben.

Nach einigen Tagen konnte Wolfgang wieder allein die Mauer entlanggehen, und wenn Herr Friedrich draußen im Hof stand, sah er die einsame Gestalt dort oben an der Brustwehr.

In den letzten Nächten und Tagen hatte sich Wolfgang stark verändert. Er war magerer geworden und äußerst bleich, die Kammerfrau erkannte ihn fast nicht wieder. Sein Haar war verfilzt und zerzaust, und die Reste des linken Ohrs waren kein schöner Anblick. Vom Halseisen war der Hals schlimm wundgerieben, und seine Finger hatte man ihm einbandagieren müssen. Besonders der eine Daumen sah übel aus. Er beklagte sich nicht, aber sie konnte sehen, daß die Kratzwunden von der rauhen Kutte, die er nicht ausziehen durfte, schmerzten. Die Kammerfrau bekreuzigte sich und betete jeden Tag zu Gott.

Auf Herrn Friedrichs ausdrücklichen Befehl hin gingen die Mönche wieder ans Werk, aber diesmal ohne die Knechte. Sie begnügten sich damit, ihn mit Gebeten und eindringlichen Reden, gelegentlichen Ohrfeigen und Schlägen zu quälen.

Aber Wolfgang hatte nun endgültig alles Interesse an dem, was sie taten, verloren. Denn am Tag und besonders, wenn er über die Mauer gehen konnte, war sein Herz von Trauer um Susanne erfüllt. Zu jeder Stunde am Tag sang ihr Name in ihm. Ihr Bild und die Erinnerung überstrahlten das, was die Mönche mit ihm anstellten. Sie war ein warmer Schmerz, der ihn gewissermaßen einhüllte.

Auch das Bild des Onkels stand ihm in diesen Tagen ganz deutlich vor Augen, denn Wolfgang wußte, daß er sterben würde und der Onkel dahintersteckte. Er verstand den Grund nicht, alles erschien ohne Sinn. Aber was machte das schon? In seinem Innern nämlich war es still, und der einzige Mensch, mit dem er hatte reden können, war verschwunden; und bald würde auch er verschwinden; sich verlieren in der Finsternis zwischen den Sternen.

In den Nächten war er in dem anderen Land, zusammen mit ihr, und auch am Tag war der Weg dorthin nicht weit. Die Wirklichkeit war äußerst brüchig geworden.

Während er dort oben hin und her ging oder während ihn die Mönche bearbeiteten, dachte er auch ein wenig an den Sterndeuter und das, was dieser gesagt hatte.

Amor Fati. Diese Worte waren allmählich das einzige, woran er sich klammerte. Denn Angst hatte er noch immer, vor Schmerzen und vor dem Tod, obwohl eigentlich alles keinen Sinn mehr ergab.

Er fühlte ganz stark, daß etwas geschehen würde. Er wartete.

Er ging die Mauer entlang und wartete, schlief, während er wartete, und wurde den Verhören unterzogen, während er wartete.

Und eines Tages trat ein, worauf er gewartet hatte.

Er hatte nie geglaubt, daß er es selbst erleben würde, aber eines frühen Morgens ging er in dichtem Schneegestöber die Mauer entlang, ohne etwas anderes im Sinn zu haben als Susanne. Da erblickte er einen Falken, der auf der Brustwehr saß und ihn ansah. Und Wolfgang erkannte ihn wieder als den Namenlosen – nein – als *Wolfgang* –, und es verwunderte ihn, daß er alles nicht schon früher begriffen hatte . . .

Der Falke sah ihn unergründlich und lange an, und Wolfgang fühlte, wie ihn einen Augenblick lang die Kraft in Händen und Beinen verließ. Doch dann ging er auf ihn zu.

Nun wußte er, was an diesem Falken so eigenartig war. Er hatte ihn nämlich schon früher gesehen, lange bevor er ihn geschenkt bekommen hatte.

Er ergriff ihn und küßte ihn zärtlich auf den Nacken und wußte, nun war es zu Ende. Nun hatte sich der Wille des Onkels erfüllt.

»Bist du gekommen, um mich mitzunehmen?« fragte er den Vogel.

Es schneite nun ganz dicht, und die Wächter konnten ihn nicht sehen. Auch Nebel war aufgestiegen.

»*Still. Pst, pst, still*«, sagte der Vogel zu ihm. Und den Falken auf der Hand, kletterte Wolfgang, so vorsichtig er angesichts seiner Verletzungen konnte, auf die Brustwehr. Einen Augenblick lang kauerte er über der Tiefe und spürte den Sog des gähnenden Abgrunds. Durch den Nebel und das Schneetreiben konnte er den Grund nicht erkennen.

Dann breitete der Falke die Flügel aus, und Wolfgang folgte ihm, hinaus in die Luft.

Als die Mönche an diesem Vormittag zum Falkenturm kamen, war keine Spur von Wolfgang mehr zu sehen. Auch die Vogelspuren waren wieder zugeschneit.

III

Am selben Nachmittag, nachdem die Suche nach der Leiche eingestellt worden war, saß Herr Friedrich in seinem Zimmer und trank einen guten Wein ganz für sich allein.

Endlich war es also vorbei. Hatte aufgehört. Das Schicksal war besiegt, und er war nun endlich selbst Herr über sein Leben.

Und nicht nur über sein Leben: Alles gehörte ihm nun, das Lehen, die Burg, die Menschen und die Reichtümer. Und Herr Friedrich freute sich bei dem Gedanken. Eine kleine Unzufriedenheit machte sich allerdings bemerkbar, wenn er daran dachte, daß er *etwas* nun vermissen würde. Aber er schlug es sich aus dem Sinn. Den Jungen mußte der Fluß davongeschwemmt haben. So war es nun also endlich vorbei. Und Herr Friedrich fühlte, daß er Frieden hatte.

Zur gleichen Zeit kamen die Knechte durchnäßt und müde in die Burg zurück, nachdem sie zwischen den Uferfelsen unter dem Nordturm gesucht hatten. Sie hatten die Leiche nicht gefunden, um so besser – so war er fort für immer.

Die Kammerfrau stand schweigend unter einer Tür und betrachtete die Reihe der Männer, die hereinkamen, um sich aufzuwärmen. Es schneite nun nicht mehr so dicht, alles kam gewissermaßen zur Ruhe, während es dunkel wurde. Lange stand sie da und sah in den verlassenen Burghof hinaus. Hier hatte sie Wolfgang das Gehen beigebracht. Es saß ihr etwas im Halse, was sich nicht lösen wollte.

Als es gänzlich aufgehört hatte zu schneien, wußte sie, daß Wolfgang tot war. Nun gab es nichts mehr, worum sie sich hätte sorgen müssen.

Gerade als sie hineingehen wollte, bemerkte sie einen Mann, der durch das Tor hereinkam. Er führte ein Pferd am Zügel.

Sie ging einige Schritte auf ihn zu, dann blieb sie still stehen.

Es dauerte lange, bevor einer von beiden etwas sagte.

Herr Friedrich stand am Fenster.

Alles, was da draußen dämmerte, gehörte nun ihm, und das war ein guter Gedanke. Endlich war er Herr auf Falkenburg.

Plötzlich ging hinter ihm die Tür auf. Ungehalten drehte er sich um: Wer erdreistete sich, zum Burgherrn hereinzukommen, ohne erst anzuklopfen?

In der Türöffnung stand ein Mann und starrte ihn an. Friedrich begriff nicht recht – hinter dem ungepflegten Bart war an dem Mann etwas fürchterlich Bekanntes.

»Wolfgang«, sagte der Fremde. »*Wo ist Wolfgang?*«

Herr Friedrich erkannte den Tonfall; er war strenger als sonst, aber trotzdem der allseits bekannte, der alte Ton. Langsam sank er zusammen, auf die Knie und fing an zu weinen, beinahe wie ein kleiner Junge.

Ganz deutlich sah er Wolfgangs Gesicht vor sich, das durchscheinende, unberührte Gesicht. Aber es kam Herrn Friedrich so vor, als schimmere ein anderes Gesicht mit anderen Zügen darunter hervor. Und trotzdem blieb es dasselbe – wie in einem bösen Traum.

Nun sah er es. Es glich nicht länger dem Gesicht des Ritters. Es war Friedrichs eigenes Gesicht.

Da erhob der Vater des Jungen die Faust und schlug zum erstenmal zu.

Erik Fosnes Hansen
Choral am Ende der Reise
Roman

Titel der Originalausgabe: *Salme ved reisens slutt*
Aus dem Norwegischen von Jörg Scherzer
Leinen

Ein mitreißender Roman über die sieben Musiker auf der
»Titanic« und ein literarisches Porträt Europas vor dem Ersten Weltkrieg.
Selten treffen in einem Roman literarisches Können, historische Recherche und spannende Unterhaltung so zusammen wie in diesem Buch.

» *Choral am Ende der Reise* ist nicht nur eine große klassische
Erzählung von Reifeprozeß und Erfahrung, von Freundschaft und Liebe, von Heranwachsen und Untergang. Es ist
gleichzeitig mit seiner Gelehrtheit und röntgenartigen Ge-
nauigkeit ein überaus modernes Porträt der Schönheit und
Selbstdestruktion der europäischen Kultur.« Peter Høeg

Kiepenheuer & Witsch

INGMAR BERGMAN
DIE BESTEN ABSICHTEN

Roman
Titel der Originalausgabe: *Den goda viljan*
Aus dem Schwedischen von Heiner Gimmler

KiWi 416

Ingmar Bergman erzählt die Geschichte der Ehe seiner
Eltern über den Zeitraum eines Jahrzehnts vor seiner Geburt.

»Die schönste Liebesgeschichte, die ich jemals gelesen
habe« *Bille August, Regisseur*

KiWi-Paperbackreihe bei Kiepenheuer & Witsch